白川町杀人事件

山本禾太郎 著
赵建勋 译

江苏凤凰文艺出版社
JIANGSU PHOENIX LITERATURE AND ART PUBLISHING

图书在版编目（CIP）数据

白川町杀人事件 /（日）山本禾太郎著；赵建勋译
. -- 南京：江苏凤凰文艺出版社，2023.11

ISBN 978-7-5594-7988-4

Ⅰ. ①白… Ⅱ. ①山… ②赵… Ⅲ. ①推理小说 - 日本 - 现代 Ⅳ. ① I313.45

中国国家版本馆 CIP 数据核字（2023）第 176551 号

白川町杀人事件

山本禾太郎 著 赵建勋 译

责任编辑 王昕宁
策划编辑 小 米
特约编辑 连 慧
装帧设计 苏艾设计
责任印制 刘 巍
出版发行 江苏凤凰文艺出版社
南京市中央路 165号，邮编：210009
网 址 http://www.jswenyi.com
印 刷 天津鸿彬印刷有限公司
开 本 880毫米×1230毫米 1/32
印 张 10
字 数 200千字
版 次 2023年 11月第 1版
印 次 2023年 11月第 1次印刷
书 号 ISBN 978-7-5594-7988-4
定 价 58.00元

山本禾太郎的《白川町杀人事件》(《小笛事件》),
是一部详细地调查了冤案的原委,
用审判记录等构成的,
再现了与事件有关的真实人物的历史的纪实小说,
于战前开一代先河。
岛田庄司的《秋好事件》、
佐野真一的《东电白领丽人被杀事件》等,
都不同程度地受到此书的影响。
《白川町杀人事件》(《小笛事件》)不应该被我们忘记。

细川凉一

こふえじけん

目录

前言

森下雨村[1]

小笛被杀——我记得事件发生以后，当时的报纸上确实是这么写的。虽然报纸上都这么写了，事件的审理却意外搁浅。这起发生在京都的事件，从开始审理到终审判决，花了两年多的时间。尽管我对这个事件很感兴趣，但对事件本身及其审理过程了解得并不是非常清楚。读了山本君的《白川町杀人事件》(《小笛事件》)，我才详细地了解了这起奇怪的犯罪事件的全貌，而且对这个事件更感兴趣了。

① 森下雨村(1890-1965)，本名森下岩太郎，编辑、小说家、翻译家。1920年担任《新青年》总编，培育了以江户川乱步为首的许多新锐侦探小说家。此外，也以佐川春风的名义发表数十部长短篇小说。

毫无疑问，小笛事件给了当时的人们极大的冲击，是审理到最后阶段，依然无法确定犯罪嫌疑人到底应该被执行死刑还是应该无罪释放。而且作为关系到一个人的生命的重大问题的法医学鉴定，竟然动员了全国六所著名大学的法医学权威专家，这在日本的审判史上是没有先例的。所以，不但一般民众，就是法学界人士也都瞪大了眼睛关注过这个事件。

一般来说，被称为犯罪的事件都包含三个戏剧性要素。第一个是犯罪事件本身，第二个是侦破过程，第三个是审判。这三个戏剧性要素完美地结合在一起的时候，我们就会对这个犯罪事件产生很大兴趣。从这个角度来看，小笛事件几乎是可以得满分的。关于这个犯罪事件本身，作为一个女性犯罪的特例，不用说是很难找到类似案例的。关于侦破，警方可以说是煞费苦心。而犯罪嫌疑人的辩护律师们的辩护也非同寻常，特别是在审判中高山律师跟检察官的论辩。由于缺乏切实的物证，这个怪奇事件在有罪与无罪之间徘徊。论辩中，从案情证据到被告以及小笛本人的心理分析，双方的见解都是非常吸引人的。

山本禾太郎手里那支生花妙笔在小说与记录之间自由自在地穿行，生动地描写了这个怪奇事件。虽然自始至终都没有脱离事实，但是写得比侦探小说还要有意思得多——也可以说，不管在什么样的侦探小说里都难以找到叫人感觉如此津津有味的东西——就这一点来说，我是非常佩服这位曾经写过名作《窗》的作者的。

序文

江户川乱步[1]

记录文学（也叫实录文学），作为一种文学样式，是有它的存在价值的。它不只是一种有趣的读物，跟目前泛滥于世的所谓“实话”也不属于同类。它不去为了有意思而添枝加叶和极尽夸张，只强调忠实地记录事实。与此同时，它也不是单纯的事件记录。拿犯罪事件来说，只把侦破过程和审判过程记录下来毫无意义。单单把材料抛出来是远远不够的，应该在材料里加入有机的脉络，把人生记录文学化。我认为，《白川町杀

① 江户川乱步（1894-1965），本名平井太郎，出生于日本三重县名张町，毕业于日本私立第一学府早稻田大学。是日本最富盛名的推理作家、评论家，被誉为日本“侦探推理小说之父”，其笔下的侦探明智小五郎更是日本家喻户晓的人物。

人事件》(《小笛事件》) 就是一部把人生记录文学化的作品，可以称之为犯罪记录文学。

从事实际工作的专家写出来的东西只不过是单纯的记录，而小说家写出来的东西即便能够成为小说，但对于事实的记录（作为一种历史文献)，在很多情况下都叫人感到不足。记录文学的困难之处就在这里。从这个意义上来讲，作为一个犯罪记录文学的作者，山本禾太郎是非常难得的。

山本禾太郎，正如人们所知道的那样，是继滨尾四郎之后，侦探文坛唯一的一个法律通、审判通。作为《白川町杀人事件》(《小笛事件》)的作者，他得到了难以入手的资料，准确地掌握了专门知识，倾注了自己的全部感情。《白川町杀人事件》(《小笛事件》) 这本书，将作为日本犯罪史上的一部重要文献，具有永久的保存价值。同时，我相信，由于小笛事件的特异性，加上作者叙述之巧妙，作为一本侦探小说来读，也是非常有意思的。

对现实生活中的犯罪事件感兴趣的人们，喜欢读侦探小说的人们，进一步来说，关心社会上的犯罪现象的专家们，希望各位把《白川町杀人事件》(《小笛事件》) 作为一本常备的书摆在案头。

自序

我读过很多犯罪记录，像小笛杀人事件这样引起了我如此之大的兴趣的还没有过。第一是犯罪的残忍性，在残忍性里又渗透着基于主人公小笛的蒙昧无知而产生的滑稽性；第二是为了这个蒙昧无知的女人，竟然动员了六所著名大学的法医学专家。

由于这个事件太有名了，关于这个事件的“实话”，付梓出版的已经有好几本，但是都不如直接读犯罪记录更有意思，于是我就想把这个事件写成小说。不过，到底采用什么形式，我犹豫了很久。偶然听说有人在提倡“事实小说”，因此我决定采用这种形式。

关于这本书，我稍微感到满意的地方是把记录的有趣之处写了出来，再有就是留下了一份有关女性犯罪的研究资料。

本书得以顺利出版，离不开向我提供了原始资料的高山义三[①]先生，以及给予我大力支持的总经理末广浩二先生，值此机会献上我深深的谢忱。同时，我所尊敬的友人加纳哲的装帧也让我感到非常满意，不能不在这里记上一笔。

对这样一部贫乏的作品，江户川乱步和森下雨村两位老师还特意写了评语。这叫我感到喜出望外，光荣之至。在此一并表示衷心的感谢。

著者

昭和十一年（1936年）二月

① 高山义三（1892–1974），日本大正与昭和时代的著名律师、政治家。担任过小笛杀人事件、第二次大本教事件等有名事件的辩护律师，昭和二十五年（1950年）当选为京都市市长，连任四届（每届四年）。昭和四十一年（1966年）任国立京都国际会馆第一代馆长。早年毕业于京都帝国大学，是《小笛事件》（出版名《白川町杀人事件》）这部小说中的主人公广川条太郎的校友，以真实姓名出现在小说中。

白川町杀人事件

大门紧闭

那天，雨不停地下着。

下午五点左右，大月多三郎的夫人茂野女士拿着给三岁的小女儿田鹤子吃的面包、牛奶和给五岁的大女儿喜美代吃的药，走出了家门。

茂野女士沿着京都帝国大学（简称京大）农学院正门前的大马路一侧的杉树丛匆匆前行，来到小笛女士家门前一看，大门上挂着一把锁。

“特意给孩子们准备好送来了，没想到……”茂野女士感到有些失望，在小笛女士家门口站了好一会儿。

小笛家两边都是没人住的空房子，隔过北边的一座空房子虽然有一户人家，但是茂野女士跟那户人家不熟，不想去那里打听。

杉树丛的另一侧，是通向农学院正门的大马路。

茂野女士本来想拿着东西回家的，但转念一想，既然已经走到这儿了，还是打听一下吧，于是就去了也认识小笛女士的须原家。

须原太太说，今天早上八点左右，福田太太的女儿有事去找小笛女士的时候，小笛家的大门上也挂着锁来着。

“也许是到大丸百货商店去了吧。”须原太太说。

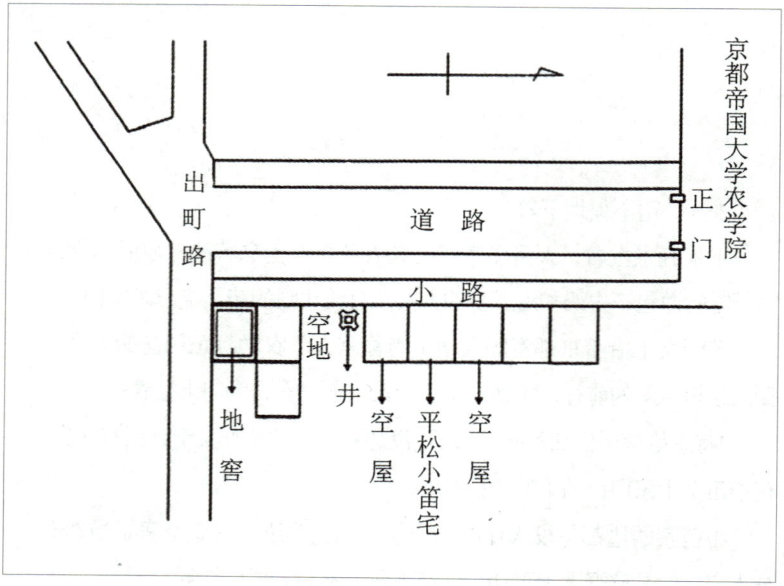

白川西町八十五番地九号的平松小笛家位置俯视图

没办法，茂野女士只好把拿来的面包和牛奶暂时存放在须原太太那里，并嘱咐须原太太，等孩子们回来了，就把面包和牛奶交给她们。

回家的路上，茂野女士再次来到小笛家门前，大门上依然挂着锁。

小笛特别喜欢茂野女士的孩子喜美代和田鹤子，经常带孩子们回家玩。每个月肯定有那么两三次，叫孩子们去她家住上一两天，白天带着孩子们出去玩也不是什么奇怪的事。茂野女士没有见到自己的两个女儿，虽然有些担心，却也没有太当回事，转身回位于下柳町的自己家去了。

这是大正十五年（1926 年）六月二十八日的事情。

第二天，也就是二十九日，小笛家的大门上依然挂着锁。

茂野女士还像昨天那样去须原太太那里打听，须原太太还是不知道小笛跟孩子们的去向。回家之前，茂野女士再次来到小笛家门前，站在大门一侧的安着木栏杆的窗户外边，犹豫了一阵之后，毅然把手伸进木栏杆，捅破糊在窗棂上的窗户纸往里看，结果什么都没看见。因为紧挨着窗户挂着一顶蚊帐，挡住了茂野女士的视线。

茂野女士开始感到不安了。

小笛把两个孩子带回自己家是二十七日星期天上午九点左右。那天，小笛和她的十七岁的养女千岁来到茂野女士家，说是要去植物园那边找房子，还说想带着大月家的一个孩子去，茂野女士就让她们带着五岁的喜美代去了。那时候，喜美代三岁的妹妹田鹤子撒娇磨人，嚷嚷着要跟姐姐一起去。千岁就哄田鹤子说，你在家等着，下午姐姐来接你，然后就带着喜美代走了。下午三点左右，千岁果然来接田鹤子，用婴儿车推着她去了小笛家。

这只不过是前天的事情，但这时候的茂野女士却觉得已经过去了一两个月。

时间又过去了一天。三十日，天阴得越来越沉了。昨天夜里，茂野女士想了很久：小笛和孩子们到底去哪儿了呢？想来想去也没想出个结果来。

早晨醒来，茂野女士忽然想到：小笛是不是带着孩子们去了神户呢？想到这里，她越来越确信小笛肯定是带着孩子们去了神户，心里的不安感随之减少了几分。她决定再去小笛家看看，如果门上还挂着锁，就给神户那边打个电话问问。

上午十点左右，茂野女士又来到了小笛家。跟昨天一样，那把冷冰冰的锁依然挂在小笛家的大门上。

于是，茂野女士就给神户那边打了个电话。她期待着对方轻松地回答说“在这里”，不料对方的回答却是“没有啊，没到神户来呀”。茂野女士觉得像是被人当胸打了一拳，心中的不安一下子大了起来。

该找的地方都找了，该问的地方都问了，还是不知道小笛和孩子们的下落。

茂野女士决定钻进小笛家里去看看。她想：在小笛家里，也许能找到一些线索。可是，一个人钻进一所锁着大门的房子里去，不免有些害怕，而且她也不知道除了大门之外，还能从什么地方进去，于是去找须原太太商量。所幸须原太太以前是小笛家的邻居，知道从小笛家南边那所空房子里可以进入小笛家，就带着茂野女士去了。

小笛家南边那所空房子以前租给大学生住过，虽然跟小笛家是两户人家，中间却只有一扇门板把两家隔开，推开门板即可进入小笛家中。

茂野女士和须原太太走进那所昏暗的空房子，转到隔着两家的门板前，推了半天只推开一条缝，小笛家那边好像顶着什么东西。小笛家里黑乎乎的，看不清楚，看了半天才从一个房间的门缝里看到了一部分棉被。

俩人突然觉得阴森森的很可怕，就赶紧从那所空房子里退了出来。

茂野女士想再叫一个人来，三个人一起进小笛家看看，于是就跟须原太太一起把住在樋之口町的奥田太太找来了。奥田太太跟小笛关系很好。

三个人站在那所空房子前边谈论小笛家里会是怎样一种可怕的情形的时候，农学院的勤杂工畑野长一郎正好骑着自行车从这里经过，于是四个人决定一起进去。

畑野用力推开那扇门板，四个人走进了小笛家。首先从中间那个四叠半[①]的房间的门缝里看见好像有一个人盖着棉被躺在榻榻米上。棉被的被面是印花的，在昏暗的光线下，被面上的花朵看上去好像飘浮在被面上。“喂！喂！”畑野喊了两声，躺着的人一点动静都没有。

再仔细一看，棉被外面露着一只脚，不太干净的脚底板冲着看它的人们。

写到这里，有必要先介绍一下喜美代和田鹤子的父母大月多三郎夫妇跟小笛的关系。

大月多三郎和妻子茂野女士是大正十年（1921 年）四月来到京都的。开始住在田中下柳町三番地，租的是一个叫田中邦的房主的房子。同年七月，小笛把田中邦的房子和店铺全都买了下来，大月夫妇就成了小笛的房客，当然也就跟小笛认识了。顺便说一下，小笛姓平松，全名平松小笛。

不久，小笛说要把房子都租给大学生住，让大月夫妇搬家，大月夫妇就搬到关田町去了。第二年二月十一日生下了大女儿喜美代。

---

① 畳，日本面积单位。一畳相当于 1.62平方米。日本的房间普遍窄小，四畳半约为 7.3平方米。

喜美代出生以后，小笛对大月夫妇关怀备至，两家的关系越来越好。小笛特别喜欢喜美代，把她当成自己的亲生女儿，每个月都要带她回自己家住上一两天。后来，小笛因经营不善，又把从田中邦那里买下的房子卖掉，租了现在住的这所房子。

虽然小笛非常喜欢喜美代，但是由于她把喜美代惯得很不听话，闹得跟小笛来往的人都不怎么待见喜美代，于是大月夫妇就想疏远小笛。不过，两家的关系以前那么好，一下子疏远也不是一件容易的事，关系就这么维持下来了。

关于大月一家跟小笛的关系就介绍到这里，下面接着说在小笛家东看西看的畑野等人都看到了些什么。

畑野把门全拉开，大声叫着，盖着棉被躺在榻榻米上的那个人还是一动不动。畑野虽然是个男人，胆子不小，但是他也不敢动手掀开棉被看，而是走到了后院里。

“找根棍子捅捅露在被子外边的那只脚吧。”畑野建议道。

女人们不同意：“不行！万一睡在里边的人是个强盗，把他弄醒了很危险。就算不是什么强盗，弄醒了也会有麻烦。还是去叫警察吧。”

茂野女士来到百万遍[①]派出所叫警察的时间是三十日下午一点半。

在派出所里执勤的警察姓羽立。羽立向茂野女士了解情况的时候，茂野女士的丈夫大月多三郎和畑野也在场。羽立来到小笛家大门前的时候，门上仍然挂着那把锁。羽立是把大门弄开以后走进小笛家的。

---

① 百万遍，京都市地名。京都大学，即本书中的京都帝国大学所在地。相传 1331年，京都大地震引起疫病流行，位于此地的知恩寺住持奉天皇诏命念佛百万遍祈祷，疫病果真不再流行。知恩寺获赐号百万遍，也成了这个地区的地名。

把大门弄开以后走进小笛家的情况，羽立在接受检察官询问的时候这样回答：“平松小笛家的大门是关着的，大门上的便门上挂着一把锁。我用力推了四五次推不开，就把锁拽开，把便门卸下来走了进去……”

大门的开法，随着事件的进展，成了一个至关重要的问题。

警察羽立走进小笛家以后，首先查看的是大门旁边一个三叠的房间。里边挂着白色的蚊帐，几乎占满了这个不大的房间。蚊帐里没有被褥，也没有人。这个房间的窗户糊着窗户纸，借着从窗外透进来的昏黄的光，可以看出蚊帐里的榻榻米已经陈旧得变成了红褐色。

遗书之谜

本来我们应该接着说警察羽立是怎样在小笛家里勘查现场的，但是如果在这里说了，就会跟预审法官的勘验报告发生重复。下面介绍一下勘验报告。

勘验开始于当天下午六点。

预审法官的勘验报告的第一项是“勘验场所”，内容如下：

> 现场是京都市上京区白川西町八十五番地九号的平松小笛家，位于同市上京区通向京都帝国大学农学院正门的宽约十米的出町大街东侧。这是一排西向二层木造瓦顶连排小楼，一共是五套房子，平松小笛家是从南边数第二套。房产权属于同市下京区西洞院松原下西侧的山口 × 次郎。

那个三叠的房间里只挂着一顶空蚊帐。紧挨着三叠的房间的是一个四叠半的房间，在这个房间里，躺着小笛的养女千岁，是年十七岁。千岁的脖子上勒着一条印着“××储蓄银行”字样的布手巾，手巾上还勒着一条绳子，分明是被人勒死的。千岁的尸体在房间中央，仰卧在一条由东北稍稍向西南歪斜的褥子上。尸体上盖着一条大花被面的棉被，被头是黑天鹅绒的。右手和右脚露在棉被外边，脚边有一件平纹细布女式单衣，有一部分露在棉被外边。

千岁的隔壁是一个六叠的房间。榻榻米上到处都是棉被、坐垫、脱下来随便乱扔的衣服，简直没有下脚的地方。这个房间的西南角的棉被下面，盖着茂野女士找了很久都没有找到的喜美代和田鹤子。姐妹俩都已经被人用日本式手巾勒死了。

更让前来勘验的人们感到吃惊的是，在通向廊子的门楣上，吊着这个家的女主人平松小笛的尸体。

勘验是从那个三叠的房间开始的。引起勘验法官注意的是刚才提到过的空蚊帐和夹在窗外的木栏杆里的没有人动过的报纸，有六月三十日的《××晚报》，有同月二十九日和三十日的《××晨报》，没有二十九日的晚报。

接下来勘验的是茂野女士她们从南边那所空房子可以看到的那个躺着千岁的尸体的四叠半的房间。

勘验人员把棉被掀开，看见的是穿着白底蓝花棉布睡衣的千岁的尸体。睡衣胸前代替扣子的细带子是系着的，但是下摆被卷了上去，（以下删去一百一十九字）全都露了出来。千岁是一个十七岁的少女，睡相也许不太好，但睡相再怎么不好，这也是极不自然的。

千岁不可能是自己睡成这个样子的，一定有人摆布过。

千岁尸体左大腿旁边的褥子上散乱着五张名片。两张是广川条太郎的，另外三张分别是 × 田 × 郎、× 本 × 次郎、× 形 × 松的。

千岁尸体脚边那件露在棉被外一角的平纹细布女式单衣，里边还套着一件半袖汗衫。单衣左边的袖子的腋窝处被扯破，前面有一个两寸大的豁口，后面也有一个五六厘米大的豁口。

被扯破的部分是新碴还是旧碴，勘验报告上没写。不过，考虑到千岁出事之前一直穿着这件衣服，不可能那样破破烂烂地穿着出门，可以认定是被凶手扯破的。千岁的衣服是什么时候被扯破的，就成了引人注目的焦点之一。

千岁尸体下面的褥子是怎么铺的，盖在她尸体上的棉被又有哪些应该注意的异常状态呢？勘验报告上是这样说的：

褥子东侧边缘南端附近有一拱形凸起，此凸起部分至尸体腹部左侧（即褥子中央），有一长条形褶皱。棉被之东北角略呈尖状，西侧边缘向内侧弯曲。

褥子和棉被如上述形状，而大门旁边那个三畳的房间里只有蚊帐没有被褥，综合以上两点加以考虑，可以认为千岁最初睡在挂着蚊帐的那个三畳的房间里，死后被人连同被褥拖出，拖到了那个四畳半的房间里。

褥子的凸起和褶皱，以及棉被的形状告诉我们：凶手拉开房间之间的隔扇之后，先是拽着褥子往东拖，然后拽着被子角往东北方向拖，最后，拽着褥子角再往东拽。

下面来看最里边那个六畳的房间。田鹤子的颈部被日本式手巾勒了三圈，手巾没有打结，两端压在头下面。手巾是一条新手巾，贴在手巾上的“× 条乌丸 ×× 屋制作”的标签还没被揭掉，上面印着“× 常酒店”几个字。

喜美代的颈部的手巾是从后脖领子往前缠，紧紧地勒了两圈。手巾在颌下打了一个死结。死结的打法跟勒在千岁颈部那条手巾一样，而且手巾上也印着“×× 储蓄银行”的字样。

用这么大的篇幅来介绍勘验报告，诸位读者也许已经看烦了吧？不过，这个勘验报告，跟后来登场的小南又一郎博士的鉴定，将成为这个事件的根本，在这里，无论如何我也要把勘验报告的重要部分介绍一下。我相信，了解了勘验报告的主要内容，一定能最大限度地满足诸位读者的猎奇心理及侦探兴趣。

现在该说说吊在门楣上的小笛的尸体了。

小笛的尸体样子非常奇妙。她的双臂奇怪地伸展着，臀部向后方凸出，两腿分开，双膝弯曲成 L 形。右脚的脚底呈水平状态，前半部分踩在门槛上，后半部分踩在榻榻米上，脚趾是翘起来的。左脚脚尖着地，脚底板朝西，脚趾略向脚底弯曲，抵在门槛和榻榻米之间。

在小笛尸体两腿下边的门槛上，放着一个直径约七八寸的火盆，火盆正好夹在小笛的两脚之间，两脚均离开火盆一至两寸。

左脚北侧，几乎挨着左脚的地方横立着一个长二尺[①]，宽七寸，厚一寸的带腿的案板。小笛的衣服下摆有一部分搭在了案板上。

勘验报告中写道：

---

① 本书的“尺”为日本长度单位，1尺约等于 30.2厘米，略小于中国的尺。

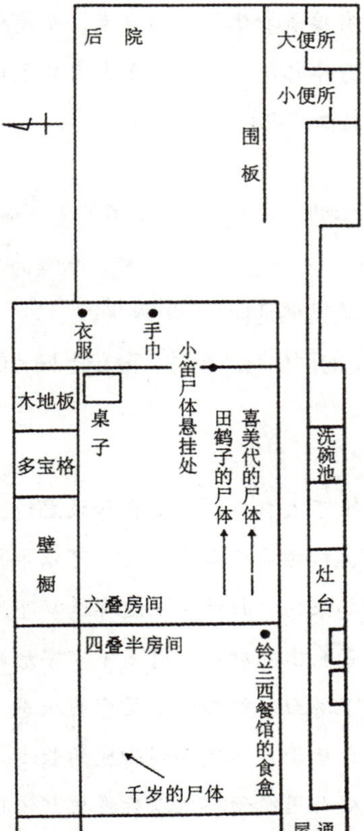

平松小笛家内部俯视图

“小笛事件”现场图

两手拇指向手掌内弯曲，被另外四指覆盖，从手指的弯曲状态可以认为曾经用力。两臂没有挨着身体，亦非垂直，而是稍稍向前方和左右弯曲。其手臂与身体之间的空隙跟手臂自然下垂时几乎一样大。这是应该特别引起注意之处……

吊着小笛的和服腰带，正好勒在咽喉下边，伴有严重的皮下淤血，留下一条勒痕。勒痕略呈V字形，V字底部远远大于直角。咽喉为V字形勒痕的底部，勒痕呈直线分别向左右两侧延伸，跟衣领平行。

纸糊的隔扇离吊在门楣上的小笛的尸体有六七寸，隔扇上糊着的纸没有一处破损。

还有，小笛尸体上穿的衣服不太自然。例如在和服里边，还穿着一件法兰绒的浅黄色衬裙，衬裙前摆卷了上去。可以推断为是有人把尸体吊上去的时候卷起来的。归纳：上述那道V字形勒痕，要比被吊着小笛的和服腰带勒出的勒痕低得多；V字形勒痕跟衣领平行，并伴有严重的皮下淤血；腰部以下呈弯曲状态；和服腰带下端到门槛的间隔，大大短于尸体颌部到脚底的长度。综上所述，可以认为，小笛是在被人用绳子勒死以后再把尸体挂上去，伪装成上吊自杀的。凶手可能是先用和服腰带做一个绳套绑在门楣上，再把死后的小笛的脖子塞进绳套里的。

勘验报告如是说。

总之，小笛吊在只有三尺二寸的高度上。

吊在门楣上的小笛尸体

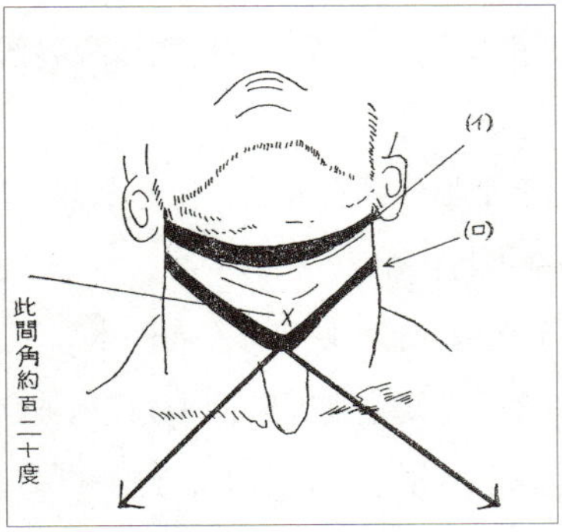

小笛喉部的两条勒痕

小笛两腿下边的火盆
小笛两脚均离开火盆一至两寸

颈部V字形勒痕，跟这个事件关系重大。

既然小笛的尸体疑点如此之多，尸体周围的状况我们就不能等闲视之了。

廊子外侧的防雨窗，只有靠北边的一扇是开着的，其余都是关着的。廊子内侧纸糊的隔扇也开着一扇，小笛的尸体就吊在那里。

在开着的那扇防雨窗下边，扔着两双粉色带子的短齿木屐。

后院里没有什么异常现象。

现在让我们来看看勘验报告上关于大门是怎么写的。

> 此大门的南端是合页，以合页为轴开关大门。大门的北半边开了一个四尺高的便门，该便门为推拉式，往南推为开。

最早走进小笛家的警察推大门的时候，大门顶部咔嗒咔嗒地响着，可以活动，底部却纹丝不动。警察见大门推不开，就使劲拽那把挂在便门上的锁。拽开以后想推开便门，却怎么也推不开。推拉式便门的沟槽里好像顶着什么东西。警长只好把推拉门往上搬，使其底部脱离沟槽，然后往里推，把便门卸了下来。

进去以后观察大门内侧。大门上下虽然都有插销，但是下面的插孔完好无损，上面的插孔没有了，插销不起作用。

推拉式便门推不开的原因是由于内侧钉着一块三寸左右的木片。这木片看上去是以前钉上去的，目的也许是为了防止刮大风的时候门板被刮倒。

总之，出事以后大门的状况是只能从里边才能打开，这一点请读者不要忘记。

接下来说说京大的勤杂工畑野和另外三个女人利用过的从邻居家可以

进去的那块门板。从某种意义上来说，这个门板也是只能从小笛家这边才能打开，因为门板后面顶着两个大蒸笼和两个大竹帘子。预审法官勘验的时候曾开关那块门板，门板关上以后，蒸笼和竹帘照旧倒在了门板上。

在这块隔开两家的门板上，小笛家这边没有插销，空房子那边有插销。但是，最初勘验的时候，插销没插着。也就是说，小笛家的出入口，只有大门和这块隔开两家的门板。后院的板墙经过勘验，没有发现有人翻越的痕迹。小笛家的二楼，走廊两侧分别是一个六叠的房间，走廊里有厚厚的一层灰，可见已经有很长时间没人上过楼了，可以说跟此次事件没有什么关系。

小笛的尸体离纸糊的隔扇很近，大门内侧插上了插销，外侧上了锁，而且那把锁不是那种将军不下马的锁，不需要钥匙就能锁上，开锁的时候才需要钥匙。这些完全可以引起我们足够的兴趣了吧？

不只是这个事件，所有事件的勘验报告都写得非常明了，看了勘验报告就如同身临现场。但是，像白川町杀人事件这么详细的勘验报告还是很少见的。这也从一个方面证明了这个事件的复杂性。散见于现场的一丝一线，都包含着解不开的谜。

我本来打算把勘验报告的内容介绍得更详细一些，但是那样的话就没完没了了，因为这份勘验报告写了一百二十多页。这里只把跟事件有关系的内容介绍一下。说到跟事件有关系的内容，除了上述那些之外，再有就是那些很有问题的“遗书”了。不过，在介绍那些“遗书”之前，我无论如何也得把厨房勘验的结果说一下。

为什么一定要说说厨房的情况呢？这是因为，二十七日的晚饭，二十八日的早饭，都跟这个事件有非常重大的关系。特别是他们都吃了些什么，尤为重要。

厨房里摆放着一个带金属网的三层的架子。上层是仍然装在平底浅锅里的已经腐烂变质的素烧鸡肉和洋葱，平底浅锅旁边是一个小盆，小盆里装的是煮南瓜，也腐烂变质了。中间那一层有两个装筷子的盒子，还有一小碗什锦酱菜，一盘酱油拌碎鲣鱼，鲣鱼上面还有烤好了的润目鰮鱼，是吃剩下的东西。下层有一个四角小碗，里边装的是芥末拌黄瓜，还有一小碗煮葫芦干。

这个架子东边是一个有三个火眼的灶台，中间的火眼上放着一个可以煮两升米饭的铝锅。这个铝锅里有半升米饭被泡在水里，水已经变得非常混浊，米粒被泡得软软的，用手指一捏就成了碎末。

离开灶台三尺的地方是洗碗池和台子，台子上放着一个水桶，水桶里的水有八分满，里面泡着一个男人吃饭用的比较大的饭碗，一个四角小碟子，一双筷子。大饭碗、小碟子和筷子上都没沾着饭粒。水桶里的水不太混浊，但水面上漂着饭粒。

另外，台子上方的墙上钉着一个架子，架子框上的钉子上挂着一个铝茶瓶，一个陶瓷茶瓶。铝茶瓶是空的，陶瓷茶瓶里有三分之一茶瓶的茶水。

现场的东西有一百好几十件，但是，预审法官作为证据收走的东西，除了吊着小笛的和服腰带以外，只有二十四件，例如死者身上穿的衣服、名片、信件、账本、锁、钱包等。

看了我所介绍的勘验报告的主要内容，诸位已经知道这个事件有多么复杂了吧？在预审法官收走的物证里，最有用的物证应该是名片、遗书和黄瓜根。按下名片和遗书暂且不表，从小笛家的厨房里发现的一截黄瓜根，也是相当重要的物证。

下面该说说那些很有问题的遗书了。

人类使用各种各样的方式来表达自己的情感。言语、表情、动作、书信等，是主要的表达方式。用这些方式表达感情的时候，只有在没有对象的情况下，所表达出来的情感才是真实的。如果有对象呢，表达者就会考虑自己的利害得失，说一些与事实不符的话，做一些跟真实相反的表情和动作。

遗书是一个人做好了死的思想准备以后写的东西，应该是没有任何虚伪的，完全真实的。但是，遗书也是有对象的，要对活着的人表达自己的意思。如果马上就断定遗书所表达的完全是死者的真情实感，未免操之过急了。

那么我们就来说说千岁和小笛的遗书。

预审法官在里边那个六叠的房间，也就是发现了田鹤子和喜美代以及小笛的尸体的那个房间东北角的桌子上，看到一堆杂乱无章的东西。

在这里，我要首先强调一下，那张桌子上铺着桌布，而且放着一个织毛衣用的架子。

接下来我要说的是，桌子的东北角有一些被书挡夹着的课本之类的书和笔记本，在那些书和笔记本中间，夹着两个信封。由于那两个信封高出书本很多，谁都可以立刻注意到它们的存在，显然是有意而为。

其中一个信封上写着（为了保护个人隐私，以下人名之中的某些字用〇代替）：

蜂〇〇 收　　寄信人：病入膏肓的C子[1]

---

[1] C子是千岁的自称，因为千岁的日语罗马字拼法是CHITOSE。

另一个信封上写着：

堀〇〇〇子　收　　寄信人：千岁

从夹在书挡里的一个笔记本里，还找出一封被认为是遗书的信，也是千岁写给蜂〇〇的。这封遗书用从笔记本上撕下来的一页纸写成，没有装入信封，而是用从同一个笔记本上撕下来的横格纸包起来，夹在了笔记本里。

现在分别介绍以上两封信和遗书。

千岁写给蜂〇〇的信：

亲爱的小蜂、小〇：

你们好！谢谢你们特意来看我。我感到万分高兴，我母亲也很高兴。我好多了，可以去附近走走了。可是，我一去学校就感到痛苦，在家里玩儿就不觉得痛苦了。所以说，我的病是任性。老师一定认为我是个任性的孩子，一定很生我的气吧？这叫我感到悲哀。不过这也是没办法的事。星期五早晨我去了神户的医院，昨天（星期六）晚上回到京都。还是那个病，去不了学校。不过，我就是死了也得坚持到毕业。小蜂，我这么又软弱又不爱去学校，你一定讨厌我了吧？昨天回京都以后收到了堀〇的来信。堀〇跟小〇成了特别要好的朋友，真叫人羡慕。我这个软弱的人真想坚强起来啊！我希望小蜂永远是我的好朋友，永远爱我。软弱的C子好悲伤，但是我永远都忘不了小蜂你，哪怕你再也不理我了……

小蜂啊，不管你跟小〇多么好，也不要忘了我，把你的爱分给我一点吧！求求你了，求求你了！我需要令我怀念的小蜂的爱，我等着你的爱！如果我死了，请你不要忘了在这个世界上曾经有过一个叫C子的人。

如果我现在得不到你的爱，我将会非常痛苦，只能一死了之。

你跟小○友好相处，也不要忘了我。

友谊地久天长！

看了堀○的信，知道你们很要好，我好羡慕，也好悲伤，眼泪止不住流下来。我在一边写信一边哭呢。对不起，净说这些叫人伤心的话了。问○子好。

我心爱的朋友，令人怀念的爱，结束了。

病入膏肓的C子

千岁写给堀○○○子的信：

好心的堀○：

谢谢你来看我。我真高兴啊……我一定要向你道谢……你也好可怜啊，怎么就不能跟小蜂和小○一起玩儿呢？都是朋友嘛！像我这样的人你都愿意联系，快去学校吧！到了学校，跟大家友好相处。你还不知道吧？最初小蜂也不愿意跟我做朋友呢。

她跟小○的关系好像比跟我的关系好得多……

我也觉得很委屈，可是，那又有什么办法呢？

我原来跟小A和小○关系都很好，可是都被小蜂拉过去了。恐怕小A也觉得很委屈吧。你就忍了吧。

我们要成为永远的好朋友！就写这么多吧。

前天我去了一趟神户的医院，在神户玩儿了一天，昨天晚上回来的。还真是心脏病。（此处有一字看不清）申请退学。字迹潦草请原谅。

C子

在从笔记本上撕下来的一页纸上，千岁用铅笔写给蜂○○的遗书如下：

淅淅沥沥的梅雨下个不停，我的心情很不好。寂寞无聊的我一个人躺在榻榻米上，一想到最早看我这封信的朋友我就泪水涟涟。朋友啊，我的朋友啊，你会是谁呢？小蜂啊，星期六没能见到你，温柔的情事也没有，我一个人在家里哭。原谅我，我为什么就不能去你那里呢？原谅我吧！（此处略去一部分）小蜂，小○，C子我也许是最早死去的一个人，从此以后再也见不到你们了，我就要死了，死之前真想再见你们一面啊！

我还没有报答小蜂的恩情就要死了。原谅我，原谅我，原谅我……如果我死了，母亲会很可怜的。请你来安慰一下我那再也没有什么依靠的母亲吧，这是我死前最后的请求。（以下略去）

以上两封信和一封遗书都没有写日期，究竟是什么时候写的不是很明确，但由于最后这封用铅笔写在撕下来的笔记本纸上的遗书，跟前两封信放的地方不一样，再把信的内容等综合进来分析，可以认为写这封遗书的日期跟前两封信不一样。

不用说，前两封只是一般的信件。最后这一封呢，从字面上来看，一个带有感伤情调的女子高中四年级[①]学生，平时没事也有可能写这样一封信，很难断定就是遗书。不过，这封遗书没装信封，只用从同一个笔记本上撕下来的横格纸包了起来。把各种情况综合起来分析，也可以说这是一封形式完整的遗书。但是，作为一封已经做好了死的思想准备的人写的遗书，情绪应该是非常消极的。综合千岁死后尸体的状况来考虑，还有很多疑点。

在发现了这些遗书的桌子上，还有装明信片的盒子、墨水瓶、空糖罐、漆盘、装着线香的小纸盒、以前用来装玩具飞船的空罐、茶碗一个、玻璃杯两个……东西摆放得很乱，除上述物品外，还有电灯的灯罩一个、橘子一个、被扯破的信封一个，这些东西都应该引起我们的重视。

小笛写的遗书也是三封，也是在这个桌子上被发现的。

一封是写给傻瓜警察的。内容如下：

傻瓜警察：

森田友一、大月正一，去年夏天（此处看不清）还有木材，野濑的衣服，往火车上扔石头，大家都知道。森田友一是一个被判刑后缓期执行的人。森田友一跟大月正一两个人干的。调查一下就知道他们是多么坏的人了。

一封是写给福田太太的：

福田太太：

广川家的地址放在这里，请给他家里发个电报。把野濑的东

① 明治四十年（1907年）七月，日本修改《高等女学校令》，规定女子高中的修业年限为四年，并规定教养不足者可延长一年。

西拿来交给千岁。福田太太，千岁就拜托给您了。广川和我的后事也拜托给您了。广川家的地址在这里。千岁拜托给您了。这个相框后面有地址，请寄到那里去。

上述两封都写在从笔记本上撕下来的横格纸上，用的是黑铅笔。

第三封没有写收信人，内容如下：

拜托福田太太保管的东西请送到寺庙里去，连一根筷子都不要送给友一。我要跟广川一起死。（以下部分不明）千岁很可爱，但是丸太町（算命先生）说我沾不上她的光，我连一点指望都没有了。我就跟广川一起死了吧。

小笛、条太郎（广川的图章）

说好了死就得死，不能骗我。你就把千岁杀了吧。我先死。千岁就拜托给你了。

第三封用的是稿纸，此外，中间约三分之一是用红铅笔写的，前后各三分之一是用黑铅笔写的。

“条太郎”这个名字下边盖着“广川”的图章[1]，这一点很有意思。当然，文中“你把千岁杀了吧”这句话，也会引起我们极大的兴趣。更值得注意的是，这句话是在签名盖章以后写上去的。

---

① 从后文可以知道，条太郎姓广川，全名广川条太郎。日本人的图章一般只刻姓，不刻全名。

他杀还是自杀

写遗书用的纸和铅笔来自何方，是无论如何不应该放过的问题。预审法官在小笛家进行了严格的搜查，不但没有找到广川的图章，也没有找到跟写遗书用的稿纸相同的稿纸。

在另外几个被认为是千岁在学校里用的笔记本里，虽然也有被撕掉的，但碴口没有一页能跟写遗书用的横格纸对上。黑铅笔倒是有好几支，而红铅笔一支都没找到。

千岁写的看上去好像遗书的信，跟小笛写的遗书，笔迹是否一致呢？这是必须弄清楚的问题。预审法官为此没收了小笛平时使用的一本流水账。

小笛的遗书使用了两种纸和黑红两种颜色的铅笔。写在稿纸上的遗书，前三分之一用的是黑铅笔，中间三分之一用的是红铅笔，最后三分之一用的又是黑铅笔，这是为什么呢？

还有，通读千岁和小笛的遗书，如果不注意，不会感到可疑，但是，只要稍加分析，就会发现有好几处是很矛盾的。

例如，千岁的遗书里有这样的字句："……如果我死了，母亲会很可怜的。请你来安慰一下我那再也没有什么依靠的母亲吧……"而小笛的遗书里则写道："……把野濑的东西拿来交给千岁……"还有"千岁就拜托给您了"这句话，反复写了好几次，最后又说什么"你把千岁杀了吧"。千岁不知道母亲小笛之死，小笛却既好像知道千岁之死，也好像不知道千岁之死。我们需要分析千岁的遗书是什么时候写的，更需要分析小笛的遗书是什么时候写的，否则我们无法解释这些矛盾之处。

小笛的遗书是摆在桌面上的。

一般而言，遗书是为了让活着的人们看的，所以小笛的遗书摆在桌面上是一件理所当然的事情。但是具体到这个事件，却叫人感到不自然。

预审法官的勘验，结束于事件被发觉的那天，即六月三十日晚上十点。

对于死，千岁是否已经做好了充分的精神准备，我们暂且不提。喜美代和田鹤子是被人勒死的，是他杀，关于这一点应该说没有怀疑的余地。然后就是小笛。她是上吊自杀，还是被人勒死之后被挂在了门楣上，这是很难判断的。这个问题确定不了，事件就解决不了。

为什么这样说呢？因为如果小笛是被人勒死之后挂在了门楣上的，那么除了在现场死去的四个人以外，应该还有第五个人在场；而如果小笛是上吊自杀的呢，就不一定有第五个人在场了。

预审法官勘验的初步结果认为，小笛是上吊自杀。这个判断留下了太多的疑问，连预审法官自己都不能否认。

至于到底是自杀还是他杀，除了等候法医学专家的鉴定以外，没有别的办法。

于是，预审法官请勘验时在场的京都帝国大学的小南又一郎博士将四具尸体解剖验尸。预审法官要求小南博士做如下四项鉴定：

一、致死原因。如果是勒死的，要说明用的是什么种类的绳索，怎么勒死的，还要分别说明自杀和他杀两种情况；

二、有无创伤。如果有的话，要说明其部位、形状和程度；

三、平松小笛和千岁有没有被奸淫的痕迹，包括奸尸；

四、死亡时间。

尸体解剖检查于次日，也就是七月一日在京大医学院的法医学教室实行。预审法官和检察官在场，小南、岸松二人主刀，大林新等四人担任助手。

验尸报告一共有八十六项，浩瀚繁冗，不可能在这里一一介绍。小南博士等对小笛、千岁、喜美代和田鹤子四具尸体表面进行了详细的检查，解剖以后也进行了严格的勘验。由于除小笛以外的三具尸体均被确认为他杀，没有留下任何疑问，我们只在这里介绍一下小笛的验尸报告。

验尸之前有一点需要说明的是，解剖检查四具女尸花了大约十五六个小时，尸体的腐败一直处于进行状态，皮肤变色等现象逐渐明显。

验尸报告里记载着尸体腐败程度非常严重等情况。

这具女尸中等身材，由于严重腐败，精确测量十分困难，但也可以得知其生前体重约 51500 克，身高约 1.42 米……

也就是说，小笛身高约四尺七寸。小笛的身高比门楣要高，此点应引起我们的注意。

女尸颈部，喉头上方紧挨下颌有一条平直延伸至两耳垂下之勒痕 A，宽 1.8 厘米，略凹陷，皮肤为褐色，触感稍觉干硬。此勒痕下方约 2.0 厘米处，还有一条浅紫红色勒痕 B，宽 2.0 厘米，中间距下颚 3 厘米，由中间向两侧延伸，略呈 V 字形。因此，勒痕B与勒痕A不平行。

脖颈上有两条勒痕，这两条勒痕不平行。下边那条勒痕呈V字形，角度为一百二十度，颈后一点勒痕也没有。另外，上下两条勒痕之间的皮肤未见任何异常。

但是，断定小笛颈部A与B两条勒痕就是造成小笛死亡的原因，并非易事。然而，只要对这两条勒痕的性状进行精密检查，这个问题自然能够得到解决。总之，脖颈上部的勒痕A是小笛被吊在门楣下的时候形成的，勒痕B则在脖颈下部，两者之间有间隙。关于这一点，从远处拍的照片上也可以看得出来。

勒痕B颈前非常明显，颈后一点也没有，而且小笛的头发是梳上去再打一个发髻的那种头型，也不可能是由于绳索勒在了头发上而没有留下勒痕。

勒痕A呈皮革状，干硬凹陷，皮下没有淤血；勒痕B呈浅紫红色，皮下有明显淤血。由此可见，前者为死后或临死之前形成，后者为生前形成，乃合乎情理之解释。

勒痕A是勒着和服腰带的地方，和服腰带吊着小笛，故形成沟状。勒痕B上什么都没勒着。而且，前者皮下没有瘀血，后者皮下有明显瘀血。这在法医学上是作出判断的重要依据，对侦探感兴趣的读者来说这是非常有意思的。

据上述验尸结果，予以为主要有以下三种可能性。（甲）小笛最初将和服腰带勒在B处自缢未果，复将和服腰带勒在A处自缢身亡。（乙）小笛最初将和服腰带勒在B处，死后因体位变化滑落至A处。（丙）小笛被某人绞杀之时留下勒痕B，其后被挂在门楣下伪装成自缢。

其中（甲）最不合理。因为勒痕B太严重了，造成了如此严重的勒痕却没有死，活过来以后再去自缢的可能性几乎是没有的。

（乙）也有一些不合理之处。例如，勒痕A与勒痕B并非平行；勒痕B于中部形成角度；两条勒痕之间的皮肤未见任何异常，等等。说是自缢时滑落很难成立。

若为（丙），则矛盾之处甚少。故而予以为小笛乃被某人绞杀，然后被挂在门楣下伪装成自缢之说最为妥当。

造成小笛颈部之勒痕B的绳索之类的凶器即便无法找到，亦可认为乃勒死千岁等人的手巾或衣领。

小笛身体尚有其他三处损伤。一处为左手之手背，另外两处为左小腿内侧，均为尖角形钝器所伤，伴有严重皮下淤血。

“平松小笛之〇〇〇[①]中，〇〇内发现少量〇〇，乃死亡数小时乃至十数小时以前有过〇〇之佐证。而其〇〇内未检出〇〇，则证明其临死之前或死后不久，未进行伴有〇〇之〇〇。

平松千岁之〇〇〇，极易扩展，故难以否定其有〇〇经验。

① 以下验尸报告中关于小笛和千岁的部分，涉及性器官及性行为的词语，原书均用“〇”代替，翻译时未作改动。

但其〇〇及〇〇内未检出〇〇，乃其临死之前或死后不久，未进行伴有〇〇之〇〇之佐证。

彼等死后至尸体解剖，时经三日。彼等胃中及小肠上部皆空，食物仅存于小肠下部。据此可以推定，彼等乃进食七至八小时之后相继死亡。

小笛是被人绞杀而死，却没有发现凶器；死亡十数小时以前有过〇〇之形迹；这些都是应该引起我们注意的。还有，有了进食七至八小时之后死亡的鉴定，只要再了解到小笛等人最后一次进食的时间，就可以推定出凶手行凶的时间了。这是最值得重视的一点。

那么，小笛手背和小腿内侧的三处淤血说明了什么问题呢？验尸报告是这样写的：

以上述说明为依据，鉴定结果如下：

一、平松千岁、大月喜美代及大月田鹤子，被人用柔软稍粗之条状物（例如缠在彼等颈部之手巾）绞杀；

二、平松小笛亦可能被人用与上述三人相同的方式绞杀，后被悬挂于门楣之下，伪装成自杀。此乃推定，并非断定。仅靠法医验尸结果断定其是自杀还是他杀，困难之至，几近不可能；

三、（中略）小笛左手背及左小腿内侧之损伤，均为钝器冲击所致，伴有严重皮下淤血。可以认为是反抗时受伤；

四、（中略）；

五、（中略）根据胃肠内残留食物之状况推定，彼等死亡时间为六月二十八日清晨。

上图：平松千岁　右图：平松小笛

发生惨剧的小笛家

至此，现场勘验与解剖鉴定全部介绍完毕。

现将现场勘验与验尸要点概括如下：

首先是小笛家的大门。里边插上了插销，而大门上的便门从外边上了锁。通往空房子的侧门呢，空房子那边没插插销，小笛家这边却顶着蒸笼。另外，小笛家周围没有任何外人进入过的痕迹。

这样看来小笛家就是一个完全封闭的密室，四个人死在了这个密室里，而且其中两个是临时住在这里的五岁和三岁的孩子。

在千岁尸体身边，有广川条太郎的名片两张，其他三人的名片各一张。桌子上，有小笛的遗书，其中一封由小笛与条太郎共同署名，并且盖上了广川条太郎的图章。

这封遗书中间三分之一是用红铅笔写的。

吊在门楣下面的小笛的尸体，穿的衣服不太自然，悬垂的姿势也很奇妙。

验尸结果：四人均为他杀。看上去好像是自杀的小笛，经小南博士鉴定，确认为他杀，死亡时刻为六月二十八日清晨。如果是小笛把其他三人杀死之后自杀的，事件很容易解决。但是，小笛自杀之前为什么要杀死另外三个人呢？而且是那么年幼的孩子。这个问题回答不了，事件就不能算得到了解决。除此以外，还有名片、遗书以及小南博士的鉴定，都是把小笛之死定性为自杀的障碍。

既然已经推定小笛之死为他杀，就必须找出杀死她的凶手。

作为追查凶手的方针，第一要调查小笛的情爱关系，第二要调查小笛的怨恨关系。

平松小笛，本姓八木，原有一个品行不好的情夫，但是，她的这个情夫正在监狱里服刑，跟此事件没有关系。小笛有一个亲生儿子叫森田友一，母子关系不是很好。经暗中调查，森田友一最近的行动没有什么可疑之处，在他那里不会得到有用的情报。

但是，在这个事件里，锁定犯罪嫌疑人并不是一件非常困难的事情。

这个人的名字我们已经在现场的遗书和名片上见到过了，他就是原来寄宿在小笛家的广川条太郎。广川很快就被警方认定为唯一的犯罪嫌疑人。

红铅笔

北野町三丁目，位于神户市一个安静而寂寥的高台上。

夏日的夜晚，九点多了，天色才渐渐暗下来。爬上三角帐场北边一个高坡以后，可以清楚地看到三宫一带色彩纷呈的灯光，以及神户港附近船上闪亮的灯火。

爬上高坡稍向右转，一个普通的工薪族住宅出现在眼前。广川条太郎就寄宿在这里。

“家里有人吗？” ×× 报社的记者井口站在这座属于一个叫泉胜夫的人的住宅大门外面喊道。

这天是小笛等人的尸体被发现的日子，即六月三十日。具体时间是晚上九点半。

“广川先生是在这儿住吗？”井口又喊了一声。

出来给井口开门的是一个十四五岁的少女，她领着井口走到里边的一个房间门前。不久，一个二十七八岁的皮肤白皙的长脸男人出现在井口面前。

“我……就是广川。您是……”

“您就是广川先生啊？我是 × × 报社的记者，想跟您谈谈。”

“啊，是吗？那请上二楼吧。”广川把记者引到二楼，随手把推拉门关上。

“这么晚了还来打扰您，实在对不起。”

“没关系，您找我有什么事吗？”广川接过井口递过来的名片，连看都没看一眼就直接问这位记者有何贵干。

“我想问问您关于京都的小笛母女的事……小笛母女，您认识吧？”

“认识啊……怎么了？”广川脸上现出困惑的表情。

“问个不太礼貌的问题……您跟她们母女是什么关系？”

“到底发生什么事情了？”广川反问道。

“刚才接到京都方面的电话，说小笛母女死在了家里。小笛的女儿千岁被人勒死，小笛的尸体被吊在门楣上……她们的死法都很奇怪，疑为他杀。”

“啊？您说的这些是真的吗？这……”广川看上去有些着急。

“是真的，我怎么能随便说人家死了呢？小笛家是四口人吗？”

“不，只有两口人。”广川自言自语似的回答说，说完又说了一声“请等一下”，就下楼去了。

井口记者喝着刚才给他开门的那个少女端上来的茶等着广川。十分钟以后，广川戴着一副赛璐珞镜架的眼镜上来了。

此后的对话，井口记者是这样对检察官说的。

“让您久等了。”广川上楼以后对我说。

“您是怎么认识小笛母女的？”我直截了当地问道。

“我从大正十年到大正十三年住在京都，寄宿在小笛家里。”广川回答说。

“关于她们母女的死，你察觉到什么苗头没有？”

“我没有察觉到什么苗头。”

“你周末常去她们那里吗？最近是什么时候去的？”

“上星期五小笛母女在我这里住了一夜。第二天我们三个人一起去京都，星期天找了一天房子。她们说，跟房东关系不好，想搬家，我跟他们一起在下鸭一带找房子。如果说她们是自杀，我怎么一点儿苗头都没有察觉到呢？”

“你跟千岁有婚约吗？”

“没有。只不过寄宿在她们家里，关系有些亲近罢了。”

“您有照片吗？要是有的话，能给我一张吗？”

“照片有是有，不过我不希望我的照片在报纸上登出来……”

那天广川没有给我照片。

最后，广川苦笑着说道：“我跟小笛母女关系密切，如果这是一个杀人事件的话，第一个被怀疑的人就是我。”

广川还说：“我说的话可能在报纸上登出来吧？求您尽量不要登出来，特别是不要把小笛母女在我这里住过的事，以及我跟他们在京都找房子的事登出来。”

我随口答应了一声。

广川又说：“我现在就去京都。”

那时候已经是晚上十点十分了，我起身告辞。

广川把我送到门口的时候，我问他：“你现在就去京都吗？”

他说："今天太晚了，我还是明天再去吧。"

我跟广川的谈话如上所述。其间广川的态度十分坦然，没有吃惊或慌张的表现。

记者井口认为广川的态度十分坦然，这对于广川来说是有利的，不过反过来也可以认为，正因为广川已经知道小笛等人已经死了，所以才不惊也不慌。

井口记者走后不久，京都的刑警就来了。那时候广川已经不在了。

几天以后，即七月三日那天，警方搜查了广川的房间，还调查了他六月二十五日以后的行动。调查结果如下：

二十五日，小笛带着千岁来到广川的住处，说是来神户芦屋的表弟家走亲戚，顺便来看看广川。当天，小笛和千岁在广川这里过夜，第二天早晨广川照常去上班，小笛母女留在广川的房间里。

广川走后，小笛和千岁洗了澡，化了妆，对房东说"出去一下"，出去以后就再也没回来。那天广川也没回来。

二十八日下午六点左右，广川回来了。如平时每天下班那样，在一楼跟房东说了声"我回来了"就上楼了。关于小笛母女的事，什么都没问。

广川的房间里，书架上有一个玻璃笔筒，笔筒里有红蓝铅笔各一支。桌子抽屉里有黑铅笔一支。壁橱里有被认为是小笛送给广川的三条和服短外罩上的带子和一条腰带。其他跟事件有关的东西（例如笔记本、印泥等），一个都没有发现。

在广川的住处搜查到的红铅笔，让人联想到小笛遗书的一部分是用红铅笔写的。

警方把广川作为这个事件的主要嫌疑人通缉了他，同时传唤了十二名证人取证，力求理清以小笛和广川为中心的情爱关系和怨恨关系。

十二名证人的证词不能一一详细介绍，那样介绍过于庞杂，读者也看不下去。这里只选择一两个具有代表性的证人的证词介绍一下。

首先是在这个事件中失去了两个年幼的女儿的大月多三郎的证词。

“平松小笛家有几口人？”警察和气地问。

“两口人。小笛和她的女儿千岁。”大月多三郎回答说。

“千岁是小笛的亲生女儿吗？”

“听说千岁是小笛住在朝鲜的时候领养的，至于千岁的亲生父母是谁，我没听说过。”

“小笛和千岁的年龄，您知道吗？”

“小笛今年四十七岁，千岁今年十七岁。”

“关于小笛和千岁的情夫的事，您有没有听说过？”

“我大正十四年一月初带着全家回过一次故乡，同年七月又回到京都。那时候我没见到千岁，就问小笛，千岁去哪儿了？小笛回答说，千岁嫁给广川条太郎了。我于大正十年四月租田中邦家的房子的时候，广川条太郎就已经寄宿在田中邦家里了，从那时起我就认识他。当时他是京都帝国大学的学生。当我问小笛，千岁嫁给广川条太郎是怎么回事的时候，小笛说，千岁跟广川也有肉体关系。我以前就认为小笛跟广川有肉体关系，听了小笛的话，就更加确信这一点了。”

“您大正十四年七月回京都的时候，广川条太郎住在哪儿？”

“听说他已经搬到神户去了，详细地址我不清楚。工作单位好像是神户信 × 公司。”

“广川条太郎搬到神户去以后，还到小笛家来吗？”

“今年一月，广川条太郎和小笛到我家来过，那以后我再也没有见过他。不过我听说广川几乎每个周末都到小笛家来。”

“今年六月二十七日那个星期天，广川条太郎也到小笛家来了，您知道吗？”

“当时不知道。小笛把我的两个孩子带走以后不见回来，我老婆拼命找，那时候我老婆对我说过广川条太郎来小笛家了。”

“您知道以前到过小笛家的都有些什么人吗？”

“我知道的有广川条太郎，还有北白川西町的 × 本 × 二、田中大堰町的福田芳、小笛的亲生儿子森田友一，以及一个姓山村的二十一岁的年轻人，山村具体住什么地方我不知道。这些人以前到过小笛家。”

“您的两个孩子在这个事件中被绞杀，有没有什么缘由？”

“我认为没有任何缘由。六月三十号那天，当我知道了自己的两个孩子被人绞杀之后，〇〇打电话告诉了住在今出川的亲戚别府富吉。当天晚上富吉来我家安慰我们的时候对我说，小笛的女儿千岁曾经对他的女儿清子的朋友说过，喜美代太可爱了，死的时候要跟喜美代一起死。看到小笛和千岁都死了，当时我就想：是她们拉着我的孩子们一起寻死的。”

“据您所知，有没有仇恨小笛母女的人？”

“仇恨她们母女的人可能有，但仇恨到非把她们杀了不可的程度的人，我觉得没有。听我老婆说，广川条太郎最近提出跟小笛彻底分手。广川岁数也不小了，早就到该结婚的年龄了。总不能永远跟比他大那么多的小笛保持不正常的男女关系吧，那样的话他怎么结婚？所以他一直都在等待合适的机会提出跟小笛彻底分手。”

“您听小笛说过要跟广川分手的事吗？”

“从去年一月开始，小笛就经常说这件事。她说，很多人背后议论她跟广川的关系，人言可畏，她想结束跟广川的关系，过安定日子，但广川还是来。我感觉小笛想跟广川要钱。”

“小笛母女说过想死之类的话吗？”

“这我倒没听说过，但是我听说小笛的养女千岁身体不好，医生说她活不长。亲生儿子森田友一呢，将来也指不上。小笛感到非常苦恼，也很悲观。”

“与这个事件有关系的事情，您还知道些什么？”

“跟小笛来往的人们最终都会讨厌她，弄得很不愉快。看到这种情况，我们就想跟她断绝来往。可是，小笛这个人有些歇斯底里，情绪容易激动。如果突然跟她断绝来往，我们害怕惹出什么事来，所以就拖了下来。”

警察对大月多三郎的询问基本上就是这些。另外，大月多三郎还说，今年三月，千岁开始寻医问药。先在北白川边的一个医生那里看了看，那个医生说，千岁的病很严重。后来又找了很多医生。最近还请熊野神社附近的一个巫师给看了看。那个巫师说，千岁都病成这样了还叫她去上学，这等于杀了她。小笛听了巫师这番话，特别沮丧。

警方认为，这个事件的重点在于小笛跟广川条太郎的肉体关系以及小笛母女究竟有没有自杀的打算。这是理所当然的。不管是对大月多三郎还是对其他人，都围绕这个中心。

关于小笛跟广川的肉体关系，作为证人之一的须原德说道：“我听福田太太说，平松小笛的情夫叫广川条太郎，以前是京大的学生。我跟这个叫广川条太郎的人只见过一面。”

大月多三郎的妻子大月茂野女士说道：“平时小笛经常公开说她的情夫广川条太郎是京大经济系的毕业生，上大学的时候就寄宿在她家里。”

福田芳则说道：“小笛跟我说过，广川毕业后在神户的一个公司里上班，还说广川就是她的丈夫。据说广川学生时代一直寄宿在小笛家，从大学四年级开始一直跟小笛保持肉体关系。大学毕业以后虽然住在神户，但每个星期六肯定到小笛家来，星期一清早回神户。如果有事来不了，必定写信向小笛说明情况。我常想，广川怎么那么听小笛的话呀。当然，小笛知道，广川并不打算一辈子当她的情夫。小笛说，如果广川提出分手，必须拿出一大笔钱来，否则不能了断。”

其他证人的证词跟上述几个证人的证词大体一致。由此可见，小笛跟广川的肉体关系已经保持了很久，而且几乎可以说是众所周知的。

但是，上述这些证人，谁都没有在六月二十六日和二十七日看见广川。

那么，小笛和广川的关系最近怎么样呢？关于这个问题，去小笛家送米的北白川上池田町的北村米店的人是这样说的："我上个月五号按照惯例去小笛家收钱，小笛和她的女儿千岁都在家。小笛说‘有一个叫广川的人，现在在神户的一家公司上班，这个人在京大念书的时候寄宿在我家，每个月都交给我很多钱。最近广川很久不到我这里来了，我现在也没有收入，广川又要提出跟我分手。如果分手的话，广川至少应该给我一两千。（中略）广川本来每个周末都到我这里来，可是最近不怎么来了，说什么十二月就要结婚了。他要是真不来了，我就到新泻找他父母去，怎么也得要一两千回来’。”

这样看来，小笛跟广川的关系很快就要结束了。

至于小笛母女是否陷入了非自杀不可的窘境，福田芳是这样说的："上个月五号和六号，小笛一个人去神户了，千岁住在我家里。那时候千岁对我说：阿姨，那天我妈说要跟我一起死。我……怕死。当时我听了千岁的话也没往心里去，心说小笛怎么可能说那种话呢？就是说了也是开玩笑。”

诱　惑

以上那些证人的证词只告诉我们以下两点：第一点是小笛母女跟广川都有肉体关系，第二点是小笛平时说过想死。

关于六月二十七日晚上广川是否住在小笛家里，须原太太的证词是："六月二十七号晚上广川在没在小笛家住，我不太清楚，但我听说广川每个星期天都到小笛家来。不过，广川来的时候和走的时候，我都没看见过。"

住在小笛家附近的梳头店的森春的证词是："我听须原先生说，广川是星期六来的，二十七号星期天到下鸭一带找房子去了。"

大月多三郎的证词是："二十七号星期天广川来小笛家的事，当时我一点儿都不知道。小笛把我的孩子们带走以后失踪了，我老婆拼命地找，那时候我听我老婆说二十七号广川来过小笛家。"

广川二十六日早晨离开寄宿的泉胜夫家，二十八日晚上六点才回去。关于这一点有泉家太太的证词。

同时，广川曾亲口对井口记者说过："上星期五小笛母女在我这里住了一夜。第二天我们三个人一起去京都，找了一天房子。她们说，跟房东关系不好，想搬家，我跟他们一起去下鸭一带找房子……"但是，广川没有明确说明自己从二十七日傍晚到二十八日清晨在哪里。

如果这段时间广川在跟现场没关系的地方，就有了不在犯罪现场证明。就算现场有他的名片，有他盖了章的遗书，就算他跟小笛有过肉体关系，这个事件也与他无关。

这段时间广川到底在哪里呢？看来除了问他本人，没有别的办法了。

那么，接受了井口记者的采访以后，广川是怎么做的呢？

原来，那天夜里，即六月三十日那天夜里，广川还是坐上了开往京都的上行列车。列车于七月一日零点三十七分到达京都。当广川像个梦游患者似的从车厢里走出来以后，立刻被已经在站台上等候多时的种子田和西尾两位刑警带到警察局去了。

三天以后，警方审讯了广川。

在拘留所被关了三天的广川，苍白的长脸很憔悴，平时梳得很漂亮的分头，乱得像蒿草。

负责审问广川的警长的视线像蛇一样在广川身上爬来爬去。广川低着头，双手的手指交叉在一起放在自己的膝盖上。

审讯室里特有的令人毛骨悚然的沉默持续了相当一段时间。

"姓名？"警长的口气轻松沉稳，却又非常严厉。

"广川条太郎。"广川抬起头来，表情还算平静。

"年龄？"

"二十八岁。"

审讯就这样开始了。

广川是新泻县北须泽郡大幸町的一个叫广川龙平的有钱人的长子。新泻县立大幸中学毕业以后进小樽商业高中。大正十年（1921年）四月考入京都帝国大学经济系选修科，大正十三年（1924年）三月毕业。

广川的父亲毕业于师范学校，当过小学教员，三等邮电局局长，在当地是一位很有名望的绅士。

广川毕业那年九月，大学时代的朋友，××人寿保险公司的职员×

田 × 一把广川介绍给保险公司的经理 × 野 × 太郎。在 × 野 × 太郎安排下，广川进了神户信 × 公司。月工资八十五日元[①]，加上每月四十多日元的补助，每个月的收入在一百二到一百三之间。

“你现在好像还是单身吧？有没有跟你同居的女人？有人给你提过亲吗？”身份调查结束以后，警长用轻松的口吻问道。

“没有女人跟我同居。倒是有人给我提过几次亲，都没成。”

“平松小笛和她的女儿千岁都是你的情妇，你是怎么跟她们搞上的？”警长的口气开始发生微妙的变化。

“平松小笛和她的女儿千岁都是你的情妇”，这个说法虽然不能说是错误的，但是，就广川跟小笛的关系来讲，比“平松小笛是广川的情妇”更为恰当的说法，应该是“广川是平松小笛的情夫”。

从年龄上来说，俩人发生肉体关系的时候，小笛四十六岁，广川二十七岁，还是个大学生。从经历上来说，小笛也应该能够轻易地勾引广川上床。

为了明确到底哪种说法更为恰当，有必要把小笛的经历，以及广川跟小笛的关系详细介绍一下。

小笛明治十三年（1880 年）八月生于爱媛县越智郡大山下村。由于家庭经济条件不是很好，十五岁那年春天，小笛去山口县都浓郡下松町一个有钱人家当女佣。其间跟住在附近的一个鞋匠私通，后同居，十八岁那年生下一男孩。男孩生下来还不到一百天的时候，小笛趁鞋匠不在，把男孩放在廊子里离家出走。这个男孩就是森田友一。

---

① 大正时代的一日元相当于现在的一千二百至两千五百日元。

小笛离家出走以后，先回娘家住了几个月，其间跟家里一个雇工私通，后来跟着那个雇工辗转于津山等地。她不久跟雇工分手，一个人在冈山县以做针线活为生。后来嫁给了一个叫平松〇一的男人，随夫改姓平松，是为平松小笛。

夫妇二人一起去朝鲜半岛的仁川，开了一个杂货铺，日子过得不错。千岁就是小笛在朝鲜的时候领养的。

小笛的丈夫〇一因病住进了总督府医院。〇一住院期间，小笛认识了一个在总督府医院照顾住院的妻子的男人。〇一跟那个男人的妻子相继病故，死了丈夫的小笛跟那个死了妻子的男人结为夫妇，又在朝鲜住了一段时间以后，回国在大和的木津定居。不久那个男人又找了个年轻的女人，离开了小笛。

小笛带着千岁到京都投奔朋友，最初寄宿在田中下柳町的田中邦家。后来，小笛借钱买下了田中邦的房子，以前寄宿在田中邦家的房客成了小笛的房客。这是大正十年（1921年）七月的事。

以前寄宿在田中邦家的房客，有在这个事件中失去了两个女儿的大月夫妇，还有刚考入京大经济系不久的大学生广川条太郎以及另外两个大学生。

不久大月夫妇租到别的房子搬走了，寄宿在小笛家里的房客还剩下三个大学生。在这三个大学生里，广川家最有钱，于是小笛自然就对广川关怀备至。

房东喜欢有钱的房客没有什么不对，可是喜欢得过分了就会引起其他房客的不满，结果另外两个大学生相继搬走，小笛的房客只剩下广川一个了。

小笛买下田中邦的房子，本来是想靠出租房子过日子的，但是，以前的房客纷纷搬走以后，再也没有新房客进来。小笛的经营陷入困境。如果广川再搬走的话，小笛家的生计就无法维持了。所以小笛无论如何也得留住广川。

深秋的一个夜晚，广川把看腻了的一本杂志扔到墙角，百无聊赖地躺在矮桌旁边的榻榻米上。

“广川，该睡了吧？”小笛爬上二楼，走进广川的房间，双手抱在胸前，俯身看着躺在榻榻米上的广川。

小笛刚洗完澡。椭圆形发髻稍显松散，脸上好像抹了化妆水，光滑发亮。这天晚上，小笛看上去很漂亮，很迷人。

“啊。”广川躺着没动，未置可否地答应了一声，伸手从矮桌上拿了一支烟点上抽起来。

小笛从壁橱里把广川的被褥拽出来往榻榻米上铺的时候，她那雪白的脚腕在广川眼前闪闪发亮。

“大家都搬走了，广川先生一定感觉很寂寞吧？”小笛一边给广川铺被褥一边问道。

“寂寞是寂寞，但可以一个人安安静静地学习，这样很好。不过，阿姨，房客就剩下我一个了，您……我帮您找一两个朋友过来吧。”

“好，好啊……不过嘛，广川先生，只要广川先生您在，别人来不来都无所谓。日子嘛，怎么都能过下去……广川先生，您会在我这里一直住下去的吧？”

“我吗？只要您不赶我走，我就一直在这里……”

小笛给广川铺好被褥以后，坐在火盆旁边：“广川先生，今年冬假回家吗？”

"这个嘛，我还没想好呢。"

"您家离京都挺远的，路费也挺贵的，您就别回去了。"

"嗯，也许不回去了吧。"

"哟，都十点了，广川先生，您休息吧，晚安！"

"哎。"广川把烟头扔进火盆里，躺着没动。

"盖上被子睡吧，当心感冒了。"小笛说话的口吻就像一位慈祥的母亲。她一边这样说着一边把手搭在广川肩头，摇了广川两三下。

熟透了的女人的体香，钻进广川的鼻孔，继而渗入他的身体。

小笛下楼去了。广川钻进被窝，长长出了一口气。这样的诱惑已经不是第一次了，他庆幸今夜再次逃脱，放下心来。

但是，诱惑是甘美的。这诱惑没有使广川感到不愉快，我们也没有责备广川的理由。

如前所述，广川毕业于乡村中学以后，先上小樽商业高中，又考上了京都帝国大学，已经有好几年远离母爱了。

在对母亲的敬慕中带有几分感伤的心灵悸动，是正常性心理的一个方面。

小笛对广川的诱惑持续了一年半之久。如此软弱的广川，居然忍耐了那么久没有上钩，我们除了对他表示怜悯，还能把他怎么样呢？

诱惑，终于战胜了忍耐。

大正十三年（1924 年）正月。

夜里，叡山铁路元田中车站的电灯发出明亮的光。平时的夜里就叫人感到寂寥的电灯光，到了冬日的夜里，不但更加叫人感到寂寥，而且叫人感到寒冷。

正月初五之夜。

电车在元田中车站停车，从车上下来五六个人以后，冰冷的车轮碾着冰冷的铁轨缓缓离去，消失在夜幕之中。

从车上下来的小笛和广川并肩走在前面，千岁紧跟在他们身后。

“千岁，今天晚上的活动怎么样？有意思吗？”广川回过头去问道。

“有意思。不过……我更喜欢那些叫人感到悲伤的、能够引起人们同情的照片。”千岁回答说。

“哈哈哈哈哈哈……叫人感到悲伤的，能够引起人们同情的照片，已经不流行啦！”广川说道。

“怎么会呢？看了以后叫人觉得可怜，忍不住流眼泪的照片有的是！”千岁不知什么时候已经跟广川并排走在一起，和小笛一左一右把广川夹在中间。

“阿姨，您觉得怎么样？有意思吗？”广川看了看走在他右边的小笛。

“太有意思了。不过嘛，我觉得演剧更有意思。”

“演剧也不错，但是，换幕时间太长，叫人等烦了。”

“千岁还是个孩子，看了那样的照片倒也无所谓，广川先生可就太可怜了。”

“可怜？为什么？”

“为什么？你还问我为什么？哈哈哈哈哈哈……”小笛像男人似的大笑起来，一边笑一边用肩膀轻轻撞了广川几下。

“阿姨真有意思，看影展的年轻人又不止我一个，那么多年轻人都去看了，上了年纪的人怎么能……”

“所以说嘛，现在的年轻人哪……”

“阿姨看了一定很生气吧？”

“那倒没有，我也觉得很有意思。”

千岁不说话，默默地往前走着。

“阿姨喜欢看武戏吗？”广川换了一个话题。

“武戏我也喜欢，今天晚上那样的戏也不错。”

“哈哈哈哈哈哈……阿姨真会说话……”

“哈哈哈哈哈哈……”小笛也放声大笑，又用肩膀轻轻撞了广川几下。

冷风阵阵吹来，挂在各家门前取意吉利的稻草圈发出沙沙的响声。

“好冷啊！”进屋以后，广川立刻把脚伸进被炉里。

小笛和千岁也把脚伸进同一个被炉里。三个人漫无边际地聊了起来。

“啊，都十二点啦？我得上去睡觉了。”广川说着就要从被炉里把脚抽出来。

“广川哪，楼上多冷啊，又没有被炉，被窝冰凉的，怎么睡呀？今天晚上就在这儿睡吧。”小笛说道。

“可是……”

“可是什么呀？你就别可是了，叫你在这儿睡你就在这儿睡！”

“广川大哥，您就在这儿睡吧，我和我妈两个人好寂寞。”

“好了好了，就这样决定了。”小笛说完就把被褥从壁橱里拿出来铺上了。

被炉在中央，三个人围着被炉躺下以后又聊了一会儿。千岁很快就睡着了。

小笛好像想起什么似的爬起来，出去看了看马上又回来了。那天晚上，小笛穿的是白底蓝花的贴身长睡袍，系一条白底紫格腰带。

“今天晚上真冷啊。”小笛小声说。

“啊。”广川搭讪着。

“你不冷吗？”小笛来到广川枕边，关心地问道，“你看，肩膀都露出来了，这样会感冒的。来，我帮你把被子掩好。”小笛说着把手伸过来给广川掩被子。

两条雪白丰满的胳膊在广川眼前晃动着。年长女性特有的疼爱带着蛊惑人心的体香钻进了广川的鼻孔。

电灯关了，钻进了自己的被窝的小笛，把脚伸进广川的被窝，触到了广川的腿。

广川不由得往回缩了一下，身体变得僵硬。

这个事件的种子，就是在那天晚上播下的。

翌日早晨醒来，广川的心绪很奇怪。他觉得自己犯下了很大的罪过，自责，痛苦，同时又像抓住了梦里的什么东西似的，有一种探知了神秘境地的喜悦。

但是，这种喜悦并非由衷的喜悦，因为他更多地感觉到的是一种巨大的，无可挽回的失策，是一种难以名状的后悔。

不管怎么说，广川是一个良家子弟，也是一个还不懂得什么叫玩女人的谨慎而正直的学生。当然，也许从那天夜里开始，广川就不是一个谨慎而正直的学生了，但至少在他了解了小笛的身体以前，他是一个谨慎而正直的好青年。

或许可以说，越是这样的好青年，越是抵挡不住性的诱惑。

如果是一个所谓饱经世故的男人，遇到小笛这种既没有姿色也不年轻的女人的诱惑，要么不会把她放在眼里，要么就是跟她睡了也会很快就把她当作一件废品给处理掉。

可是广川呢，在后悔的同时又认为自己应该对自己的行为负责，这是一种责任感，而且他的良心还在不断地受到他自己的谴责。

上述这些话也许有些庸俗，总之，一般男青年的性心理，一半是感伤的冲动，一半是性欲的冲动。

这两个方面的东西来自男青年在幼年时代得到母亲、姐姐乃至奶妈、伯母等女性的关爱之后，对女性抱有的特殊感情，以及在进入青春期以后强烈的性欲冲动和要求。

小笛是个中年妇女，经验（包括性经验）丰富，把广川当成孩子，同时小笛又可以说是广川的第一个女人。第一个使男人了解了女人的身体的女人，对于那个男人来说有一种特殊的力量。

这样一种性心理的力量，使广川在长达两年半的时间里，一边受到良心上的谴责，几乎每天都在后悔着，一边又在性生活方面离不开小笛。

当然，广川并不爱小笛，但是他认为自己应该对自己的行为负责。所以，他希望尽可能以一种自然的而不是强硬的方式，结束自己跟小笛的关系。

大学毕业以后，大正十三年的九月，广川在神户信 × 公司就业。他认为，这是一个跟小笛分手的好机会。

离开京都去神户之前，广川把一百日元放在小笛面前，很有礼貌地说："您关照了我这么长时间，这是一点小意思，请您务必收下。"

广川认为这是最后一次跟小笛坐在一起了，说话的时候心平气和，也很诚恳。广川心想，自己去神户以后，跟小笛自然就疏远了，小笛呢，也不会追到神户去纠缠他一辈子。

"你打算去神户以后，永远都不到京都来了是吧？"小笛盯着面前的一百日元看了好一阵，然后抬起头来用诘问的眼神看着广川。

广川觉得自己的心被小笛看透了，显得很狼狈："不不不，我不是那个意思，您不要误会。这点小意思，只不过是表示我对您的感谢……"

"如果是这样我就收下了。我一想到你去神户以后就再也不到京都来了，心里就难过得要命……如果是这样的话我就放心了。一定要常来啊！”

“啊，来……一定常来……”广川只能这样说了。

“如果你不来的话，我就去神户找你！”小笛高兴起来。

广川搬到神户以后的第一个星期天，当然没有去京都。第二个星期天，小笛就带着千岁找到广川寄宿的地方来了。

打那以后，只要星期六晚上广川不去京都，星期天小笛肯定要找到神户来。广川觉得一个比自己大很多的女人经常找上门来，叫房东看见了不好，万一再叫自己上班的公司知道了，也对不起给自己介绍工作的朋友，因此广川非常苦恼。小笛可不管他苦恼不苦恼，动不动就找上门来。广川没办法，只好答应小笛，如果没有特殊情况，每星期六一定去京都。

广川搬到神户三个月以后，尽量不到京都去了。他的办法是，快到星期六的时候就给小笛写封信，说公司突然有事，去不了了。

一个星期天的早晨，小笛又带着千岁找到广川寄宿的地方来了。那天千岁穿得特别漂亮，还化了妆。

以前，只要广川星期六没去京都，小笛找上门来，不是责备就是发牢骚，广川觉得很难对付。可是那天小笛心情特别好，不但没责备广川，还帮他打扫房间，让千岁把广川胡乱挂在衣架上的衣服叠起来。

三人在附近的餐馆吃完午饭以后，小笛对广川说道：“我到芦屋的表弟那里去一趟。”

“千岁呢？”广川问道。

“千岁就在你这儿待着吧。”

“阿姨，已经两点了，现在去芦屋，今天晚上能回来吗？”广川脸上露出为难的表情。

小笛脸一沉，但马上又恢复了笑脸："我尽量赶回来。要是实在赶不回来呢，就让千岁在你这儿住一夜，我明天早晨回来以后带她回京都。"

小笛走后，广川觉得把千岁一个人扔在家里不合适，就带她上街去玩儿，晚上九点回来一看，小笛还没回来。结果小笛直到第二天早晨都没回来，广川只好把千岁留在家里，自己去公司上班。

下一个星期六，广川下班回家以后看见一封千岁寄来的信，信上说，小笛找广川有急事，请广川今天一定要到京都来一趟。广川只好坐火车去京都。

天黑以后赶到了小笛家，小笛却不在。

"阿姨呢？"

"我妈？有急事去木津了。"千岁低着头小声说。

"奇怪，信上不是说有急事吗？我来了，她却走了。去木津有什么急事啊？"

"有什么急事，我也不知道。"看来千岁好像有什么难言之隐。

晚上，俩人睡在里边那个六畳的房间里。躺下以后，千岁恳切地对广川说："广川哥，你以后每个星期六一定要来。"

"啊，我争取每个星期六都来。"

"广川哥要是不来，我妈就特别不高兴，我的日子可不好过了……"千岁一边这样说着，一边用两条扎着绛紫色蝴蝶结的辫子在自己的乳房上扫来扫去。

"我……真的……"千岁沉默了，再也没有说话。

她好像哭了。

第二天，也就是星期天中午，广川就回神户了。当天夜里十二点，广川收到小笛一封电报让他马上来，广川没办法，连夜往京都赶，赶到小笛家的时候是星期一凌晨三点多。

小笛坐在火盆前边，千岁坐在小笛身边哭。

“出什么事了？这么晚给我发电报。”广川穿着大衣在火盆边坐下。

小笛表情非常严厉地看着广川：“广川先生，”小笛说话的声音冷静得吓人，“广川先生，您到底是怎么回事啊？”

“什么怎么回事啊？您的话我听不懂。”广川躲开小笛的视线，点燃一支烟。

“听不懂？广川先生，您可真会装傻……”小笛瞪着广川的侧脸，“您以为我不知道是吗？告诉您吧，千岁什么都告诉我了！广川先生。我可得好好儿地谢谢您啊！”

“都是我不好……”

“一句都是我不好就算完了吗？”小笛甩过来一句不冷不热的话。

“都是我……”

“是吧？既然你能干那种事，就应该是早就想好了的。这事儿不能就这么糊弄过去，得有个说道！”小笛的歇斯底里大发作，猛地站起来又坐下，抽抽搭搭地哭到天亮。

“阿姨，都是我不好，都是我不好，我……我什么都听阿姨的，阿姨让我干什么我就干什么，这次您就饶了我吧，都是我不好……”广川完全不知道怎么办才好了。

“我让你干什么你就干什么……我也不知道我该让你干什么呀……千岁……我让你还我们家千岁的处女身！”小笛又抽抽搭搭地哭起来。

“这……我……这怎么做得到呢……”

“什么？你做不到？你做不到难道我就能做得到吗？千岁还是个孩子呢，你怎么就做得出来呢你！”

“我不是说了吗？以后您让我干什么我就干什么，一切听您的吩咐，您还要我怎么样？”一夜没睡的广川焦躁起来。

“把千岁娶了，除此以外没有别的路可走！”

广川根本就没有打算娶千岁为妻。小笛的要求广川早就应该想到，可是他非但没有想到，还感到很意外。他对这个要求感到棘手，但是在那种形势下不能当场拒绝，加上小笛又是一个非常执拗的人，不好对付，他心里虽然不愿意，口头上也只好勉强同意了。

梦之声

广川答应以后，小笛立刻就把当时住在附近的亲生儿子森田友一叫过来，搞了一个小型的订婚宴会。

森田友一很高兴。这样一来，不但妹妹有了人家，母亲自然也有了依靠。广川也被迫叫来一个叫川村光雄的朋友来参加宴会。订婚宴会之后，广川不得不把千岁带到神户去，但是他悄悄对川村说，他根本就不想娶千岁为妻。

第二天，千岁收拾好行李跟着广川回神户。小笛为女儿送行，一直送到广川寄宿的地方，还在那里住了三天。在这三天的时间里，小笛不让千岁跟广川睡在一起，甚至不让千岁靠近广川一步。

小笛回京都以后，广川也没碰过千岁。

又过了三天，小笛发来一封电报，说她病得厉害，叫广川和千岁立刻去京都看她。

广川和千岁来到京都一看，小笛既没有病也没有事。

回神户的时候，广川对小笛说道："这次回神户我就不带千岁了，让她留在京都吧。"小笛马上就同意了，于是广川一个人回了神户。

一月底，小笛一个人到神户来找广川，说什么"千岁的事就这么拖下去也不是长久之计，这样下去我们没脸见人，还是尽快把婚事办了吧"。

好了，关于广川跟小笛母女关系的原委我们就介绍到这里。我们大致可以这样认为：小笛引诱广川与其发生肉体关系以后，又把养女千岁塞给了广川。

小笛把千岁塞给广川的意图是什么呢？

小笛知道，她的年龄比广川大，万一出了什么问题，对她不利。如果让千岁跟广川发生了肉体关系呢，责任就全在广川身上了。小笛算计得非常周到。

但是，警长的注意力根本就没在这儿。警长只要确认了广川跟小笛和千岁都发生过肉体关系就算完成任务了，所以警长在审问广川的时候才会说出"小笛和千岁都是你的情妇"这样的话来。

关于自己跟小笛和千岁的关系，广川没有一点儿隐瞒，也没有一点儿歪曲，是彻头彻尾的如实交代。

"那么，你提出分手，小笛跟你要多少钱？"警长的口气强硬起来。

"开始她说让我每月给三十日元，一直给到千岁从精华女子学校毕业。我说这对于我来说很困难，希望一次性结清。她说那就得给五百，我跟她交涉了很久，最后说定给二百五。我先给她打了一个二百日元的借条，然后把我的一件大岛牌和服外罩和一件夹衣送给她，顶了五十日元。"

"那二百日元后来你给小笛了吗？"

"去年二月中旬，我想做一套礼服，父亲给我寄来一百五十日元。二月末，我把这一百五十日元和我自己攒的五十日元一起给了小笛。”

“你给了小笛二百日元，这是真的吗？”警长说话的声音低沉而严厉。

“是真的。”广川的回答很干脆。

“你还赠送给小笛多少钱？”

“赠送这个词也许不合适。大正十三年二月，我在大丸百货商店花十五日元给她买过一把阳伞；同年九月，我搬到神户之前，作为谢礼送给她一百日元；去年二月，作为跟千岁分手的补偿，我给了她二百五十日元；大正十四年夏天，我在大丸百货商店花十三日元给她买了一件和服；同年十二月，我在藤井百货商店给她买了四十日元的绉绸外套染料；今年三月，我又给了她一百二十日元，希望跟她彻底断绝关系，结果也没能达到目的。”

“听说你以前是靠小笛出钱养活的，有这么回事吗？”

“没有。我上大学的时候，每个月都按时交房钱，而且从来都是多交。小笛送给我的钱物，全部加起来也不过三十日元。”

“大月多三郎曾经这样问小笛：‘广川要是提出跟你分手的话，你打算跟他要两三千呢，还是要五千或一万呢？’这件事你听说过吗？”

“小笛跟我说过这件事。”

“你听了以后是怎么想的？”

“什么都没想。”

“什么都没想？大月那样说，不是教唆也是鼓动，会给你带来麻烦的，你说是不是？”

“是，是会给我带来麻烦。”

“今年六月上旬，小笛对你说没说过她欠了很多债？跟你要钱没有？”

“她跟我说过她欠着别人六百日元的债，但是没跟我要钱。”

“她跟你说，她欠着别人的钱，那意思不就是跟你要钱吗？”

“我没有那样理解。”

“你爱小笛吗？”

“说不上爱，但也说不上恨。”

“总之，你觉得小笛很难对付，是吧？”这个问题非常重要，但是，警长问这句话的时候，口气却很轻松，一副若无其事的表情。

“小笛是个神经过敏的女人，一生气就嚷嚷着要死。她的嫉妒心也特别强。只要我一提出分手，她就想方设法威胁我。确实是一个很难对付的女人。”

“你给她一百二十日元，希望跟她彻底断绝关系，为什么没能达到目的呢？”

这是一种倒序审问。

“我提出分手，可是小笛威胁说，如果我跟别人结婚的话，她就要大闹婚礼，还要到我们公司去，把她跟我的事情嚷嚷出去。”

“你怕她那样闹，所以就继续跟她保持关系，是不是？”警长问了一句。

“是。”

“好！那么，关于小笛的将来，你当时究竟是怎么考虑的？”

“我当然想跟小笛断绝关系，可是如果断得太突然了，我实在不知道小笛会干出什么来，所以我想用一种比较自然的，比较平稳的办法跟她分手。”

对于警长来说，广川的回答正中下怀。警长要的就是广川这句话。不用解释读者也会明白，形势对广川极为不利。

对广川的第一次审问到此结束。

关于小笛母女跟广川的关系，证人的证词和广川的陈述，可以说是完全一致的，没有留下任何问题。

在上述关系中，广川的处境被明显确认。在这种情况下，越是强调小笛的执拗，越是对广川不利。

不过，只根据上述情况和证据就判定广川是凶手，属于非常危险的做法。但是，在没有发现其他犯罪嫌疑人的情况下，把广川定为最值得怀疑的人，只能说是不得已的事。

以下就要触及事件的核心问题了。

警长对广川的第二次审问的经过如下：

广川坐在桌子前面，脸色苍白，面容憔悴。他低着头，好像在思考什么重大的问题。

负责审问广川的警长迟迟不来，显然是故意把广川一个人晒在审讯室里。

一个多小时过去了，首先走进审讯室的是一个负责记录的警员。警员把纸笔放好，坐下之后把两个胳膊肘撑在桌面上，嘴角浮现一丝浅笑，默默地看着广川。

广川感到这是对自己的侮辱，很是气愤。

又过去了十五分钟，上次审问广川的那个警长叼着一支烟急急忙忙地走了进来。他坐在广川对面的椅子上，没事人似的继续抽烟。终于，他把烟头扔进烟灰缸，开始用他那特有的低沉而严厉的声音审问了。

"今年六月初，小笛在你寄宿的地方住了五六天，她是什么意思啊？"

"五月底或六月初，小笛确实在我那里连续住了五天。那是因为我前一个星期六没去京都，她生气了，来找我算账。"广川抬起头来，看着警长的眼睛说道。

“那以后，你到京都小笛家来过几次？”

“六月十二号下午四点左右到的小笛家，十三号清晨五点半离开，八点三十五分到达神户。这是一次。六月十九号也来了，那次本来打算二十一号清晨回神户的，但是，二十号晚上，我对小笛说，以后不能每个星期都来了，小笛立刻大发雷霆，说什么你要是不来了，我就去死，我死了，你的事就会在报纸上登出来，你就别想有安生日子过了。我不敢再说不来京都的话，一个劲儿地哄她，那她也不依不饶地哭了一夜没睡觉，也不让我睡觉。第二天早晨，我给公司打电报请假，又陪了她一天。”

“六月二十号夜里，小笛有没有说过跟你一起殉情？”

“说过。”广川回答这个问题的时候，一点儿都没犹豫，“她说要跟我一起殉情，我耐心地劝她说，你可以搬家，换个地方开个店，以后好好过日子，没有答应跟她一起殉情。”

警长等着警员把广川这段话记下来以后，继续问道：“六月二十五号，小笛和千岁一起到神户你寄宿的地方去了，为什么？”

“没有什么特别的理由，就是想叫上我一起回京都。”

“六月二十五号晚上，小笛逼着你殉情没有？”警长用轻松的口气问道。

“没有。”广川否定道，“二十五号晚上她没有逼着我殉情。但是，二十六号早晨发生了这样一件事。躺在我床上的千岁对小笛说：‘广川哥要是再说不来京都的话，咱们俩就把他杀了！’小笛说：‘广川是个大男人，咱们俩就是想杀了他也杀不了’。”

“二十五号晚上，小笛真的没有逼你跟她一起殉情吗？”

“没有。那天晚上，小笛绝对没有逼我跟她一起殉情。”

“是吗？但是，第二天早晨，小笛母女说过那样的话，从她们之间的对话来推断，二十五号晚上应该说过逼着你殉情的话吧？”

“那天晚上，她确实没有说过逼我殉情的话。”

“是吗？”警长盯着广川的眼睛，拿出一张纸来放在广川面前。那是小笛写的遗书，上面盖着广川的图章。那是编号为第十六号的物证。

“这封遗书你知道吧？”

广川盯着那封用铅笔写在稿纸上的遗书，带着不可思议的神情看了好一阵，非常清晰地回答说：“不知道。”

“不知道？你说你不知道？”警长说话的声音严厉起来，“你可以说你不知道，但是，你不能说不认识这个图章吧？你说！这个图章是谁的？”

“这个图章是我的。”

“承认了，是吧？我再问你，这稿纸呢？”警长紧追不舍。

“稿纸和铅笔也应该是我那里的。”

“嗯。”警长沉默了一会儿，说话的声音突然和蔼起来，“那么，你认为这封遗书是在哪里写的？”

“在哪里写的我不知道，不过，从稿纸反面的凹凸来看，可能是在我寄宿的房间里的桌子上写的。”

“知道得真清楚啊！知道得这么清楚，这遗书你却说不知道，你认为你的这种说法符合逻辑吗？”警长勃然大怒。

“我真的不知道。”广川用顶撞的口气说道。

“在你不知道的遗书上，为什么盖着你的图章？”

“这个我不知道。”

“又是不知道！除了不知道，你还会说什么？”警长说完这句话，站起来出去了。

二十分钟以后，警长又进来了。

“光说不知道解决不了问题。那个图章是你的，你自己也承认了，盖着那个图章的遗书你能说不知道吗？那么你说说，你的图章是怎么盖到这封遗书上的？”警长的嘴角上挂着一丝令人不快的浅笑。

“请再让我看看那封遗书。”广川从警长手里接过遗书，翻过来倒过去的看了看，说道，“这个印章是象牙的，一直放在我的一件白色的西服背心的口袋里。背心挂在我寄宿的房间的衣架上。二十六号早晨我去上班，没有穿那件背心。我认为是在我离开家以后，小笛从背心的口袋里把印章拿出来以后盖上的。还有，遗书的笔迹虽然是小笛的，但铅笔的颜色有两种，看来不是在一个地方写的。不过，具体情况我真的不知道。”

“回答得很精彩。不过，你的答辩成立不成立就很难说了。至于你的图章是不是装在你的背心的口袋里，你的背心是不是挂在衣架上，很快就能弄清楚。你可不要在这儿胡说八道，到时候后悔可就来不及了。”

“绝对不是胡说八道。那个图章就在我的西服背心的口袋里，一直挂在衣架上。二十六号我早晨去上班以后也在那里挂着。”

“行了。再问你一个问题，你是二十六号几点到的小笛家？”

“我二十六号早晨八点四十分左右去公司上班，下午五点四十分左右在三宫站跟小笛会合以后跟她一起来京都的。下火车以后赶上下雨，我们就在祇园的石阶下面拦了一辆出租车，晚上八点半左右到的小笛家。”

“那天晚上吃的什么？”

“叫的外卖。俩人喝了两瓶啤酒。外卖迟迟不来，千岁去餐馆催，路上摔了一跤，膝盖受伤，回家以后缠上了绷带。”

“二十六号晚上，小笛有没有说过要殉情？”

“没有。那天晚上聊了很长时间，没有说过要殉情。”

“那么，二十七号晚上都说了些什么？”

“那天晚上，小笛母女把大月多三郎的两个女儿喜美代和田鹤子带到家里来了。小笛问她们想吃什么，说想吃豆腐，又问她们还想吃什么，说想吃鸡肉。于是她上街买了豆腐和鸡肉。我和小笛喝了一瓶啤酒，一合[①]半日本酒。”

“吃晚饭的时候都说了些什么？”

“也没说什么重要的话。我记得最清楚的是，小笛对我说：‘你要是不到京都来了，阿姨不定干出什么出格的事来呢。’那天晚上也没提殉情的事。”

广川看上去已经非常疲劳了，但是，警长没有停止审问的意思。

下面就要触及事件的核心部分了。关于二十七号的晚饭，广川的供述跟预审法官的勘验报告完全一致。

“你说过，二十七号白天，你跟小笛母女去下鸭一带找房子去了，对吧？”

“去了。二十七号上午九点左右，小笛、千岁和我三个人是一起从小笛家出来的，但是，我是从京大农学院走到元田中，再坐电车到出町柳车站，跟去大月家接喜美代的小笛和千岁会合，然后再坐电车在植物园下车，在下鸭一带找房子。找了半天没找到合适的，就回家了。回家途中，千岁在出町柳站下车去大月家接田鹤子，我、小笛和喜美代在元田中下车，先去附近的大 × 正 × 家看了看，又去农学院的游泳池看游泳，回到小笛家是下午五点左右。冲完澡的时候，千岁用婴儿车推着田鹤子来了。”

“二十八号早晨，你是怎么走出小笛家的？”

“清晨四点半左右，小笛比我先起床。她把电炉子点着，烧上了一壶

① 一合约为 180毫升。

水。我也紧跟着起来，洗完脸回来的时候，看见她已经把前一天晚上吃剩下的鸡肉热上了。我吃了一些鸡肉，一些削了皮的盐水黄瓜，两碗冷饭，对了，还有芥末拌茄子。”

广川的供述也有必要跟预审法官的勘验报告对照一下。

“我是五点三十分左右从小笛家出来的。”广川继续说道，“我没有走出町桥大街。我一直往南走，在熊野神社前边坐市营电车去京都火车站，然后坐六点三十分的火车回到神户，八点四十分到公司上班。”

“你从来都是在熊野神社前边坐车吗？”

“对，我每次都是在那里上下车。”

“你说你是五点三十分从小笛家里出来的，对吧？那么，你是从哪儿出来的呢？”

“那天早晨，小笛给我擦了皮鞋，还让我把报纸……”

“没问你这个！我问你是从哪儿出来……”警长提高了声音。

“从大门上的便门出来的。”没等警长说完，广川反抗似的回答说。

“从便门出来的？好！这么说，便门是你锁上的了？”

“不是。我出来以后没锁门。”

“那为什么便门上挂着一把锁？”

“这我不知道。据我猜想，恐怕是为了假装家里没人吧。”

“你说的话全是谎话！”警长粗暴地说道，“别的先别说，单是这封遗书，就足以证明是你下的手！你本来应该跟小笛她们一起死的！你说！小笛她们是不是你杀的？”

“不。我……不管怎么说，小笛她们死的时候我不在场。”广川坦然地说道。

“你不在场？不管你说多少遍你不在场，证明你在场的证据有的是！”

审问持续了很长时间，广川回到拘留所的时候，已经是第二天清晨了。

广川本来就很瘦弱的身体，经过连日几乎是通宵的审问，更加瘦弱不堪了。尽管如此，他的精神却很好，甚至很兴奋，苍白的脸上唯有两只眼睛在闪闪发亮。

他内心有一种想冲着什么大喊，大叫，大骂的冲动，但是，这种冲动逐渐冷却下来，变成了对自己丑恶的过去的反省。

一想到自己那丑恶的过去，广川甚至觉得自己被怀疑为杀人犯并不冤枉。当然，小笛等人绝对不是自己杀害的，这个事实早晚会被判明。自己现在应该做的，是反省自己那丑恶的过去，找到真实的自己，然后正直地活下去。想到这里，广川感到了几分安慰。

翌日，广川被带到警长面前的时候，显得平静多了。

“怎么样？睡好了吗？”警长说话的口气比昨天和气一些，但声音里带着讽刺。

“根本就没睡着。”

“是吧？睡不着是正常的。你要是老老实实地交代了，就能睡踏实觉了。”

“不，我睡不着的原因不是您说的那个意思，我……”广川觉得自己又激动起来了，“我没杀人，我……”

“算了！”警长打断广川的话，“你还记得你手上有 × 田 × 郎、× 形 × 松、× 本 × 次郎的名片吗？”

“记得。他们几个的名片都是他们亲手给我的，我把它们连同我自己的名片一起放在我的名片夹里，最近一直带在身上。”

“二十八号，你的两张名片和另外三个人的名片掉在了千岁尸体旁边，你没注意到吗？”

“名片在名片夹里，而且装在西服内兜里，只掉出来五张是不可能的。”

“不可能掉出来的名片，为什么掉出来了？”

“我认为这是小笛为了陷害我，趁我不注意把名片从我的口袋抽出以后藏起来，后来扔在千岁尸体旁边的，不是我自己掉的。”

“你小子到底是名牌大学出来的，很会为自己辩解嘛！但是，你这是不打自招！你说不可能掉出来，又说是小笛为了陷害你抽出来扔在千岁尸体旁边的，这就更证明是你自己掉的！难道不是这样吗？”

“您要是那样曲解，我可就麻烦了。”广川又激动起来，声音在颤抖。

“曲解？麻烦？什么叫曲解？什么叫麻烦？死了的人能把名片从名片夹里抽出来扔得到处都是吗？”警长大声斥责道。停顿了一下，警长压低声音又说，“你真是个懦夫。老实交代了吧，怎么样？”

“我没杀人，也没把名片扔在千岁尸体旁边！”广川愤愤地说道。

“这把锁你还记得吗？”

“记得。这把锁是大正十三年一月，我住在神户市 ×× 町的 ×× 会馆的时候用过的，去年四月送给了小笛，打那以后她一直在用这把锁。”

警长把堆在地上的物证拿起来放在桌子上：“这些东西你都知道吗？”

“这条和服腰带我见过，我每次去小笛家的时候她都系这条腰带。这件平纹细布的单衣也是小笛经常穿的，二十八号早晨她给我做早饭的时候穿的也是这件衣服。这条印着 ×× 银行的手巾，是以前小笛在吉田神社下边卖面条的时候，×× 的职员送给她的。这件斜纹哔叽的衣服，我吃早饭的时候穿过，离开小笛家的时候，我换上了西服，这件衣服就留在了小笛家里。”

在上述广川的毫无造作的回答中，“二十八号早晨她给我做早饭的时候穿的也是这件衣服”，以及“这件斜纹哔叽的衣服，我吃早饭的时候穿过”等，都是非常自然的，给人的感觉是真实的。

警长的审问在继续。

“你说小笛和千岁不是你杀的，但是，你在你的记事本上写给 × 野 × 太郎和另一个人的信中说什么，因小生无德，断送二人性命，不知如何表达谢罪之意。还说什么深情厚意，没齿不忘，深表感谢。你甚至连该还别人多少钱都写得一清二楚。这你怎么解释？”

“六月三十号晚上九点半左右，×× 报社一位记者来到我寄宿的地方，问我认识不认识京都的平松小笛，我说认识啊，怎么了？他告诉我说，千岁被杀，小笛自缢。我感到非常吃惊，觉得自己应该马上来京都看看，于是坐上了晚上十点四十分的从神户三宫站开往京都的火车。在火车上，我想了很多。如果我跟小笛的关系登在了报纸上，实在对不起那些有恩于我的人，根据具体情况我也许不得不自杀。所以我觉得我应该在记事本上留下我想说的话，以便那些有恩于我的人了解我的意思。关于写上该还别人多少钱，也不难解释。既然我想到了自杀，金钱方面的事情也应该有一个清楚的交代。”

“恐怕不是这样的吧？你是想万一被警方发现小笛、千岁、喜美代和田鹤子是你杀害的，你就来个畏罪自杀，所以才留下了遗书！”

如果广川是因为想畏罪自杀写遗书，“断送二人性命”这句话就太难理解了。

×× 报社的记者问过广川这样一句话：“小笛家是四口人吗？”广川的回答是“不，只有两口人”。这是因为当时广川还不知道喜美代和田鹤子也死了。不管怎么说，如果广川写遗书是为畏罪自杀做准备，应该写“断送四人性命”，而不是“断送二人性命”。

负责审问广川的警长，应该弄清楚报社记者采访广川的时候，广川是否知道大月家的两个孩子已经死了，还应该弄清楚广川写在记事本上的遗书到底是什么时候写的。但是，警长对此没有深究。

广川坐在昏暗的审讯室里，等候着警长的到来。

经过连日来通宵审问，已经精疲力竭的广川突然感到格外的空虚。他正专心致志地看着自己的手的时候，头顶上的电灯亮了。就在电灯点亮的那一瞬间，他觉得眼花缭乱，脑海里浮现出四条大街的霓虹灯和过往的人流。

剧烈的打击，极大的震惊，以及随之而来的精神恍惚的状态下的平静，使广川正在失去自我。

广川忽然觉得自己可能会发疯。

在他内心极度混乱时，被一阵急促的脚步声搅动——警长进来了。

“广川君，老老实实地坦白交代了吧！这对你有利。不管你说多少不知道都没用，这么多有力的证据摆在这里，你抵赖得了吗？”

“证据，有力的证据……”广川不由自主地重复着警长的话，突然又闭紧了嘴巴。他那消瘦而苍白的脸上浮现出一丝冷笑。沉默了一阵之后，广川非常平静地说道，“我没杀人，您让我交代什么？”

“你还是这张脸，不管你装得有多么好，事情也是你干的！和一个跟你的父母年龄差不了几岁的女人私通还不算，还把人家的养女给睡了，这是一个知道羞耻的人干的事吗？具有这样一种劣等品格的人，害怕自己的丑事被整个社会知道，决意自杀，连遗书都写好了，谁会相信你的辩解？当你忍受不了杀害小笛等人的罪责的重负的时候，在记事本上写好了遗书，这些难道不都是事实吗？”

广川默默地低下头。

“怎么样？今天就坦白交代了吧！”

“我跟小笛的关系一直保持到现在，还冒犯了千岁，对此我感到非常羞耻，我不做任何辩解。我在公司里，在父母兄弟那里，都得到了相当的信任，结果呢，我辜负了他们的信任。我想到过，我跟小笛母女的丑陋关系一旦被人们知道，我就没脸见人了，我也许会自杀，所以我在记事本上写了遗书。这些我都承认，但是，小笛她们不是我杀的。”

令人感到窒息的沉默。

“你看看这张照片吧。”警长说着把一张照片递了过来。

那张照片是小笛吊在门楣上，还没放下来的时候照的。

广川如饥似渴地看着那张照片。

“看了这张照片你有什么感想？”警长盯着广川的脸问道。

“是你把她勒死以后挂在这里的吧？”

“我看了这张照片才知道小笛是吊死在这里的。在我的记忆里完全没有这回事。”广川说道。

“你怎么说都没用！现已判明，小笛的死亡时间是清晨四点左右。事实上那个时间你在小笛家里，你不是已经交代了吗？好，你不交代是吧？那我就天天审问你，一直到你交代了为止！”

闷热得几乎喘不过气来的拘留所里，夜深了。

已经接受了五个昼夜的连续审问的广川，无力地靠在墙上闭着眼睛。他的头发蓬乱，眼窝深陷，面颊消瘦，简直就像一个死人。

被警察抓起来以后，他一直在拼命为自己辩解。但是，他越是辩解，警长对他的怀疑就越深，看来再说什么都没用了，而且他也没有再说什么的力气了。

“唉，这就是我的命啊……”想到这里，他从已经干涸的泪腺里又涌出泪水来。

他的大脑已经失去了思考的能力。只有记忆中纷繁往事的片段，以及现实中狼狈的自己，还在大脑里来来往往。

不知从何处传来轻微的鼾声。

忽然，广川想起了白天看到的那张照片。

那是一张多么丑恶的脸啊！丑恶且惨不忍睹。警长到底是怎么想的，为什么要把那样一张照片拿给我看呢？难道他以为我看到那样一张照片以后，就会意识到自己罪孽深重，就会吓得浑身发抖，从而承认自己就是杀死小笛的凶手吗？傻瓜！看了那样一张照片，才使我知道那个丑恶的女人，在临死之前，不但实施了残虐行为，杀死了三个孩子，还用这种卑劣的手段来陷害我，我看了以后更生气！

广川那几乎已经燃尽的意志之火，仿佛在死灰复燃。但是，还没等他的意志之火燃烧起来，马上又反省起自己来了。

难道那都是小笛的责任吗？自己的软弱、不道德乃至乱伦的行为，不就是造成这个悲剧的根源吗？小笛并不是一个坏人。她采取这种自暴自弃的，恶魔式的行动，我广川至少应该负有一半责任……

广川就这样反省着，迷迷糊糊地睡着了。

夜深了，惨白的电灯好像渐渐失去了光亮，只剩下一片昏黄。在昏黄的灯光下，广川看见自己紧紧抓住套在小笛脖子上的和服腰带，抬头看着门楣。

瘫倒在墙角昏睡的广川惊醒了。

不行，这样下去不行！广川在心里想道，警长只让我看了看那张照片，我的神经就产生混乱，甚至做了那样一个恶梦。如果明天再被带到警长面前，说不定我就会承认小笛是我杀的了。这可如何是好？

他那已经疲惫到极点的神经，在梦境与现实中徘徊。

“广川……广川君……”

一个低沉的声音在叫他。

那是一个来自很远的地方的声音。那声音虽然听得很清楚，但广川已经没有力气睁开眼睛看看了。

“广川君，如果人是你杀的，你一定要尽早交代。如果人不是你杀的，不管是多么严厉的审问，你都不要违心地屈打成招，要是你那样做了，你的命运就注定了，再想反悔是绝对不可能的！你听明白了吗？广川君……”

广川从迷迷糊糊的状态下完全清醒过来，急忙向四周看去。周围一个人影都没有。

广川虽然没有睁开眼睛看，但他认为那不是梦中的声音。可以肯定，那声音是从昏暗的楼道里传过来的。

五点三十分

广川在拘留所里听到的声音到底是不是梦，笔者在此没有详述的必要。

翌日接受审问的广川，当然没有承认自己杀了人。

警方对广川的直接审问到此结束。警方所谓的旁证是非常复杂的，而且对于广川来说也是利害参半。

千岁的一个同学对前来调查的刑警是这样说的：“千岁对我说过，她去看医生了，医生说她有严重的心脏病。她特别悲观，经常对我说，她活不了多久了。我还听说她的养母对她不好，老是强迫她干她不愿意干的事情。我很同情她。今年三月下旬到四月上旬，千岁对我说，她活不了多久了，要是死的话，也要跟可爱的喜美代一起死，不想一个人死，说着还把喜美代的照片拿出来给我看。她一直把喜美代的照片带在身上，经常跟我说喜美代有多可爱，这几乎成了她的口头禅。”

千岁的话，虽然可以认为是一个感伤的十七岁的女孩子夸张的说法，但不能不说对广川是有利的。

小笛的房东说，小笛欠房租累计达二百五十日元，催得急了小笛就去神户找广川要钱。看着没有还清的可能了，房东就逼着小笛腾房子搬家。房东的话证明小笛生活拮据。关于这一点，既对广川有利，又对广川不利。

某刑警的调查报告这样写的：

小笛想在植物园一带开店，需要大笔资金。小笛认为广川应该出钱，而且还不能出少了。在下认为：事件发生之前的那天夜里，小笛是否曾向广川要钱，是否因要钱与广川发生过争吵，是值得注意的一点。除此之外，我没有找到其他迫使小笛自杀的理由。

这位刑警的调查报告对广川显然是不利的。

下面说说盖在小笛写的遗书上的广川的图章的问题。这是一个跟事件关系极为重大的问题。广川在接受审问的时候所陈述的到底是不是事实呢？另一位刑警的调查报告如下：

关于广川穿在西服里边的那件白色西服背心，上个月二十二日星期二，广川在换上一件灰色上衣和一条浅黄色裤子的时候，将当时穿在身上的白背心脱下。此后未穿用。

这件白背心一直挂在广川的房间里，房东太太也可以证明，跟广川在接受审问的时候所说情况也是一致的。这无疑对广川有利。但是，当时那件白背心的口袋里是否装着广川的图章，就只能听广川的一面之词了。

警方认为广川有杀人嫌疑，将其送交检察院。

那么警方是根据什么认为广川有杀人嫌疑的呢？

笔者所述种种证据，各自独立起来看的话，无力证明广川就是犯罪嫌疑人。或者可以说，所有这些证据，既可以看作广川犯罪的证明，亦可以看作广川不应该被怀疑的证明。

但是，这里有法医的鉴定。根据小南博士的鉴定，小笛等人死于晚饭后七至八个小时。

广川说，他是五点三十分离开小笛家的。于是，吃晚饭的时间就成了至关重要的问题。可是不知道为什么，警长在审问的时候没有问这个问题。去植物园一带找房子未果，回到小笛家的时候是下午五点，那么可以推定吃晚饭的时间是六点到七点。如果小笛等人死于晚饭后七至八个小时，死亡具体时间应该是凌晨两点至三点。这个时间广川当然还在小笛家里。

如果警方认定广川有杀人嫌疑，送交检察院就是理所当然的事情。

负责这个案子的检察官叫小西重太郎。小西检察官长着一张温和的脸，叫人难以相信他已经审理刑事犯罪案件多年。他那双一眼就能看到对方心底的眼睛漫不经心地看着广川，不慌不忙地审讯起来。

“你以前受过刑事处分吗？”小西检察官的审讯是从这句话开始的。

广川的回答很流畅。跟回答警长的审问一样，没有一点儿磕磕绊绊的地方。

“二十七号那天你跟小笛她们从植物园那边回来以后，几点吃的晚饭？”

“晚上七点左右。”

“七点开始吃的吗？”

“不，七点吃完的。”广川停顿了一下，继续说道，“小笛吃完晚饭，带着两个孩子去门外的路边玩了一会儿。”

广川说晚饭是七点左右吃完的，但是我们并不知道他们这顿晚饭吃了多长时间。这一点请读者注意。吃晚饭所需要的时间，可能是十分钟或十五分钟，也可能是一个小时，一个半小时。广川无意中所说的晚饭以后小笛带着两个孩子在路边玩儿，后来成了判断小笛等人吃晚饭的时间的依据。

“吃完晚饭，千岁干什么来着？”

广川想了想，回答说：“千岁趴在桌子上写信来着。”

“你怎么知道她是在写信？”

“这只不过是我的猜测。”

“你知道她都写了些什么吗？”

“当时我躺在榻榻米上看报纸，至于千岁写了些什么，我不知道。”

“千岁是怎么处理写好的信的？”

“这个我没注意，不知道她是怎么处理的。”

这是二十七日晚，即小笛等人死去前一天晚上七点到九点的事。第二天千岁就死了，如果千岁当时确实是在写信，写好的信肯定在家里。

在这里，我们必须重新提到预审法官在小笛家做勘验的时候，在那个六畳的房间角落里的桌子上的书本中间发现的千岁写的那三封信。那三封信都没有写信日期，但可以断定其中两封是同时写的，剩下那一封语句很像遗书，用的纸跟那两封不同，写信的时间跟那两封也不一样。可以认为，那天晚上，千岁写的肯可能就是那封语句很像遗书的，也没有写收信人姓名的信。

“你说过，你是早晨五点三十分左右离开小笛家的，对吧？”

“对。我走出小笛家的时候是五点三十分左右，当时小笛还把我送到门口。”

“小笛还送你来着？”检察官说话的口气严厉起来。

“对，她把送到门口。”广川清楚地回答道。

“那时候小笛已经死了，怎么可能把你送到门口呢？”检察官的声音像一把尖刀，直插广川胸膛；检察官的目光像一支利箭，射向广川的眼睛。

“那时候小笛还没死！”广川叫道。他就像要把检察官的目光顶回去似的，直视着检察官的眼睛。

检察院的审讯室安静下来。检察官在等着记录员记录。

从审讯室外边，传来打开手铐的声音，大概是隔壁审讯室来了一个嫌疑犯吧。

“把我送到门口的小笛，还让我把已经送来的报纸拿走。”平静下来的广川又说。

“是不是二十八号的报纸？”

“是的，就是那天的报纸。”

“那份报纸在什么地方放着来着？”

“就在大门后边的地上放着来着。小笛把那份报纸捡起来递给我，还对我说，拿去在火车上看吧。”

“那时候你在什么地方站着呢？”

“我站在大门后边，正在把便门拉开打算出去。”

“便门是你拉开的？”

“是的，是我拉开的。”

“你从小笛家出来以后，没走出町大街，这是不是你说的？”

“是的，我是一直往南走的。走出一段路回头看了看，看见小笛还站在门口目送我。”

这是个新情况。广川在警察那里没说这些话。关于这一点，检察官应该问广川，是在什么位置回头的。可是不知道为什么，检察官没有问。

“你在去车站途中，遇到过你认识的人吗？”

“没有遇到过我认识的人，但是我看见小笛以前的邻居，××储蓄银行的职员的家门口，站着一个二十来岁的女佣人。对了，我还看见一个六十来岁的老太太在往自己家门口的地上洒水。”

“六月三十号大月茂野女士给你打过电话吗？”

“打过。二十九号公司召开了股东总会，三十号那天我在公司里给客户办理过户手续的时候，大月茂野女士来电话了。时间是上午十一点左右。”

“她电话里都跟你说了些什么？”

“她问我，你平松阿姨到你那儿去了吗？我说没有。她说，也不知道小笛带着千岁和我家的两个孩子到哪里玩去了，所以给你打个电话问问是不是到你那边去了。我说没来我这边，是不是到木津玩去了。她就把电话挂了。我闹不清是怎么回事，就给她写了一封信，后来又给小笛写了一封信。”

“你接到大月茂野女士的电话的时候，没觉得奇怪吗？”

“我是觉得有些奇怪，所以才给她们写信的。”

“这个记事本是你的吗？”

“是我的。”

这个记事本是广川被警察从京都车站带走的时候，从他的西服口袋里搜出来的。

“这个记事本上写的‘惊闻噩耗之感想’‘× 野 × 太郎’‘× 本经理’‘父亲、母亲、姐姐、弟弟、妹妹’等字句，是什么时候，在什么地方写的？”

“是三十号那天夜里来京都的时候，在火车上写的。”

明确写这些字句的时间和地点是非常有必要的。这些字句跟事件有非常密切的关系。

广川的记事本上的字句摘录如下，“惊闻噩耗之感想”下面写着：

有恩不能报，乃人生最大之不幸。人要出生，人要受苦，人要死亡。

给 × 野 × 太郎和 × 本经理遗言是这样写的：

小生无德，断送二人性命，不知如何表达谢罪之意。深情厚意，没齿不忘，深表感谢。

写给 × 本经理的遗言是：

应还五十日元，其中包括在公司就餐的伙食费四十四元，预支给我的 ×× 土地通信费六日元……

这些字句显然就是写遗书使用的字句，广川自杀的意图是明白无误的。但是，叫人感到不可思议的是“断送二人性命”这句话中的“二人”。

死了的是四人，广川为什么说“二人”呢？

检察官小西暂时停止了对广川的审讯，他根据广川的供词提供的线索，命警察再次展开调查。现将调查结果介绍给各位读者。

跟事件有直接关系的主要凶器，无疑是吊着小笛的尸体的和服腰带。广川每次去小笛家，小笛束的都是这条和服腰带，不用说，这条和服腰带是小笛的。

千岁、喜美代和田鹤子颈部缠着的日本式手巾，一条是小笛在经营面馆的时候，别人送给她的，另外两条也是别人送给她的，总之都是小笛家的东西。

千岁尸体旁边散落的名片，都是广川带在身上的，这一点也是确切无疑的。

广川说，他二十八日早晨离开小笛家往市营电车熊野神社站走的时候，看见了一个女佣人和一个六十来岁的老太太。关于这个问题，刑警的调查报告是这样写的：

××储蓄银行京都支行行长，住在吉田×町×××番地××××号。其妻证实，家中有两个女佣人，一个叫×田×乃，十八岁，一个叫×村×枝，十五岁。但是这两个女佣人都说不记得那么久以前的事情了。后来让她们回忆六月二十七日星期天前后的事情，终于想起六月二十八日早晨五点起床以后，她们梳洗打扮了十五分钟，然后进入主人房间，又过了十分钟左右，因为忘了关门外的灯被主人呵斥，跑出去关灯。关灯以后是否在门口站了一会儿，就记不清了，当时街上有没有人路过也没注意。

支行行长家里确实有一位五十七岁的老太太，是行长的伯母。此人患有健忘症，几个小时以前的事情都想不起来。她有个习惯，每天清晨五点肯定起床，起来以后就在门前的路上洒水。估计二十八日早晨确实曾在门前洒水。

此外还有几个调查报告，都不重要，从略。

调查报告的结果跟广川的供词都是一致的，但并不一定都对广川有利。

为什么这样说呢？例如，和服腰带虽然确实是小笛本人的，但无法证明广川没有使用那条腰带勒死小笛。

再如名片的出处，还有广川离开小笛家以后路过哪里，也都不能证明广川不是凶手。不过有一点非常清楚，那就是广川一直没有说谎。

送报的时间一般都是固定的，如果二十八日小笛家的报纸是早晨五点半以前送到的，广川的供词的可信度就更高了。

两种信封

主要证人有十二个，检察院找的证人跟警方找的证人完全一样，证人的证词也是大同小异，这里只拣重要的加以介绍。

证人之一，小笛的亲生儿子森田友一的证词，给这个枯燥的事件增添了一抹温情。可以说，这是一个非常美好的人情故事。

前面已经说过，小笛扔下出生还不到一百天的儿子友一，离家出走了。

被母亲抛弃了的友一可以说是尝尽了人间苦难。可是，他在饱尝苦难的同时，成长为一个朴实而真诚的男子汉。他从懂事的时候起就想见到自己的亲生母亲，一直在打听小笛的下落。功夫不负有心人，他终于打听到小笛住在京都以后，立刻跟妻子一起从山口县的德山町来到京都。友一觉得能跟母亲住在一起是人生最大的幸福，那年他二十六岁。

友一在铁路上找了一份工作，白天上班，晚上上夜校，工作学习都很努力，人缘也很好。但是，儿子出生还不到一百天就能离家出走的小笛，对友一的母爱很是淡薄，加上小笛喜欢过那种糜烂生活，跟勤勉的友一实在合不来，二人仅仅在一起住了两个月，友一就搬出去住了。

虽然不跟母亲住在一起了，但只要有时间，友一就会去看望母亲小笛，而且只要有机会就劝母亲跟广川分手。小笛每次听了友一的劝告都会大发雷霆："你又不来照顾我，我的事不用你管！你懂什么？找一个年轻的男人做情夫，对女人只有好处没有坏处！"结果母子关系越来越不好。

但是，当友一被检察官小西问道母亲小笛的品性的时候，他却是这样说的："母亲高兴的时候对人特别好，不高兴的时候甚至打过我。不过，我是他的亲生儿子，该给她提意见的时候照样提。我每次给她提意见都会吵一架，但是，每次吵过以后都能很快和好，谁也不记恨谁。"

一个跟小笛很熟的女证人的证词是："小笛经常歇斯底里大发作，经常跟别人发生冲突。我一般不拧着她，所以能一直跟她保持良好的关系。但是，别的亲戚朋友谁都不愿意跟她交往，尽量躲着她。去年九月的一天，小笛拿着一把菜刀跑到森田友一家里，说要把友一杀了。今年四月，友一的老婆被小笛打伤，去医院看医生，头部缠上了绷带，缠了很长时间。"

看来小笛是一个性格粗暴的女人。这样的性格在这个事件中，可以有两种解释。一是广川讨厌小笛，无法忍受下去，把小笛杀了；一是小笛自暴自弃，不想再活下去，把三个女孩子勒死以后自杀了。

检察官小西默默地听完友一的述说之后，一边翻看记录一边问道：“小笛喝酒吗？”

“母亲很喜欢喝酒，清酒能喝五合。几乎每天晚上都要喝两合。”友一回答说。

“这本流水账上的字是你母亲写的吗？”

各位读者，还记得预审法官在小笛家勘验的时候，没收了一本流水账吗？检察官小西把那本流水帐推到友一面前。

“母亲的笔迹我不太熟悉，不过我知道母亲识字不多，写字只会写片假名。这本流水帐第五页的洗衣房以后的字迹，应该是我母亲的。”

“这封写给 ×× 的信，是你母亲的笔迹吗？”

“信封上的字是千岁的笔迹，信纸上的字应该是我母亲的。”

找证人取证之后，检察官小西立刻委托三位专家鉴定小笛的遗书和广川写在记事本上“惊闻噩耗之感想”以后的字句。小西要求做以下鉴定：

一、物证第十四、十五、十六号（即小笛用片假名写的三封遗书），是否为同一笔迹。特别要鉴定第十四号最后的签名“条太郎”三字跟正文是否为同一笔迹；

二、物证第十八号（流水账）第五页的笔迹是否跟第十四、十五、十六号相同；

三、物证第二十六号里的“惊闻噩耗之感想”等字句与“× 野 × 太郎”“× 本经理”“父亲、母亲、姐姐、弟弟、妹妹”等字句，是否为同一时间同一地点所写。

鉴定专家内山金城的鉴定报告上写道：

第十五号物证与第十六号物证均为普通铅笔所写，颇为杂乱，且笔迹相同。第十四号物证（最后有“条太郎”之签名及“广川”之图章）跟上述两物证相比，除了中间部分使用了红铅笔以外，笔画亦较粗，书写较为马虎，乍看有所不同，但仔细研究其运笔习惯，依然可以比较容易地断定为同一笔迹。总之，三份物证为同一笔迹。另外，“条太郎”三字之运笔习惯及字形与上述三份物证完全一致，出自同一人物之手。第十八号物证（流水账）第五页之笔迹，虽为毛笔所写，但经反复对照观察，可以断定该物证与前述三物证笔迹一致。第二十六号物证之鉴定甚为困难，从字体上可以判断出何为先写何为后写，但无法判断是否为同一地点所写。可以断定“×野×太郎”“×本经理”与“父亲、母亲、姐姐、弟弟、妹妹”等字句乃同一时间所写。“惊闻噩耗之感想”等字句，笔迹虽出于同一人物之手，但较为潦草，写字时似有摇动，因此可以断定其与另外两处文字非同一时间同一地点所写。

另外两位鉴定专家松尾鹤洞与山本卯兵卫的鉴定，除了说明方法有所不同以外，鉴定结果跟内山金城基本相同。

不过，在山本卯兵卫的鉴定报告上，有这样一段带有心理考察意味的文字：

“惊闻噩耗之感想”乃非常狼狈、极不沉着之心境中所写，笔画凌乱。其余文字乃稍微平静之后所写。

总而言之，小笛的三封遗书都是小笛的笔迹。这个鉴定结果对广川当然是有利的。

广川在接受审问的时候说过，六月三十日接到大月茂野女士的电话以后，分别给大月和小笛写过信。给小笛那封信，用的是印着广川所在公司的名字的茶色信封，这封信寄到小笛家的时候，因小笛已经死亡，被退回公司。

公司的 × 本经理听说广川成了杀人嫌疑犯，大吃一惊。但是，当他想到二十八日以后广川的表情的时候，不相信广川杀了人。广川写给小笛的信被退回公司以后，× 本经理非常高兴。他认为，这封信是在广川不知道小笛已死的情况下寄出去的，是证明广川并非凶手的有力证据，于是立刻把这封信交给了警方。

广川寄给大月家的信，大月也交给了警方。这封信的信封，跟寄给小笛的那封信的信封不一样。而且，这封信的内容后来也成了很大的问题。现全文转录如下：

大月多三郎先生：

今天接到您太太的电话以后，很是放心不下。她说小笛阿姨、千岁和您家的两个孩子喜美代、田鹤子星期一以后不知道去哪里了，我很担心。星期天，我跟小笛阿姨、千岁和喜美代四个人在植物园一带找房子，结果没有找到合适的，就回小笛阿姨家了。

小笛阿姨说好她们自己再去找，找到以后会通知我的。

那天从植物园回家途中，我们想去位于田中的正一君家里休息一会儿，不巧正一君不在家。您看看她们是不是又去正一君那里了。

还有一种可能性，那就是小笛阿姨带着千岁和您的孩子们去木津那边玩了。不过带着那么小的两个孩子去有些不合适，而且就是带她们去的话也应该告诉您一声。总之我觉得这事有些奇怪。

希望您接到我这封信以后马上给我打个电话。对了，您也可以想办法进小笛阿姨家看看有没有留下纸条什么的。也许她们到远处旅行去了。如果是这样的话，也麻烦您给我打个电话。还有，福田家也许知道小笛阿姨的下落，请您也去那里打听一下。但愿什么事情都没有发生，不管怎么说我都应该写信问候一下。

广川条太郎

六月三十日

广川所在公司的 × 本经理看到被邮局退回的这封信以后，认为对广川十分有利，他高兴的心情是可以理解的。但是，结果怎么样呢？广川几乎在同时写的两封信，用的却是两种信封，这个问题和信的内容，使广川陷入非常不利的境地。

广川的手铐被摘下来以后，默默地垂下了头。

被拘留了还不到半个月，他就感到现在的自己已经完全不是以前的自己了，简直就像变了一个人似的。

窗外，七月的阳光灿烂，洒向大地。

哐当一声，审讯室的门被关上了。检察官小西走到广川对面的椅子上坐下，盯着广川的脸看了好一阵，终于开口说话了。

“你六月二十七号的行动，就像你上次说的那样，上午九点从小笛家出来，去植物园方向找房子，下午四五点钟回家，七点左右吃完晚饭，九点左右睡觉，是这样的吗？”

“是的。”

“几点开始吃晚饭的？”

“五点半，或者六点左右。”

“二十八号早晨四点半起床，吃完早饭，五点半左右离开的小笛家，对吗？”

“对。”

“你敢肯定吗？”检察官的声音变得低沉而严厉起来。

“敢肯定！”广川回答得非常干脆。

“这封信，是你写给大月多三郎的吗？”

“是的。”

“你在这封信上说‘想办法进小笛阿姨家看看有没有留下纸条什么的。也许她们到远处旅行去了’，这是什么意思？”

“那天上午，我接到大月茂野女士的电话，说小笛母女和两个孩子不见了，我想也许小笛会在家里留个纸条什么的，于是就那样写了。”

“小笛要是带着大月的孩子出去旅行两三天，也不跟大月家打个招呼，在自己家里留个纸条就走，这可能吗？”

“我也觉得不可能。不过，当时我想，小笛经常这样给我留个纸条就出去，这回或许也会这样做吧。”

“你的情况跟大月的孩子们的情况是两回事！把别人的孩子带到远处去，也不跟孩子的父母打个招呼，在自己家里留个纸条就走，这完全是违反常识的！”检察官提高了声音。

“您说得对，不过我当时确实是那么想的。”

“真是那么想的吗？因为你知道小笛家的桌子上放着小笛的遗书，所以才那么写的吧？”

“不是的。”

“不是的？不管你承认不承认，实际上就是这么回事！”检察官盯着广川。

“就是这么回事？”广川抬起头来，看着检察官的眼睛。

“对！就是这么回事！”

“您硬说就是这么回事我也没办法，反正我当时确实是那么想的！”广川毫不示弱。

接下来是长时间的沉默。

街上汽车喇叭的声音，有轨电车行驶在铁轨上的声音，以及各种各样的噪声，在这个可以说是另外一个世界的静静的建筑物里，只能听到一点点。

“这封信是你写给平松小笛的吗？”检察官拿出那个印着广川所在公司的名字的信封。

“是的。”

“这封信是什么时候写的？”

“是在给大月的信寄走之后一个小时或一个半小时以后写的。”

“在这封信里，只提到了找房子的事，可是关于大月的孩子们，她们在不在，你一个字都没提，这是为什么？”

“关于这一点，我以前已经说过了。我劝小笛尽早搬家，可是二十七号那天转了一天也没找到合适的房子，我比较在意这件事，所以就写信关心一下。”

“在此之前你接到了大月茂野女士的电话，知道她的孩子们找不到了，你是为了迷惑警方才写这封信的吧？”

“不是的。这封信我星期一回神户以后就想写来着，但是因为工作忙给耽误了。”

“即便如此，在信里也应该问问大月的孩子们怎么样了吧？”

“我写这封信的时候，没想到大月的孩子们的事。”

“你看，你在这儿还写着‘向大月等问好’，写到这里的时候，想到大月的孩子们的事，不是很自然的吗？”检察官紧紧追问。

“可我当时就是没想到，我也不知道是为什么。”

“所以说你寄出这封信是别有用心！”

“不是。”

“不是？那么，你给大月和小笛寄信，有什么必要用两种信封？”

“没有什么必要。”

“既然没有什么必要，为什么要用两种？”

“没有为什么，偶然用了两种信封而已。”

“你早就想好了，给小笛的信，肯定被退回来，所以你使用了印着公司的名字的信封！你说，你是不是这么算计的？”

“绝对不是的。”

“不管你说多少绝对不是的也没用！基本上是在同一时间，在公司里同一张办公桌上写的信，用的却是两种信封，你能说这里边没有任何用意吗？而且从信的内容上来看，这封信分明是你预想到会被退回去才这样写的！”

“我根本就没想过您说的这些。刚才我已经说过了，这封信是在给大月的那封信寄出去一个小时或一个半小时以后写的，至于为什么用了两种信封，我当时没有想过，现在也不认为这有什么特别的……”

“行了！”检察官打断了广川的话。

这两种信封都是广川所在公司的东西吗？如果是的话，信封放的位置也应该是很有说道的。

如果印着公司的名字的那种信封放在办公桌的抽屉里，随手就能拿到，而什么都没印的那种信封放在广川必须站起来才能拿到的地方，检察官的话也许有道理。

如果这两种信封都在广川的办公桌的抽屉里，我们就可以说，广川使用两种信封，很可能是无意识的。

象牙图章

审讯还在继续。

“这个记事本里写的这些字句，是三十号夜里你在火车上写的，没错吧？”

“没错。”

“说说你写这些字句的先后顺序。”

“先写的是惊闻噩耗之感想，然后写给 × 野 × 太郎、× 本经理的，最后是写给父亲、母亲、姐姐、弟弟、妹妹的。”

“为什么要写惊闻噩耗之感想？”

“听说小笛等人死了，当时有那些感想，于是就写了下来。‘人要出生，人要受苦，人要死亡’，是大西猪之介所著《被囚禁的经济学》里的名言，我原封不动地写上去了。”

“就算你有什么感想，在那种情况下有什么必要写下来呢？而且场合也不对嘛！”

“我不是觉得有必要才写的。当时从心里涌上来那些感想，随手写下来而已。”广川不慌不忙地解释道。

“那是你悠然自得地写感想的地方吗？”检察官反驳道。

广川默默地看着检察官，没说话。

“我问你话呢！那是你悠然自得地写感想的地方吗？”

广川依然默默地看着检察官，冷静地答道：“夜深人静，火车上没有几个乘客，我坐在摇摇晃晃的火车上，东想西想地想了很多，想到的就随手写了下来，仅此而已。”

“‘有恩不能报，乃人生最大之不幸’。这句话是什么意思？”

“我认为小笛一直照顾我，有恩于我，而我却没能报答她，所以就写了那样一句话。”

“小笛对你有什么恩？她对你除了胁迫以外不是什么都没有吗？”

“或许也可以那样说，不过我认为长期以来平松小笛还是非常照顾我的。虽然她也胁迫过我，但我并没有因此把她当作仇敌而憎恨她。我听说她死了，怜悯之情油然而生，于是就写了那样一些文字。”

“连‘大正十五年六月三十日’都写上了，是吗？理由是什么？”

“因为写那样一些文字那天是六月三十日，所以就那样写上了。是写完以后加上的。”

“有什么必要再加上日期呢？”

“要说有什么必要，我也说不上来，随手就那么写上了。”

“说不上有什么必要，却把日期写上了。很明显，你是为了日后对你自己有利才故意把日期写上的！”

检察官为什么如此重视日期问题呢？

因为负责鉴定“惊闻噩耗之感想”与写给 × 野、× 本经理以及父母兄弟的遗书的三位鉴定专家都说，“惊闻噩耗之感想”与另外两处文字非同一时间同一地点所写，所以，检察官怀疑，“惊闻噩耗之感想”及日期是广川后来加上去的。

其实，在奔驰的列车上写的文字与在安定的办公桌上写的文字之间的区别，就算是鉴定专家也很难分得清楚。

“为什么要给 × 野、× 本和你的父母写遗书？”

“当时我想：由于我跟小笛有关系，我的名字肯定要见报，那样的话我觉得没有脸面再见父母和友人，也许我会选择自杀，万一自杀的话应该对诸事有个交代，总之写那些文字是为了给自杀做准备。”

“只不过有那么一种并不确定的想法，就写下遗书，这也太不合情理了吧？”

“可是我写这些文字的时候就是那么想的。”

“又写‘惊闻噩耗之感想’，又写遗书，这不是自相矛盾吗？”

“现在看来也许是自相矛盾的，不过，我是先写的感想，写完感想以后才想到了自杀。”

“听报社记者说小笛等人已经死了之后，就应该知道自己的事会见报。如果说心情烦闷想自杀，应该产生于那个时候，你却说产生于写完感想以后，这合乎情理吗？”

“我认为没有什么不合乎情理的。”

“因为自己犯了杀人罪，所以才决心自杀的吧？”

“不是。”

“就算你说一百个不是，人们也会认为人是你杀的。”

广川看着检察官的脸，没说话。

“这个图章是你的吗？”检察官指着盖在小笛的遗书上的广川的图章问道。

“是我的。”

“你说你不知道这封遗书？”

“是的，我不知道。”

“你不知道？你的图章为什么盖在这里？”

“这封遗书，可能是六月初小笛在我那里住了四五天的那段时间里，写好以后偷了我的图章盖上的。”

“你说是六月初写的，有证据吗？”

“证据？”广川用诧异的表情看着检察官的脸，平静地回答说，“没什么证据。”

“只不过是想象？”

“对。”

“你的图章放在哪儿了？”

“平时穿的西服背心的口袋里。”

“你平时又不怎么使用那个图章，为什么总是装在平时穿的西服背心的口袋里？”

“因为很珍贵，所以愿意带在身上。”

“只因为珍贵就带在身上？这个图章是去年三月刻的，直到今年六月你还觉得珍贵，并且随时带在身上，这不是很奇怪吗？”

“我特别喜欢这个图章。我看见公司里的人都随身带着很高级的图章，就模仿他们也随身带上了一个。”

“如果是那样的话，在公司里应该经常使用吧？”

“用过几次。”

“既然你平时装在西服背心的口袋里随身携带，小笛怎么能有机会偷出去盖呢？”

“天热起来以后，那个西服背心我就不穿了。我认为她是那时候偷出去盖上的。”

“不是吧？小笛逼着你殉情，你又没办法拒绝，只好把章盖上，先稳住她。是不是这样？”

“不是的。我根本就不知道有这封遗书，更没有在上面盖过章。”

“那你认为小笛是怎么死的？”

“小笛是把另外三个人杀死以后自杀的。”

“但是，根据法医的鉴定，小笛不是自杀，是他杀！小笛是你杀的！”

“绝对不是我杀的。而且，说小笛不是自杀是他杀，我不相信。”

“为什么不相信？”

“二十八号早晨五点半左右，我离开小笛家的时候，她还把我送到门口。”

“这里有法医的鉴定，小笛不是自杀！”

“就算小笛是他杀，也不是我杀的。”

“千岁尸体旁边散落你和你的熟人的名片，这是怎么回事？”

“我认为那是小笛从我的名片夹里偷走以后扔在那里的。”

“小笛的遗书上写着要跟你一起死，这你怎么解释？”

“那是她想陷害我，所以就那样写了。”

“为什么要陷害你呢？”

“小笛跟我说，要跟我一起殉情，我没答应，于是引起了她的怨恨。还有，小笛要求我常来京都，但我说我不能常来，她恼羞成怒。”

“如果小笛有那样的想法，应该在二十七号晚上趁你熟睡之机将你杀害然后再自杀。”

“不管怎么说她也是个女人，她觉得杀不了我，所以没敢下手。”

“关于这一点，你有什么证据吗？”

“我什么证据都没有，我只希望你们认真调查，弄清事实真相。”

审讯完广川，检察官小西点燃一支烟，从椅子上站起来走到窗前。

院子里栽植的树丛在午后的阳光下闪着绿光。

小西聚精会神地思考着这个案子。

小笛的遗书里写着要与广川一起去死。

千岁的尸体旁边散落着以前带在广川身上的名片。

广川给父母和友人写的遗书。

小笛死后，广川分别寄给小笛和大月的叫人感到很不自然的信。

小笛与广川之间的关系的变化。

广川的态度堂堂正正，他的供述也是可信的。但是广川的供述很难否定那些在搜查中得到的证据。

小西掐灭烟头扔到窗外，回到椅子上坐下，闭上了眼睛。

这个事件发生于广川还在小笛家的时候，法医的鉴定和广川的供述都可以证明这一点，而小笛等四人均为他杀，法医的鉴定和预审法官的现场勘验都是这样认为的。

如果以上两点不能被推翻，小笛和广川的遗书、名片、信件等，都可以成为把广川确定为犯罪嫌疑人的证据。

检察官小西把预审申请表铺在办公桌上，拿起了笔。

当时京大有一个文科学生叫佐藤道太郎，跟广川是同乡，毕业于同一所中学，二人一直是好朋友。

佐藤听说发生在白川町四人被杀事件的犯罪嫌疑人是广川的时候是七月一日。他惊得愕然无语，心想：那个女人似的纤细敏感的广川，绝对不可能杀人！广川跟小笛的关系很复杂，被怀疑也是没办法的事，相信警方很快就能找到真凶，广川很快就会被释放。没想到左等右等，就是不见广川从拘留所里出来。

佐藤忍不住了，自己去找警察打听情况，向警察详细地介绍广川的为人，还提出跟广川见面，结果没被批准。

佐藤当时正在写毕业论文，忙得不亦乐乎，但是，为了昭雪朋友的冤案，他放下毕业论文，四处奔走起来。这时候，广川的父亲亦闻讯赶到京都。

广川的上司了解广川的为人，对二十八号以后广川的举动也看得很清楚，坚信广川是无辜的，可是没想到广川所受嫌疑越来越深。佐藤和广川的父亲知道除了找律师别无出路，就去大阪拜访京都帝国大学的校友，律师高山义三。

高山律师接手这个案子之后，立刻跟佐藤和广川的父亲一起到事件发生的现场——小笛家去做勘验。

那天是七月四日，预审法官勘验现场以后还没过去多长时间。

小笛家大门上的便门已经换上了一把新锁。

高山律师站在大门前，用手轻轻一推门板，没费什么劲就把大门推开了。高山律师这样做，是为了试试这个家在锁着便门的情况下，能否直接推开大门自由出入。

“这是证明小笛是自杀的一个材料。”高山律师用天生的大嗓门，笑着对佐藤和广川的父亲说。

高山律师进屋以后，先去看曾经吊着小笛尸体的门楣，目测了一下高度以后问道：“佐藤君，小笛是个胖女人吗？”

“啊，有点儿胖。”

“体重大约有多少？”

“这个嘛，没有准确的依据，估计有十三贯[1]吧。”

“十三贯……哼……”高山律师习惯性地“哼”了一声。

“从那所房子的二楼，应该可以看到小笛家的一些情况吧？”高山律师抬起头来，指着侧后方的一所房子说。

在小笛家里到处转着看的高山律师，在挨着那个四叠半的房间的楼梯柱子后边，发现了一张小纸片。他捡起来一看，是平松小笛的名片。

高山律师把那张名片翻过来看了看，默默地装进了自己的口袋里。

这个事件里名片倒是不少。为什么在这种地方会有小笛的名片呢？

门口聚集着四五个看热闹的女人，探头探脑地往里边看。

高山律师装作很随意的样子走过去，跟那几个女人打招呼。

“请问，六月二十五号小笛女士去神户之前，有谁见过她？”高山律师问道。

女人们你看看我，我看看你，其中一个女人对另一个女人说道：“你不是说小笛到你家借钱去了吗？”

“啊，那是二十四号那天的事。”答话的是一个四十多岁的女人。

高山律师闲聊似的问那个四十多岁的女人：“小笛经常去您家借钱吗？”

“可不是嘛，经常来我家借钱呢。”

“是吗？小笛这一死，您的损失可就大了。小笛二十四号也去您家借钱了？”高山律师为了消除对方的戒备，用轻松而和气的口吻问道。

---

① 日本重量单位，1 贯 = 3.75公斤。13贯约为 49公斤。

女人看了看旁边的一个女人的脸，犹豫着：“去了……”

“是吗……”高山律师点燃一支烟，“借了您多少钱啊？”

“十日元……”

“十日元啊？二十四号那天借的，是吗？”

女人们面面相觑，谁也没说话。

高山律师见女人们不肯痛痛快快地回答，就指着站在他身边的广川的父亲说道：“你们认识广川君吗？这位就是广川君的父亲。”

广川的父亲向女人们点了点头。

平时对广川印象不错的女人们看到广川的父亲以后，立刻活跃起来。

“二十二号中午小笛到我家来，说是要去神户接广川，需要路费，想借十日元，还说去之前再来我家拿。二十五号早晨千岁一个人来了，我就把准备好的十日元给了千岁。”

“那时候千岁说什么没有？”

“千岁把十日元接过去以后对我说：‘阿姨，我妈净说那些叫人害怕的话。昨天晚上还说什么要跟我一起死。我不想死，听了我妈说的那些话就哭了。我妈也哭了，说要是亲生女儿，肯定愿意跟她一起去死，说我跟她不亲。’孩子边说边哭，怪可怜的。”

“是吗？还有这种事啊？”高山律师附和着。

“这种事还不止那一次呢。”

“我至少听千岁说过两三次。”

“小笛本人也说过。”

“‘我死了以后把家产变卖了，都捐给知恩院（即知恩寺，位于京都市内百万遍地区的一座著名寺院，正式名称为华顶山知恩教院大谷寺。）’，几乎成了小笛的口头禅。”

女人们你一言我一语地说个没完没了。

“谢谢各位，谢谢各位了！”高山律师向女人们道谢之后，再次来到那个六叠的房间，站在正中央小声自言自语着：“为什么要杀害两个小孩子，是解决这个事件的关键……”

厨房和后院都被打扫得干干净净。后院里有通向邻家的木门，邻家上了锁，打不开。

他走出大门来到邻家的大门前，邻家的大门也挂着一把新锁。

高山律师见女人们还没散去，就问：“这把锁以前就挂在这里吗？”

“不，这把锁是两三天以前才有的。”

“这么说，小笛活着的时候，这家的门没锁？”

“锁倒是没有，不过用铁丝绑着……”

“铁丝？是吗？啊……谢谢！”高山律师再次谢过女人们，回头对佐藤说道，“这也是证明小笛是自杀的材料。”

此后，高山律师的事务所，简直就成了侦探事务所。小笛平素的行动，情爱关系，借贷数额，怨恨情仇，都列入了高山律师的调查范围。调查是以佐藤为中心展开的，很多京大同学被佐藤为朋友两肋插刀的行为所感动，自动参加调查。

但是，那时候的广川被禁止跟外界接触，任何记录都不允许外人阅览。在这种情况下，不管是把小笛之死作为他杀，进而找出广川以外的犯罪嫌疑人，还是把小笛之死作为自杀，进而找出其自杀的证据，都是极其困难的。

警方已经就上述两个方面在其职权范围内竭尽全力展开了调查，并没有找到广川是完全清白的确凿证据。所以，不管佐藤和他的同学们的友情有多么真诚，不管广川父亲的父爱有多么深厚，也不管高山律师对自己的职业有多么热心，都不会搜集到比警方掌握的材料更多的证据。但是，这些人全力以赴搜集到的所有证据，都可以证明小笛是自杀的，没有一件可以证明广川是有杀人动机的。

高山律师看着眼前那一大堆材料，一直在思考一个问题：为什么要杀害两个小孩子……

高山律师以及佐藤等人的目的，是要在检察官起诉之前搜集到足以证明广川不是杀人犯的证据，为广川昭雪冤案。但是，这个事件太微妙了，一直到检察官起诉，他们也没能搜集到足以证明广川不是杀人犯的证据。

与此同时，检察官的调查和审讯也在不停顿地进行。检察官小西把每一份材料都要看上很多遍，非常慎重地分析了所有调查结果。然而，他最终还是放弃了不起诉广川的努力。广川的嫌疑太深了，起诉广川，成了小西唯一的选择。

被告人广川条太郎，于大正十三年春与京都市上京区北白川西町八十五番地九号之平松小笛发生肉体关系，同年秋更与平松小笛之养女千岁发生肉体关系，持续至近日。广川之友人及父母劝其择偶成婚，而平松小笛执拗纠缠，不许广川与其他女人结婚，广川遂决意将平松小笛杀害。大正十五年六月二十七日夜，广川在小笛家中，将小笛、千岁以及偶然在小笛家玩耍过夜的大月多三郎之长女喜美代、次女田鹤子一并杀害。

这就是小西检察官写的起诉书中的公诉事实。

广川遂以杀人罪被起诉。

晚上七点

第一次预审的日子是七月二十八日。

预审法官叫田丸正丈。

田丸把小西检察官写的起诉书宣读完毕之后，视线离开起诉书，抬起他那张温和的脸，看着广川的眼睛问道："你对本法官刚才宣读的公诉事实，有什么要陈述的吗？"

"我没有杀人，绝对没有杀人。另外，跟千岁的肉体关系只有一次，没有持续。"

"那么你就把跟小笛的关系及其来龙去脉详细地说说吧。"

广川把在警察和检察官面前陈述过的内容分毫不差地陈述了一遍，特别是把二十七日星期日那天跟小笛等人在植物园一带找了一天房子没找到合适的，回到小笛家以后的情况，在预审法官田丸面前详细地说了出来。

诸位读者一定还记得，广川在警察局接受审问的时候，没有被问到吃完晚饭的时间，在检察院接受审问的时候，虽然被问到了吃完晚饭的时间，却没有被问到从植物园回家以后的情况以及晚饭都吃了些什么吧？一定感觉到警察和检察官的审问不充分吧？

广川在预审法官面前的陈述在继续。

"四点半，或者是五点左右回到小笛家以后，立刻烧热水，在厕所旁边的洗澡间冲澡。我是第一个冲的。我冲完澡的时候，千岁用婴儿车推着田鹤子回来了。我冲完以后小笛冲，小笛冲澡的时候，千岁把鸡肉、面筋、洋葱、豆腐等晚饭用的材料买回来了。小笛冲完澡，千岁也冲了一个，然后就开始做晚饭，在六畳那个房间的廊子附近做的素烧鸡肉。那时候大概是五点半或者六点左右。

“我和小笛喝了一瓶啤酒，一合半日本酒，我还吃了早晨吃剩下的煮南瓜。我们开始吃饭的时候，两个孩子还在冲澡，冲完了也过来跟我们一起吃饭。孩子们吃得快，很快就吃完到一边玩去了，千岁也很快就吃完了。

“我和小笛吃完的时候，大概已经是七点左右，光线稍微有些暗了。晚饭以后千岁刷锅洗碗，小笛带着两个孩子到大门外边的马路上去玩。千岁收拾完了坐在桌子前边，铺开笔记本和信纸什么的，好像在写信。(中略)

“千岁给我们吊好蚊帐，在电灯泡上安上一个伞形灯罩，把廊子那边的隔扇全都关好，就去她自己那个三畳的房间睡觉去了。所有的人全都睡下的时候大概已经九点多了。(中略)

“第二天，也就是二十八号早晨四点半，小笛第一个起床，起床以后立刻把廊子外侧的防雨窗全部打开，在铝壶里灌上水，然后把电炉子的插头插在我枕头上方灯头的插座上，开始烧开水。

“我磨磨蹭蹭地不想起来，小笛一边摘蚊帐一边把我拽了起来。

“那时候小笛给我披上了一件斜纹哔叽的衣服，我把那件衣服穿上以后站起来，把挂在防雨窗内侧的钉子上的一条毛巾拽下来以后去洗脸。

“我洗完脸，从廊子那边走进房间的时候，小笛把一个黑漆饭桌端过来，伺候我吃饭。饭桌上有盐水泡去皮黄瓜，芥末拌茄子，还有用电炉子热好的前一天晚上吃剩下的鸡肉。早饭只有我一个人吃。铝壶里的水烧开了，小笛往壶里放了些茶叶，沏了一壶茶。

“我吃了两碗冷饭。我吃饭的时候，小笛一边给我夹菜一边流着眼泪对我说，还到京都来呀。我对她说，尽可能来，不过，我不会经常来了，你要尽快找到新房子，开个店好好过日子。我这样一说，她哭得更厉害了。

“我的西服在南面墙上挂着，小笛替我拿下来帮我穿上，转过身去冲着墙角坐下，一句话也不说。我说，没时间了，我要走了，她从廊子侧面下来给我擦了擦皮鞋。我对她说谢谢，她说她以后不到神户去了。我安慰她说，别这么说，天热了去海边洗海水澡，我给你们带路。新房子慢慢找，别着急，搬家的时候通知我。

“我从小笛家出来以后往南走，走到京大农学院正门前面那条路与出町路相交的地方回头看了看，小笛还站在门口目送我呢。”

以下的陈述，是广川六月三十日接到大月茂野女士的电话以后的情况。

“茂野女士给我打电话，话还没说完电话就断了。我有点儿担心，马上就给大月家寄去一封信。本来想同时给小笛寄一封信的，但是那天工作特别忙，没来得及同时写两封。给小笛的信是吃完午饭以后才写好寄出去的。”

也就是说，给茂野女士家寄信和给小笛寄信之间夹着吃午饭的时间。检察官对“使用两种信封”产生怀疑的时候，相当有必要考虑到这一点。

广川继续说道：“报社记者来到我寄宿的地方的时候，我问他，小笛家里还有两个小孩子呢，她们怎么样了？记者说，关于孩子的事情，京都方面来的电话里没说。我不记得我对记者说过‘第一个被怀疑的人就是我’这样的话。还有，我想到过小笛会留下遗书，但没有对房东说过‘好像有遗书’。”

广川第一次预审记录长达五十多页，除了对警察和检察官供述的内容以外，也就是以上这些了。

预审法官在小笛家勘验现场的时候，在厨房里发现两个茶瓶，铝茶瓶是空的，陶瓷茶瓶里有三分之一茶瓶的茶水。这跟广川的陈述有所不符，除此以外跟勘验结果是完全一致的。

特别是关于二十八日的早饭，广川说有盐水泡去皮黄瓜，勘验的时候在厨房的洗碗池附近发现了黄瓜根，这就等于告诉我们，小笛确实为广川做了早饭。

广川的婚姻问题被认为跟作案动机有重大关系。

田丸预审法官对广川的第二次预审，就是以广川的婚姻问题为中心进行的。

“事件发生的时候，你有结婚的打算吗？”

“有。”广川坦率地回答说，“特别是去年跟〇〇见面，今年又跟 ×× 见面以后，就更想尽快结婚了。”

“你跟小笛有肉体关系，你不认为这会成为结婚的障碍吗？”

“这的确会成为结婚的障碍。”

“既然如此，你为什么还要在没跟小笛了断的情况下结婚呢？”

“我打算结婚以后带着妻子去看望小笛，对她说我已经结婚了，今后也请多多关照。我认为那样的话，我跟她的关系自然就会断掉。”

“如果那样小笛还不跟你断，你打算怎么办？”

“我想她就是找上门来也没办法。”

“结婚以后小笛还找上门来，你的婚姻生活能圆满吗？”

“我认为，如果我真的结婚了，小笛自然就会跟我断了。”

“你不是说过，小笛是一个很执拗，报复心很强的女人吗？谁也不会认为那么简单地就能断绝关系，你说呢？”

“今年三月我跟小笛提出断绝关系以后，我觉得我的心情跟以前不一样了。以前我对到京都去并不是非常反感，但在那以后就非常反感了。小笛也觉得我终究不会总是到京都来，态度开始有所变化。我对她说，我以后不能再来了，她虽然很生气，但央求似的对我说，尽可能来呀。从她的态度来看，我觉得我一旦结婚，她就不会再死缠着我了。”

“你没有觉得你结婚以后小笛会给你出难题吗？”

“结婚以后跟她好好儿谈谈，求求她不要再纠缠我，相信她不会给我出什么难题。”

“一边跟情妇保持着关系，一边跟纯真处女结婚，你没有感到于心不安吗？”

“我确实感到于心不安。”

“既然如此，今年三月小笛的态度有所变化的时候，你为什么没有跟她说你要结婚，跟她彻底断掉呢？”

“当时我确实想跟她彻底断掉。”

“那样的话不是早应该断掉了吗？”

“一方面是由于我对她的同情，另一方面是由于长期的肉体关系的牵扯，想断却没有彻底断掉。”

“是吗？你是担心小笛给你出难题，没敢断吧？”

“不是的。当时虽然也感到她对我的胁迫，但不像以前那么可怕了。”

“你想跟小笛断绝关系，又有结婚成家的意思，可是最终还是没有断掉，其主要原因难道不是你担心小笛给你出难题，把你和你的家庭搞得颜面尽失吗？”

“归根到底当然是这个原因，但是也有长期的肉体关系形成的惰性，也不能排除满足自己的性欲这个原因。虽然我跟小笛年龄相差很大，我对她也还是有一点感情的。”

“但是，跟小笛的关系断不掉的主要原因，还是你担心如果不能充分满足小笛的条件，小笛还是要找上门来，把你跟她的关系抖落出来，让你的父母家人、亲戚朋友都知道。你说是不是？”

“是的，我确实有这种担心。”

“于是你就一边想结婚，一边又断不了跟小笛的关系，是这样吗？”

“是这样的。”

“小笛曾经要你跟她殉情而死，对不对？”

“对。这个我已经跟警察交代过了。今年六月二十号我到京都来的时候，小笛半开玩笑地对我说，跟我一起死了吧。二十一号早晨我要回神户，刚要吃早饭的时候，小笛流着眼泪对我说，我想了一夜，一会儿都没睡着。又说，这是我跟你最后一次在一起了。我有些担心，就没回神户，给公司打电话请假，又陪了她一天。还有，最后一次见到她的那个星期六，也就是六月二十六号晚上，我把《大阪 ×× 晚报》上刊登的强盗大西性次郎持枪行凶杀了好几个人的报道念给她听，她说什么‘这个人真了不起，我死的时候也不会一个人死’。二十八号早晨，我觉得小笛的样子有些奇怪，心里感到不安。我感觉不正常的情况就是上面说的这些，除此以外她没有说过要我跟他殉情的话。”

“千岁对你说过想死之类的话吗？”

“小笛说过，千岁没有说过。”

“小笛是从什么时候开始说想死的？”

“我提出跟她分手以后，大概是今年四月或者五月就开始经常说想死。”

“小笛为什么想死呢？”

“大概是因为我要跟她分手她很难过吧。她对我说过，你要是再说不到京都来了，我就去死，没有了依靠，我害怕。”

“如果像你说的那样，你跟小笛分手她会感到难过，你就是结了婚，你跟小笛的关系也不是那么容易断掉的，你说呢？”

“我也认为不那么容易断掉。”

“那么，这跟你刚才说过的如果你真的结了婚，小笛自然就会跟你断了的话，不是自相矛盾吗？”

“当时我想：如果她坚决不跟我断，还是经常来找我，我也没办法，我也没指望一下子就断掉。但是，既然我已经跟别的女人结婚了，她就是找上门来又能怎么样？时间长了她冷静下来，自然也就断了。”

“你想和别的女人结婚的事，跟小笛说过吗？”

“跟她说过很多次。她心里也许很生气，但她也没想过我能跟她结婚，所以没有表示坚决反对我结婚的意思，当然也没给我好脸色看。”

“有人给小笛提亲，她还到西阵那边去跟对方见面，这事你听说过吗？”

“听说过，但详细情况我不知道。”

以上是预审法官田丸的第二次预审，主要以广川的婚姻问题为中心。

十二月七日，第三次预审。

第三次预审是从千岁到底有没有自杀的想法这个问题开始的。

“根据你以前的供述，小笛曾经对千岁说，自己不定哪天就得跟千岁一起死。有一天小笛去千岁的房间在千岁身边坐下来的时候，千岁吓得跳了起来。有这么回事吗？”

“有。那是我六月二十号那天来京都的时候的事。小笛去千岁睡觉的那个三叠的房间拿什么东西，回来以后对我说，以前我对千岁说过，也许哪天我会把她杀了自己再自杀，所以刚才我去她的房间的时候她吓得跳了起来。第二天早晨起床以后我问千岁有没有这么回事，她说她不记得自己被吓得跳了起来。”

“千岁做好了死的精神准备了吗？”

“她说，她什么都听她母亲的。”

“千岁有悲观厌世的情绪吗？”

“千岁有心脏病，但是并没有悲观厌世的情绪，倒是小笛对千岁身体太弱感到悲观。”

预审法官田丸从椅子上站起来，走到墙角的暖气旁边站下来，盯着广川的脸默默地看了很长一段时间。

“六月二十七号到二十八号的事情的经过，就是你说的那样吗？”田丸回到椅子上坐下来，问了一句。

“没有一句谎话。”广川看着正面的窗户外边的天空回答说。天空虽然布满薄云，但那是自由的天空。自由，是多么令人怀念啊！

“六月二十七号吃完晚饭是晚上七点左右，你没记错吧？”

“没记错。”

“天黑了吗？”

“还没黑，但是光线比较暗了。”

“吃饭的时候开灯了吗？”

广川想了想，非常肯定地回答说：“开了。”

“开始吃的时候就开了吗？”

“不，吃了一会儿才开的。”

“那天夜里是开着灯睡的觉吗？”

“是开着灯睡的。把连着灯头的电线钩在墙上的铁钩子上，灯泡离枕头有四五尺高。”

“千岁呢？也是开着灯睡的吗？”

“千岁睡在那个三叠的房间里，是不是开着灯睡的我不知道，不过我知道她每天睡觉之前都看书。”

“中间那个四叠半的房间里的电灯呢？”

“我没怎么见过那个房间开灯。那个六叠的房间灯总是开着。”

“睡觉的时候，六叠的房间跟四叠半的房间之间的隔扇呢？”

“关得严严实实的。”

“二十八号早晨起床的时候，电灯开着呢吗？”

“开着呢。小笛把电炉子的插头插在灯头上的插座上烧开水来着。”

“灯泡上的灯罩呢？”

广川想了想，说道：“摘下去以后放在哪儿了吧，我不知道。”

预审法官又问：“那天早晨小笛穿的是什么衣服？”

“是一件浅黄色的衣服。”

“那天早晨，千岁和两个孩子怎么样？”

“我离开小笛家的时候两个孩子还在睡觉，千岁也没起来。”

“那天早晨，你换上西装之前脱下来的衣服放在哪儿了？”

“那个六叠的房间的西南角放着一个衣筐，衣筐上方挂着我的西服，所以我把脱下来的衣服扔在衣筐旁边两个孩子的脚底下了。”

“扔在你自己睡过的被褥上了吧？”

“我记得是扔在两个孩子的脚底下了。”

“早饭的餐具都是什么？”

“涂着黑漆的饭桌，黄色的竹筷子，盛芥末拌茄子的是一个长方形的小钵子，盛黄瓜的是一个外侧有蓝色斑点的圆形小钵子，还有饭碗和茶杯。”

“你离开小笛家的时候，电灯还开着吗？”

“没开着。”

接下来预审法官又问了广川写给大月家和小笛的信。

“你给小笛的信，为什么用公司的信封？”

“没有什么特别的意思，顺手从抽屉里拿了一个而已。”

“为什么没写寄信人的名字？”

“我觉得就是不写小笛也能立刻知道是谁寄给她的信。”

“但是，如果没有什么特别的理由，私人使用公司的信封的时候，都应该写上自己的名字。特别是在这封信里，连日期都写上了，信封上不写名字不是很奇怪吗？”

“您说得对。写上自己的名字是很自然的，可是不知道为什么我没写。”

预审法官勘验的时候，小笛穿的是一件白底蓝花的衣服，虽然跟广川的陈述有出入，但不能说对广川有什么不利。

广川的其他陈述跟勘验结果基本一致。特别是关于二十八日早饭使用的餐具的陈述，是非常令人信服的。不过，勘验的时候在洗碗池里发现了四角小盘子和木筷子，却没有发现圆形小钵子和黄色的竹筷子，这对广川来说是很遗憾的。

还有，在预审中，广川说“惊闻噩耗之感想”是在火车行驶到住吉一带的时候写的，其余两则遗书性质的文字是火车到达大阪之前写的，这跟以前的供述有些出入。

第三次预审结束以后，田丸拆开了差役送来的两封公函。

对于这个事件来说，二十七日的晚饭的时间，是推定小笛等人死亡时间的重要依据。

广川说二十七日的晚饭是五点半或六点开始吃，七点左右吃完的，吃饭的时候电灯是亮着的，这就等于承认小笛等人死的时候他在现场。

预审法官田丸认为有必要把广川的陈述的真实性加以确认。他现在手上这两封公函，是京都市气象站和京都市电力局给他的复函。

气象局提供的情况如下：

二十六日	阴	有时雨	上午十一时四十三分开始降雨，入夜后时有大雨
二十七日	阴雨	有时晴	未明时雨，上午七点十五分停
二十八日	阴雨	终日降雨	
二十九日	阴	有时晴	

二十七日是广川跟小笛等人一起去植物园一带找房子的日子，二十八日是广川离开小笛家的日子，他是早晨五点半离开小笛家的。

电力局提供的情况如下：

六月二十七日	送电时间：十八时三十分	停电时间：次日五时四十二分
六月二十八日	送电时间：十八时零二分	停电时间：次日五时四十二分

气象局和电力局提供的情况跟广川的供述完全一致，这对于广川来说是非常不利的，或者可以说是致命的。

第四次预审是十二月十日。

预审法官田丸的桌子上摆着小笛写的那封有条太郎的署名和图章的遗书。

“这枚图章你带着到小笛家来过吗？”

“这枚图章装在我那件白色的西服背心的口袋里，穿白背心的时候带着来过，六月中旬我不再穿那件白背心，自然就没有带着来过。”

“写这封遗书的这种稿纸你带到过小笛家吗？”

“没有。”

“这个你认识吗？”法官拿起被称为“第二十八号物证”的红铅笔问道。

“认识。那支红铅笔是我的，原来插在我的书架上当笔筒用的玻璃杯里。”

“这个呢？”

“那也是我的铅笔，原来在我的抽屉里。”

“你说你不知道这封遗书？”法官的声音严厉起来。

“不知道。”广川应声答道。

“二十七号夜里小笛要求你跟她一起殉情，对不对？”

“没有。”

“小笛连这样的遗书都留下了，你还说她没有要求你殉情，谁会相信你呢？”

“她真的没有要求我殉情。”

“但是，从这封遗书来看，分明是小笛要求你跟她一起殉情。你们约好殉情，并且是小笛先死，你杀死千岁以后再自杀。你们就是这样约定的！”

“绝对没有这种约定。”

“这个信封的碎片是怎么回事？”法官拿起一个信封的碎片问道。

那个信封的碎片摆在小笛的遗书旁边，遗书中“广川家的地址放在这里，请给他家里打个电报”这句话所指的“地址”，就是这个信封的碎片上写着的地址。

"那是我父亲写给我的信的信封的碎片。"

"你父亲会给小笛写信吗？"

"不可能有这种事。"

"那这个信封的碎片为什么会在小笛家？"

"小笛每次到我寄宿的地方去的时候，都要在我的房间里乱翻。我认为那是她从我的房间里拿回去的。"

"你认为是什么时候拿的？她的目的是什么？"

"什么时候拿的我不知道。目的肯定是有的，不过至于到底是什么目的，我也不知道。"

"你认识这个吗？"法官举起原来挂在小笛家大门上的那把锁问道。

"认识。那是我在神户的三宫电车站附近的五金店买的。去年五月的一天，小笛说她想要，我就送给了她。"

"后来小笛总是使用这把锁吗？"

"是的，一直使用这把锁。"

"不用的时候，小笛把它放在哪儿？"

"这个我不知道。"

"小笛等人死的时候，大门上的便门从外边用这把锁锁着，大门内侧插着插销，关于这个现象你是怎么看的？"

"便门是小笛从外边锁上的，大门内侧的插销也是小笛插上的。"

"如果像你说的那样，小笛是勒死千岁等三人以后自杀的，反正要自杀了，她有必要把便门从外边锁起来吗？"

"也许她是担心正在勒死千岁她们的时候突然有人进来，才把便门从外边锁起来，再把大门内侧的插销插上的。"

"那你再看看这是什么？"预审法官举起小笛尸体腰部裹着的一块布

问道。

“那是裹在小笛腰部的东西。”

“你是怎么知道的？”

“我看见她经常裹在她那件法兰绒衬裙里边，所以知道。”

“这个呢？”

“好像是六月二十八号早晨小笛束着和服的窄腰带，记不太清了。”

“六月二十八号早晨，这条窄腰带小笛是怎么束的？”

“不记得了。”

“那么，小笛平时怎么束窄腰带呢？”

“她很少束窄腰带，至于怎么个束法，我记不清了。”

“小笛束这条窄腰带的时候，是在身后打结吗？”

预审法官为什么要问这个问题呢？因为小笛尸体上束着的窄腰带，是在身后打了一个结，而且那个结打得很紧，不像是小笛自己打的。

“我不记得了。”

“那么，小笛的衬裙平时系在腰部什么位置？”

“这个我也不太清楚。六月二十八号早晨，我好像看见她的窄腰带下方的衬裙了。”

“你抽烟吗？”

“抽。常抽的是敷岛牌的、汽船牌的，有时也抽朝日牌的。六月二十六号从神户来京都的时候带着的是朝日牌的，第二天，也就是六月二十七号从植物园那边回来以后，让千岁去附近的‘×元香烟店’买了一盒敷岛牌的。”

二人还是四人？

“小笛和千岁抽烟吗？”

“不抽。”

“六月二十八号早晨你在小笛家的时候，抽烟了吗？”

广川想了一会儿答道：“好像没抽。”

“六月二十七号晚上睡觉以后，你叼着烟卷去过千岁睡觉的房间吗？”

“没有。”

预审法官田丸把审讯记录翻过去，身体靠在椅背上，不紧不慢地对广川说：“你说小笛是自杀的，但是，从小笛尸体的勘验结果来看，她的姿势，悬挂的样子，衣服的穿法，都是非常不自然的。特别是脖颈上有两道勒痕，下边那一道皮下淤血严重。小笛是他杀，已经没有任何怀疑的余地了。另外，对小笛尸体解剖鉴定的结果也是他杀。你对此有何见解？”

“勘验和验尸的结果如何我不知道，但我认为小笛是自杀。如果是他杀的话，也不是我杀的。至于是除了我以外的谁杀的，我也想不出来。”

“如果说小笛是自杀的话，她有什么必要把大月家的两个小孩子杀了呢？就算她要杀那两个小孩子，至少也应该给孩子的父母留下一封信说明原委吧？”

“按照人之常情来说的话，把那么小的两个孩子杀死根本就是无法叫人理解的，这样的人难道还会给孩子的家长留下什么书信吗？也许小笛写遗书的时候并没有想过要把那么小的两个孩子杀死。”

“对小笛等四人验尸的结果表明，四个人几乎死于同一时间，都是晚饭后七至八小时死亡。你已经说了，六月二十号的晚饭是晚上七点左右吃完的，那么他们死亡的时间就是凌晨两点到三点，那时候你就在小笛家里，不可能不知道！”

“鉴定是具有权威性的，但是鉴定就是绝对准确无误的吗？我六月二十八号早晨五点半从小笛家出来的时候一切都很正常。这是事实。至于她们是怎么死的，我根本不知道。我杀死小笛等人的理由何在？就算她的存在影响我结婚，可我一点也不觉得自己已经被逼得走投无路了呀！”广川激动起来，说话的声音也提高了。

十二月十三日对广川的第五次预审结束以后，预审法官田丸从十二月十七日至二十七日，用十一天的时间询问了十一个证人。这十一个证人都是被警方和检察院询问过的。

如果把询问证人的情况一一写出来，读者肯定会厌烦的。这里只把跟事件有关的情况介绍一下，尽量避免重复。

第一个被叫来的证人是大月茂野女士。

“小笛平时穿衣服有什么特点？”

“平时在家里特别随便，出门的时候穿得特别讲究，就像变成了另外一个人似的。”

“有没有只束一条窄腰带的时候？”

“夏天天热的时候常常只束一条窄腰带。”

“窄腰带一般怎么束？”

“一般都是松松地随便在腰部缠两圈，把两端往里一塞。”

“有没有在身后紧紧地打个结的时候？”

“从来没见过。”

“那么，小笛怎么束宽腰带呢？”

“跟一般人没有什么区别。”

“有没有在前边打个结，长出的部分往下耷拉着的时候？”

“那种束法一次都没见过。”

“小笛像这样束过窄腰带或者宽腰带吗？”预审法官田丸把小笛的尸体掉在门楣上的那张照片放在大月茂野女士面前。

大月茂野女士就像看一件令人恶心的东西似的看了看那张照片：“这种奇怪的束法，我从来没有见过。”

“小笛像这张照片上这样束过窄腰带吗？”

“没有，绝对没有！”

下一个证人是福田芳。福田芳的回答跟大月茂野女士差不多。

关于小笛跟广川的关系，小笛窘迫的生活，小笛有没有自杀的意思等，证人们的回答也就是重复在警察局和检察院说过的那些。

十二月十八日，第一个进入现场的警察羽立被田丸叫了过来。

羽立说：“邻居对我说，小笛家的大门用力一推就能推开……”

这是连邻居们都知道即便把便门锁上也能推开大门出入的证据。

“里边那个六叠的房间的防雨窗是怎样一种情况？”田丸问道。

“从北边有光线进来，至少有一两扇开着吧。”

广川也说“小笛起来以后把防雨窗全打开了”。这就是说，六月二十八日防雨窗是开着的，这是很自然的事。如果是广川在六月二十八日凌晨两点到三点之间把小笛等人勒死了，他为什么还要做那样的申述呢？

下一个被田丸叫来的证人是广川的房东泉先生。

“六月二十八号，广川跟平时一样下班回来了。那天晚上我的孩子发烧，广川还帮我把冰弄碎给孩子降温，我记得非常清楚。”

“广川有没有什么反常的举动？”

“没有任何反常的举动。”

“第二天，也就是六月二十九号呢？跟平时相比有什么变化吗？”

“没有什么变化，跟平时一样，上班出门，下班回家。广川君打算出国，一直在跟我学英语。那天晚上练习了两个小时的英语会话，新单词很快就能记住，没有任何反常。”

“那天晚上广川去买英语会话课本了吗？”

“好像是去了。课本买回来以后，又练习了一段时间。”

“六月三十号那天呢？”

“也是照常上下班。那天晚上也是练习英语会话，快结束的时候，一个报社的记者来找广川……”

“报社记者来过以后，广川是不是对您说过，京都的小笛阿姨把女儿和另外两个孩子杀死以后自杀了，还有遗书？”预审法官田丸问道。

这是一个非常重要的问题。如果报社记者没有对广川说过“和另外两个孩子”和“还有遗书”，而广川却对泉先生说了，那就说明广川预先知道两个孩子也死了，并且预先知道现场有遗书。

“广川确实是这样对我说的。”泉先生回答说。

泉先生这样回答是很自然的。别人六个月以前说过的话，谁也不可能记那么清楚。

“广川接受报社记者采访的过程中，是不是从二楼下来过一次？”

“下来过一次。”

“广川对你说的那些话，是从二楼下来那一次说的呢，还是报社记者走了以后说的呢？”

“这个我记不清了。”

“广川听了报社记者的话以后，是什么态度？”

“非常吃惊。还说要是自己的事见了报，就全完了。”

“广川说的不是‘还有遗书’，而是‘好像还有遗书’吧？”

“广川是把记者的话转告给我们的，不是‘好像还有遗书’。广川对我们说：‘报社记者告诉我，还有遗书。’我记得他是这样说的。”

泉先生出去以后，田丸马上询问了等在外边的泉夫人。

泉夫人的证词跟她的丈夫基本上是一样的。

“广川说过‘小笛杀了三个人，自己也死了’这样的话，没错吧？”

“最初是广川在二楼叫我先生，我先生答应了一声。广川从二楼下来以后，跟我丈夫说了那番话。”

“广川今年六月去公司上班的时候，穿没穿西服背心？”

“好像没穿。记不太清了。”

“六月二十号星期天，还有二十六号广川去京都那天，穿没穿西服背心，您还记得吗？”

“当时我妹妹在二楼打扫房间，听我妹妹说，西服背心似乎在衣架上挂了很久了，大概是没穿。”

“小笛去神户广川住的地方的时候，是不是经常翻看广川的东西？”

“我不上二楼，不知道。”

“六月二十六号，广川把小笛和千岁留在家里，自己上班去了？”

“是的。广川走后，小笛母女先后洗了澡，准备好行李就默默地出去了，出去以后就再也没回来。”

“默默地出去了？也没跟您打个招呼？”

“没打招呼，一句话没说就走了。”

泉夫人走后，田丸把报社记者井口叫了进来。

井口当时是一个二十三岁的青年记者，对预审法官田丸的询问回答得非常爽快。

“六月三十号晚上去广川寄宿的地方采访广川的时候，你对广川说过除了小笛母女以外还死了两个孩子这样的话吗？”田丸问道。

“说过。广川问我，到底是怎么回事啊？我记得我对他说，小笛母女死了，还有两个小孩子，也死了。”

“当时广川问你，还有两个小孩子呢，她们怎么样了？你的回答是：京都方面来的电话里没提孩子的事。当时你是那样回答的吗？”

“他确实是那样问我来着，不过我没有那样回答。”

“你对广川说过‘一个被勒死，一个被吊在门楣上’这样的话吗？”

“没有。当时我是这样说的：母亲被吊着，女儿死了，另外两个小孩子也死了，也许是母亲把她们勒死以后自杀的。”

“你对广川说过有遗书吗？”

“说过。当时广川吃了一惊，问我，真的吗？我说没错，我来采访你的目的之一就是问问你这里有没有遗书。我问，小笛家是四口人吗？广川说，不，只有两口人。”

“你采访广川的时候，他是怎样一种神情？”

“很平静的样子。”

“你对广川说，小笛等人死了的时候，他的反应如何？”

“他好像要确认一下我的话到底是不是事实，问了一句‘真的吗’，态度和脸色都没变。”

“你是否对广川说过‘你有重大嫌疑’这样的话？”

"我没有说过那样的话。"

"那么，广川说没说过他自己有重大嫌疑这样的话？"

"他笑了笑对我说，自己跟小笛母女关系密切，是最值得怀疑的。"

"你跟广川说小笛母女已经死了的时候，广川有没有兴奋或者狼狈的表情？"

"没有。我甚至觉得他冷静得有些过分。"

十二月二十四日，预审法官田丸把广川的父亲叫来了。

广川的父亲果然是一个乡下的大财主，具有绅士风度，不过看上去很朴素。他的脸上浮现出悲痛的神色。

"您就是广川条太郎的父亲吗？"田丸非常和气地问道。

"是的。条太郎是我的长子。"广川的父亲心情沉重。

"您对条太郎的人品是怎么看的？"

"条太郎在我的几个孩子里是最有出息的。性格内向，非常温顺，从来不发脾气。"

"是不是那种对什么事都感到忧虑的性格？"

"这孩子心眼小，确实是对什么事都感到忧虑。"

"有没有反抗过您的情况？"

"从来没有过。不管是言语还是脸色，从来没有反抗过我。"

"上学的时候成绩怎么样？"

"上小学的时候在班上从来都是第一，上中学以后，第三第四以下的情况也是从来都没有过的。"

"您对子女管教是不是非常严厉？"

"不，管得并不严厉。内人教育孩子的方法也是让孩子自由发展。"

“你们夫妻双方的亲戚里边，有没有患过精神病的？有没有犯过罪的？”

“一个也没有。”

“广川跟小笛的肉体关系保持了很长时间，跟小笛的养女千岁也发生过肉体关系，这些情况您知道吗？”

广川的父亲低着头沉默了一会儿，低声回答：“知道。”

“您是怎么知道的？”

“去年一月，内人收到一封用毛笔写的没有署名的信。我们从那封信里了解到了条太郎跟平松小笛的关系。当时内人催我到京都看看，我觉得寄宿的大学生跟主妇发生这种关系是常有的事，条太郎也不是十七八岁的小孩子了，我特意跑过来反而不太好，就给住在京都的亲戚 × 藤 × 吉写了一封信，委托他去看看条太郎。他虽然见到了条太郎，但觉得那件事很难说出口，就没提那件事。后来他给我写了一封信说明情况，我也没有把这件事当作一件重大的事情来考虑。我认为，给条太郎找个合适的姑娘结了婚，他跟小笛的关系自然也就断了。但是，我不知道条太郎跟小笛的养女千岁也发生过肉体关系。”

“你们收到的没有署名的信是怎么写的？”

“没有署名的信收到过三封。第一封大概是去年一月，第二封大概是去年三月，第三封大概是今年一月，邮戳都是‘圣护院邮局’，三封信的笔迹不同。第一封信的笔迹我还有印象，看上去像是一个上了年纪的男人写的，字写得很难看。”

“信中是否提出过要分手费的要求？”

“一次都没提过。主要意思是，你儿子的事要是在报纸上登出来，对你们没好处。当时我觉得那些信都可以说是好意。”

“您跟条太郎写信提到过这件事吗？”

“提到过，还把我们收到的信寄给了条太郎。”

“去年二月，条太郎说要做一套礼服跟您要钱，您给他寄过去一百五十日元，有这事吗？”

“有。”

“关于跟平松小笛的关系问题，条太郎是怎么跟您说的？”

“我和内人都没问过，条太郎也没主动跟我们说过。”

“你们给条太郎提过亲吗？”

“提过。”广川的父亲把四次提亲的经过简单地述说了一遍。

“提的这几门亲事，您都跟条太郎商量过吗？”

“都商量过，都是写信商量的。”

“条太郎有结婚的意愿吗？”

“条太郎有结婚的意愿，不过那几门亲事都没有谈到订婚的程度。”

“实际上条太郎并没有结婚的意愿，只不过您要强迫他结婚，是这样的吧？”

“不是。我和内人都没有强迫过条太郎。我们只是把女方的情况告诉条太郎，征求他的意见。条太郎也不曾由于感到我在强迫他而感到郁闷。”

“跟小笛的关系断不了，结婚能不碰到障碍吗？”

“要是早些跟小笛断了就好了。内人把这问题看得很重，早就催着我尽快解决，可是我把问题看得太轻了，招致这种无可挽回的后果……”广川的父亲说着说着，眼泪在眼眶里一个劲儿地打转。

正如广川的父亲所说，房客跟女房东发生肉体关系的事并不鲜见，一般情况下随着房客搬走，这种关系自然也就断了。但是广川的运气很不好。小笛在经济上非常拮据，养女千岁重病在身，小笛在精神上和经济上都离不开广川，而广川恰好是一个有钱人家的孩子，并且是一个性格非常软弱的男人。

广川的父亲收到匿名信以后，应该立刻到京都来，把广川跟小笛的问题解决了。他相信自己的儿子，但是他不了解小笛是怎样一个女人，也不知道小笛是怎样一种生活状态。他这种对儿子放任不管的态度，正如他自己所说，招致了无可挽回的后果。

广川的父亲手颤抖着在调查书上签字之后，悄然离去。

八时三十分

“我还想培养广川当干部呢，所以我对他特别注意。”神户信 × 公司的 × 本经理正在向预审法官田丸申述。

“广川的性格特别温顺，只是稍欠灵活性。没有必要的话他很少说，可以说是非常稳重的一个人。而且待人和气，连小孩子都愿意跟他接近。从今年三月开始，我让他担任总务主任，处理一块土地的买卖问题，他对工作特别认真，特别负责。”

“广川是不是胆子很小？”

“胆子特别小。此外也很纯朴，或者说是未经世故。”

“心里有什么烦恼的话，也不愿意对别人讲，是吗？”

“我认为他是这种性格的人。”

“您知道广川跟小笛保持了很长时间的肉体关系吗？”

“一点儿都不知道。我一直以为广川到京都去是为了信托法研究方面的事。广川在神户品行很好，没听到过有人说他的坏话，所以这方面的问题一点儿都不知道。这个事件发生之后，才从公司的会计科长那里听说，广川曾经跟以前的总务主任商量过，有女人追着他要钱，应该怎么办。”

“六月二十八号到三十号，广川在公司里上班的时候，有什么反常吗？”

“六月二十八号我到公司的时候是八点半，那时候广川还没到。后来我听会计科的一个职员说，他八点四十进公司的时候，广川紧跟着他进的公司。二十九号上午十点我们公司召开股东总会，二十八号和二十九号这两天，广川特别忙。他要在股东总会上做上半年的业务报告，虽然以前有所准备，还要在二十八号那天做最后的完善。广川跟平时一样认真工作，给我印象最深的是他写的业务报告。他在开头部分写道‘经济状况好转，股市价格上扬，外币汇率恢复，呈现活跃之观’。我看了以后，建议他把‘呈现活跃之观’中客观性的‘观’，改成主观性的‘感’。但是广川坚持自己的观点，把写成客观的观的理由逐条说明，给我讲了半个小时的观念论。其态度和脸色跟平时没有任何变化。最后，我终于被他说服，保留了‘观’。广川编纂的业务报告洋洋四大本，完成得非常出色。第二天，也就是二十九号那天，广川是上午九点左右到公司的。他从十点开始，以总务主任的身份在商业会议所接待股东，主持股票权利个数的调查，并主持股东总会，还朗读了他编写的业务报告。

“二十九号下午两点左右我就回公司了。广川留下来跟另一位职员做了总共将近两千个变换股票名义的具体工作。本来变换股票名义的工作停止于股东总会之前，股东总会散会以后就不再做此项工作，一般职员都出去玩了。可是广川没出去玩，继续做了很多工作，为此我还表扬了他。

“还有一件事。公司里有一个职员要重返大学学习，欢送晚会定在七月一号。二十九号晚上，广川在元町大街碰上了负责张罗欢送晚会的在公司食堂做饭的大娘的女儿。广川对大娘的女儿说，把公司的惯例，即每月月底举行的宴会推后一天，跟欢送晚会一起举行。这是一次很有意思的活动，如果广川心里有事的话，还顾得上这些吗？

“六月三十号那天我很忙，广川是什么样子我不知道。晚上八点左右，他来到我的办公室问道，我可以回家了吗？我说可以，他就回家了。

“总之从六月二十八号到三十号，广川没有什么异常，每天都在像平时那样工作。”

“广川确实欠公司的伙食费四十多元，××土地的通信费六元吗？”

“是的。”

“这个图章您见过吗？”预审法官田丸拿起那个在小笛的遗书上盖过的象牙图章问道。

“见过。不过广川在公司里签署文件的时候不怎么用这个图章，他用的是另外一个水牛角的图章。”

“这个呢？”田丸拿起六月三十日广川用公司的信封给小笛寄的那封信。

“这封信是七月三号早晨被邮局退回公司的。信封是公司里最常用的信封，稿纸是以前公司发行时报的时候制作的，后来时报停刊，用剩下的稿纸职员们就拿回家当信纸用。”

“广川以前也使用公司的信封寄过私人信件吗？”

“关于这个问题，公司里几乎所有职员都用公司的信封和稿纸写私人信件，这在我们公司不是什么奇怪的事。据此推测广川以前可能也使用过。职员把公司的稿纸拿回家私用也是常有的事，广川把公司的稿纸拿回他寄宿的地方去也是有可能的。”

这种稿纸，也是被称为“第十四号物证”的小笛与条太郎联合署名，并盖着广川图章的遗书所使用的稿纸。

各位读者，您还记得广川说过他二十八日早晨离开小笛家的时候，小笛递给他一份报纸让他在火车上看的事吗？那时候报纸是否已经送到了，也是一个应该调查的问题。

关于这个问题，检察官小西已经责令警方调查过了。结果如下：

小笛家的报纸是在位于上京区北白川 ×× 町 × 十 × 番地 ×× 日报销售点订的，负责给小笛家送报纸的是十八岁的韩 ××。

韩某每天早晨四点起床，起床以后把报纸分好需要半个小时，然后把将近五十份报纸按顺序送至各家，送到小笛家的时候基本上过去半个小时左右，所以，每天早晨五点左右报纸就可以送到小笛家了。

预审法官勘验的时候，发现了二十九日和三十日的报纸，却没有发现二十八日的报纸。如果那份报纸是早晨五点左右送到的，就可以相信广川的申述，但是，并没有办法证明是活着的小笛把那份报纸递到广川手上的。

证人询问结束以后，预审法官田丸深深地陷进椅子里，闭上了眼睛。这天是十二月二十七日，太阳已经落山了，昏黄的电灯挂在高高的天花板上，一副煞风景的样子。

田丸翻阅了一阵记录，然后在一张纸片上写了些什么，再次深深地陷进椅子里。

关于这个案子，最直接、最主要的证据是尸体解剖鉴定、小笛的遗书、广川写在记事本上的类似遗书的字句、名片和广川写给大月和小笛的信。

小笛的遗书里没有广川的笔迹，这是经过专家鉴定的。小笛的遗书上的广川的图章，广川在他的申述中说，那是小笛偷了他的图章盖上的，目前还没有证据能够否定广川的申述。

广川的记事本上那些类似遗书的字句，到底是什么时候写上去的，这虽然是问题的关键，也只能听广川的申述，鉴定专家是鉴定不出来的。

名片一般都是放入名片夹，装在上衣的内兜里。如果说是广川勒死了千岁，那么他在勒死千岁的时候是穿着上衣的吗？而且只从名片夹里边掉出来五张，这可能吗？

广川写给小笛的信好像有些不自然，可是在那封信里，找不到可以认为广川已经知道小笛已死的痕迹。

小笛的衣服的穿法很奇怪，窄腰带在身后打结是一个疑点，但是怎样证明那就是广川所为呢？

广川的杀人动机也是非常薄弱的。

小笛早就有自杀的意思，倒是可以肯定的。

田丸倾向于预审免予起诉。

但是，小笛等四人为他杀，死亡时广川就在并不很大的小笛家里，这个问题怎么解释呢？如果不能解释清楚这个问题，广川的申述从根本上就是不能成立的。

而且，如果广川就在杀人现场的证明不能被推翻的话，这些无力证明广川清白的证据，反过来都可以成为广川就是凶手的有力证据。

预审法官田丸把卷宗拉到面前，翻到小南博士的鉴定报告，反复阅读起来。一边阅读一边又在纸片上写了些什么，“啪嗒”一声把铅笔扔在桌子上，对正在整理记录的书记员说道：“喂！今天辛苦你了，收拾一下回家吧！”

“是！”

“明天早上把小南博士叫来！”

“是！不过，来不及通知检察官和辩护律师了……”

“这倒也是……不过，以‘有急用’为理由，不通知也可以。”田丸说着把刚才写的那张纸片递给书记员。

那张纸片上写着：

一、平松小笛等四人的死亡时间推定为晚饭后七至八小时的理由；

二、睡眠状态与清醒状态食物消化时间的差异；

三、如果平松小笛等四人饭后一个小时就睡了，死亡时间应为饭后多长时间。

第二天，小南博士来到预审庭，确认了一下田丸提出的几个问题，说数日后以书面形式写一份对以前的鉴定报告的说明，然后就退了出去。

田丸一边等待小南博士的回答，一边继续取证。

小笛家侧后方的专门出租房间的 ×× 馆的房东被田丸叫到预审庭来。

这个 ×× 馆，就是高山义三律师在实地调查小笛家的时候指过的小笛家侧后方那所房子。当时，高山律师说道："从那所房子的二楼，应该可以看到小笛家的一些情况吧？"

四十来岁的 ×× 馆的房东，畏畏缩缩地走进预审庭。

"你家就在平松小笛家后面吗？"

"是的。"

"那么，从你家二楼能看到小笛家的情况吗？"

"能。从我家二楼南侧的房间里能看到小笛家。"

"去年六月底，能看到小笛家的二楼南侧的房间里有房客吗？"

"有。当时住在二楼的，有一个 ×× 高等补习学校的学生，名字我忘记了。还有一个在 ×× 公司上班的职员。"

“去年六月二十七号夜里，平松小笛家有没有发出过什么异常的声音？”

“我是什么都没听见。我也问过当时住在我家的房客，都说没有听见什么异常的声音。”

“小笛家的尸体是六月三十号被发现的，那么小笛家的防雨窗是几天以前关闭的？”

“当时刑警来我家调查过。那个学生说没注意，那个公司职员说三天以前就是关着的。”

“那么，有人知道是谁关的、是几点左右关的吗？”

“没人知道。”

如果是侦探小说，关没关防雨窗也许是一个很有意思的看点，可是在这里却索然无味。

小南博士的书面说明花了十七天的时间，第二年，也就是昭和二年（1927年）[①]一月十二日才递到预审法官田丸手上。

小南博士的书面说明由以下三部分构成：甲、食物在胃肠内消化所需时间；乙、平松小笛等四人肠内食物状况；丙、具体说明。

小南博士在书面说明中写道：

进食后五小时，小肠里的食物显著减少；进食后五个半小时，食物大部分进入横结肠；进食后六小时至九个半小时，食物全部离开小肠进入大肠。著名医学家藤浪刚一对此有详尽阐述。小笛等四人的食物消化状况是：小笛腹中食物已经到达小肠三分之一

---

① 大正天皇驾崩于大正十五年（1926年）十二月二十五日，是日昭和天皇即位，为昭和元年，故1927年为昭和二年。昭和元年实际上只有短短七天时间。

以下，千岁腹中食物已经到达小肠最下部，喜美代和田鹤子腹中食物也已经到达小肠最下部。总之四人腹中食物的消化程度是基本一致的。也就是说，四人差不多是在同一时间死亡的。睡眠状态与清醒状态的食物消化时间多少有些差异，但不会有两个小时以上的差异。因此：

小笛等四人就算是进食后一个小时就寝的，到死亡经过的时间也跟大正十五年（1926年）七月十二日验尸报告中所记载的一样，即进食后七至八小时死亡，没有订正的必要。如果一定要订正，也只能订正为进食后八至九小时死亡。

读完了小南博士的书面说明，预审法官田丸脸上浮现出最后决断的表情。

田丸结束预审，等书记员把预审记录整理好，从头到尾认真阅读了好几遍。为了征求检察院的意见，准备即日把记录送过去。那天是三月八日。

就在三月八日那天，广川突然提交了一份《出庭申请书》。

《出庭申请书》是被告人自己希望做申述的时候，向预审庭提出的申请。

广川的申请被批准以后，拖着经过八个月的牢狱生活的煎熬变得瘦弱不堪的身体，来到预审法官田丸面前。

“你提交了《出庭申请书》，有什么要申述的吗？”

广川颇有几分精神地答道：“我要申述的是，六月二十七号吃完晚饭的时间不是七点左右，应该是八点半左右。因为我想起那天晚上躺下以后，我看了一眼怀表，那时是九点十分。晚饭后小笛带孩子们出去了一下，马上就回来了，回来以后千岁就挂蚊帐睡觉，所以从吃完晚饭到睡觉这段时间也就是半个小时多一点。我希望把以前的申述中所说的七点左右改成八点半左右。”

“你不是说吃完晚饭的时候，天刚黑吗？”

“不是刚黑，而是已经完全黑了。”

“你已经说过很多遍了，六月二十七号吃完晚饭是晚上七点左右，怎么今天突然又改成八点半了？你是不是知道了小笛等人的验尸结果是饭后七至八小时死亡，企图证明自己不在案发现场才这样说的？”

“不是的。我想来想去，确实是八点半左右，所以才提交了《出庭申请书》。”

“那你为什么一直都在说是七点左右呢？”田丸严厉地问道。

“因为我第一次说的是七点左右，后来觉得自己已经那样说过了，再更改不好。另外，我认为小笛带孩子们出去玩儿的时候，一定碰到过什么人，调查一下自然就知道具体时间了，也就没有特别在意。”

“知道了。”田丸点点头，“除此以外还有什么要申述的吗？”

“为了确定吃晚饭的具体时间，您可以派人去小笛家附近的‘× 元香烟店’调查一下。千岁冲澡之前，我让她去那里给我买过一盒敷岛牌香烟。”

按照广川的要求，田丸把“× 元香烟店”的老板 × 元氏叫到了预审庭。

× 元氏跟小笛在朝鲜的时候就认识。小笛在朝鲜跟一个叫村尾的军人结婚的时候，村尾请 × 元氏当的证婚人。

× 元氏回国后也在京都定居，“× 元香烟店”就在小笛家附近。她们以前关系非常密切，后来小笛开始疏远 × 元氏，来往越来越少了。

听完 × 元氏介绍的情况，田丸问道：“去年六月二十七号傍晚，千岁去你那里买烟了吗？”

“不记得了。”

“说是在您那里买了一盒敷岛牌香烟。”

“买没买我真的不记得了。我很喜欢千岁，只要她到我的店里来，我总是问她学习怎么样，身体怎么样。去年六月二十七号是事件发生前一天的事情，应该是最后一次见到千岁，我应该有印象，可是我一点儿都不记得了，我家里的人也不记得事件前一天见过千岁。”

如果小笛等人的死亡时间是进食以后九个小时，而广川把晚饭时间由晚上七点改为八点半的要求能够得到证明的话，那么小笛等人的死亡时间就可以推定为早晨五点半以后，不用说，这对广川是有利的。

但是，广川推荐的证人 × 元氏的证词没有给他任何帮助，甚至连千岁是否到“× 元香烟店”都没有得到证实。

× 元氏走后，田丸又把小笛的邻居须原太太找来。

“您去年六月二十七号那天见过小笛吗？”

“没有面对面地说过话，不过傍晚的时候看见她在自来水管那边站着，也看见她带着大月的孩子们在街上转着玩。”

“傍晚的时候，您看见小笛带着孩子在她家门前的马路上玩了吗？”

“没看见小笛，但是看见大月的两个孩子了。那两个孩子还跑到我家来玩，我那个七岁的孩子还跟她们一起在马路上玩儿来着。”

“那时候是几点？”

“我家一般是六点吃晚饭，孩子们一起玩的时候，我们已经吃完晚饭了，那时候应该是七点左右吧。我去叫孩子回家的时候，街上过往的人的脸都看不太清楚了。那时候我没有看见大月家那个小的，只看见那个大的。”

“那时候大月家的孩子已经吃过晚饭了吗？”

“好像是吃过了。我问大月家那个大的，你吃饭了吗？她说，吃的是鸡肉和米饭。”

须原太太的证词的主要内容是：晚上七点左右孩子们已经吃过晚饭了，街上过往的人的脸都看不太清楚了。这些证词跟广川所谓的“八点半”对不上。

广川更改吃晚饭的时间，是因为想起吃晚饭的时间确实是八点半呢，还是因为知道了鉴定的结果才做这种更改的呢？我们不得而知。根据广川的申述和证人的证词，七点左右应该是事实。广川为鉴定结果感到焦虑，提出更改的心情是可以理解的，但是这样做的结果可能对预审法官的心证产生了不良影响。

三月六日，检察官小西把一份笔迹鉴定报告交给了预审法官田丸。

为慎重起见，检察官小西又请了一位叫弘末直诚的笔迹专家来鉴定小笛的三封遗书和广川写在记事本上的那些类似遗书的字句，鉴定内容跟以前委托的三位专家是一样的。弘末直诚一个字一个字地，一笔一画地进行鉴定，说明非常详细，但鉴定结果跟以前那三位专家基本一致。

弘末直诚先生认为，“惊闻噩耗之感想”与写给父母、× 野 × 太郎等人的遗言，日期和地点不同。关于这一点，四位专家的意见是一致的。这个鉴定跟事件关系极为重大，所以笔者反复提到这个鉴定。

四月二日，是广川的第七次预审，也是最后一次预审。

“被告人广川迄今为止的申述，跟事实有没有出入？”预审法官田丸用沉稳的声音问道。

“没有。”

“去年六月二十七号晚上睡觉的时候，小笛穿的那件下摆到腰部，袖口镶着花边的内衣，第二天早晨起床以后是否还穿在身上？”

“小笛起床比我早，起来以后穿上了和服，至于里边穿的是什么，我不知道。”

广川在以前的申述中提到，小笛六月二十七号晚上睡觉的时候，穿的是一件袖口镶着花边的内衣，但是，预审法官勘验的时候，小笛贴身穿的衣服是一件法兰绒衬裙，没有发现袖口镶着花边的内衣。

“去年六月三十号晚上，×× 报社的井口记者去你寄宿的地方采访你的时候，是不是对你说‘小笛母女死了，另外还有两个孩子也死了’？”

各位读者注意到了吗？在这个问题上，井口记者的的证词跟广川的申述是不一样的。

“当时我问井口记者：‘应该还有两个孩子，孩子们怎么样了？’井口记者说‘京都方面来的电话里没提孩子的事’。”

“但是，跟据井口记者的证词，他对你说过‘小笛母女死了，另外还有两个孩子也死了’，你并没有问他‘应该还有两个孩子，孩子们怎么样了’，他也没说过‘京都方面来的电话里没提孩子的事’这样的话。另外，根据你的房东泉先生和泉夫人的证词，当时你对他们夫妇说，报社记者告诉你‘小笛母女死了，另外还有两个孩子也死了’，是不是这样的？”

“您要是这么说的话，也许是这样的吧。”

“那么，你在第二十六号物证（广川的记事本）里，给 × 野 × 太郎、× 本经理的遗言里，写的是断送二人性命，这是为什么？”

“也许是因为我跟小笛和千岁有关系吧。”

“你是故意那样写的吧？”田丸盯着广川的脸问道。

“不是，我不是故意的。”

“你的记事本上写这些可以说是遗书的字句，还有写给父母、姐姐、弟弟、妹妹的遗言，不是六月三十号晚上在火车上写的！”

“不，这些字句都是在火车上写的。”

“写给 × 野 × 太郎、× 本经理的遗言，写在六月二十一号至二十八号的记事栏里，应该是六月二十一号写的吧？”

六月二十一号是星期一，广川在京都小笛家住了一个周末以后，早晨准备回神户，因为小笛哭着纠缠他，他给公司打电话请了一天假，多陪了小笛一天。

“不是六月二十一号写的，偶然写在了六月二十一号至二十八号的记事栏里而已。”

“这是写遗言用的铅笔吗？以前放在哪儿？”

“以前插在记事本书脊上插铅笔的小袋里。”

“这是你写给大月多三郎的信，对此你有何感想？”田丸说着把那封信递给广川。

广川把信接过来，默默地看了一会儿，平静地说道：“我觉得大月夫妇很可怜。不过，我想再说一遍，喜美代和田鹤子不是我杀的。我觉得这两个孩子很可怜，但是，我跟她们的死没有关系。”

“这个你知道吗？”田丸把千岁写的三封遗书放在广川面前。

“不知道。不过，六月二十号晚饭后，我躺着看报纸的时候，看见千岁趴在桌子上写什么东西，也许那时候写的就是这些遗书。”

“你看过法医学、犯罪学方面的书吗？”

“去年一月，看过小酒井不木博士写的《杀人论》。”

“那本书是你在书店里买的吗？”

“不是。我参加了 ×× 书林举办的传阅书库，那本书是偶然传到我这里来的。”

“这类书籍你还看过什么？”

“去年二月，还看过小南博士写的《法医学与犯罪》，我记得那是一本蓝色封面的小书。”

“这本书的内容是什么？”

“记不太清了，好像是尼僧在建仁寺放火的事件。”

“你怎么会有机会看到这本书？”

“那次是给 × 本经理看家，他家里有这本书。”

“去年一月二月的时候，为什么要看这种书？”

“没有什么特别的理由。”

广川交给预审法官田丸一个名片夹和父亲寄来的一封信。名片夹是一个很普通的皮革名片夹，父亲寄来的信说的是给广川提亲的事。

“第十三号物证（千岁尸体旁边那五张名片）就装在这个名片夹里吗？”

“是的。”

“预审到此结束。现在我就把你在这个事件中被怀疑的理由向你说明一下。”接下来田丸把广川被怀疑的理由做了非常细致的说明。

“你还有什么对你自己有利的证据，还希望预审庭做哪些调查，现在可以提出来。”田丸对广川说道。

“我想起一件事，二十八号早晨小笛给我热前一天晚上的鸡肉的时候，把电灯关了。”

预审法官勘验的时候，已经注意到电灯开关是关着的，那天停电的时间是早晨五点四十二分。这些在上面已经说过了。

广川继续说道：“我认为小笛是自杀。正如我所订正的那样，吃完晚饭的时间是晚上八点半，我认为这是最接近事实的。同时，法医鉴定认为小笛等人的死亡时间是进食后七八个小时或八九个小时，应该相信一直到早晨五点半，任何事情都没有发生。我希望对跟小笛等人的死亡情况相同的其他人进行鉴定，结果一定能证明，一直到早晨五点半，任何事情都没有发生过。”

广川的意思是对小南博士的鉴定实施鉴定，也就是二重鉴定。预审法官田丸没有采纳广川的建议。

预审遂告终结。

预审判决书是这样写的：

主文：将被告人广川条太郎移交 ×× 地方法院公审。

理由：根据下述事实，被告人具有足够的犯罪嫌疑。

被告人广川条太郎，现年二十九岁。大正十年三月毕业于小樽商业高中，同年四月考入京都帝国大学经济系选修科，大正十三年三月毕业。在学期间寄宿于平松小笛家。大正十三年一月与平松小笛发生肉体关系，后持续。同年八月进入神户信 × 公司并搬到神户居住，但几乎每个星期六到京都小笛家，与小笛发生肉体关系。自大正十四年五月始，被告人因父母亲友为之提亲，遂提出与小笛断绝关系，以便与其他女性结婚。但是，小笛执拗地要求保持关系，使被告人陷于窘境。当时小笛生活困难，养女千岁病弱，小笛自知无力抚养，与被告人的关系亦不可能永远保持，便强迫被告人与之殉情。被告人拒绝殉情，于大正十五年六月二十八日凌晨三时左右（中略），在小笛家将小笛与其养女千岁勒死。被告人为掩盖罪行，又将偶然在小笛家过夜的大月喜美代与大月田鹤子勒死。其后被告人将小笛尸体吊在门楣上，伪装成小笛将千岁等三人勒死之后上吊自杀的现场，遂于同日晨五时三十分离开小笛家。

双线并行

结实的铁窗，灰蒙蒙的拂晓。

铁窗外，传来麻雀的叫声。

广川向窗外看去，高墙外面大橡树的树梢上，一只麻雀喳喳地叫着。在广川听来，那简直就是天国的歌声。

广川在一个单间牢房里，早就睡不着了。他躺在床上，闭着眼睛出神地听着麻雀唱歌。

无意中一睁眼，出现在眼前的是白漆的天花板。

“对了，这里是监狱，我是个囚徒啊！”广川那安详的表情骤变，愤懑从心底一阵阵涌了上来。

“冤案！”

可是，这么简单的两个字，能够表现广川的心情吗？

麻雀的叫声已经听不见了，拂晓也变成了令人憎恨的拂晓。

自己根本没有杀人，却蒙上了杀人这个可怕的罪名，要被判处死刑。无辜的人就是服刑一个小时都是不应该的，何况是判处一个无辜的人死刑呢？这到底是怎么一回事啊？

广川重新裹了一下薄薄的被子。

他以前在图画上见过绞刑架。麻绳做的粗粗的绳套，紧紧地套在脖子上以后，脚下的踏板翻转，突然张开一个大洞，紧接着就是死亡的黑暗。

他不仅蒙冤受辱，还要被送上绞刑架，世界上还有比这更荒谬的事情吗？

广川仰面朝天躺在床上，发疯似的揪着自己的头发。

无处发泄的愤懑煎熬着广川，他呆呆地看着天花板上那只在渐渐天亮中一点点失去光芒的电灯泡。

天亮了。远处传来第一班电车发车的声音，大地似乎在微微颤抖，从睡梦中醒来的城市，心脏跳动得越来越快。

广川的灵魂先后游历了华胥国①、麻雀天国和绞刑架下的大洞，终于回到了现实世界。

反正也背上了这个罪名，反正会被判处死刑……这样一想，他的心境变得险恶，善良的他开始自暴自弃了。

算了，世界上的一切都是虚假的！四大皆空，四大皆空啊！

广川在心里强烈地否定着一切，但是，这种强烈的否定只不过是转瞬之间的事情。接下来的一刹那，他的内心深处涌上来一股要撞向什么，要打碎什么的情感：事实只有一个，不能丧失信心！

“二号！接见！”一名看守拉开广川那个单间牢房的门，探进头来。

二号是广川的囚衣编号。

一个代表人格的姓名变成了数字被人呼叫。广川心里翻滚着愤怒，默默地念叨着：二号，二号，二号……

广川走进犯人接见室，看见桌子对面有一张理智而敏锐，斗志昂扬的脸。这个人就是高山义三律师。

“你就是广川君吗？”高山律师非常随意地大声叫道。

---

① 《列子·黄帝》：黄帝“昼寝而梦，游于华胥氏之国”。华胥国里没有君主，一切都是自然状态，百姓没有嗜欲，不以生为乐，不以死为恶，人与人之间的关系非常和谐。此处指梦境。

广川无言地向高山律师鞠了一个躬。

“我是高山义三。遭了这么大难，你吃苦了。神户信 × 公司的 × 本君，你的父亲，还有佐藤君，把你的情况都对我说了。我决定当你的辩护律师！”

“高山老师……”广川激动地说，“我的审讯记录您看了吗？”

“看了。我派去的人正在抄写。”

“老师相信我是冤枉的吗？”

“相信，完全相信。你这个事件里有根本性的疑点。我以我的名誉担保，你是无罪的！”

广川的眼睛里噙满了泪水。

牢房的窗户染上了淡紫色的晚霞。

远处传来教堂的钟声。

“啊，今天是礼拜六啊。”已经不知道日期的广川忽然意识到，教堂的钟声只在星期六傍晚和星期天早晨敲响。

庄严的钟声使人的身心清澄，广川不由得坐端正了。

钟声停止了，余音袅袅。就像要追寻那余音似的，广川静静地看着窗外。

天黑了，夜空中，一颗星星闪着神秘的光。往事在广川的脑海里翻腾。

“把我推进陷阱的小笛固然可恨，但是，难道自己就一点罪过都没有吗？难道自己就是清净洁白的吗？”

这么一想，广川就开始反省自己过去那应该受到诅咒的生活了。无德，乱伦，可耻啊！

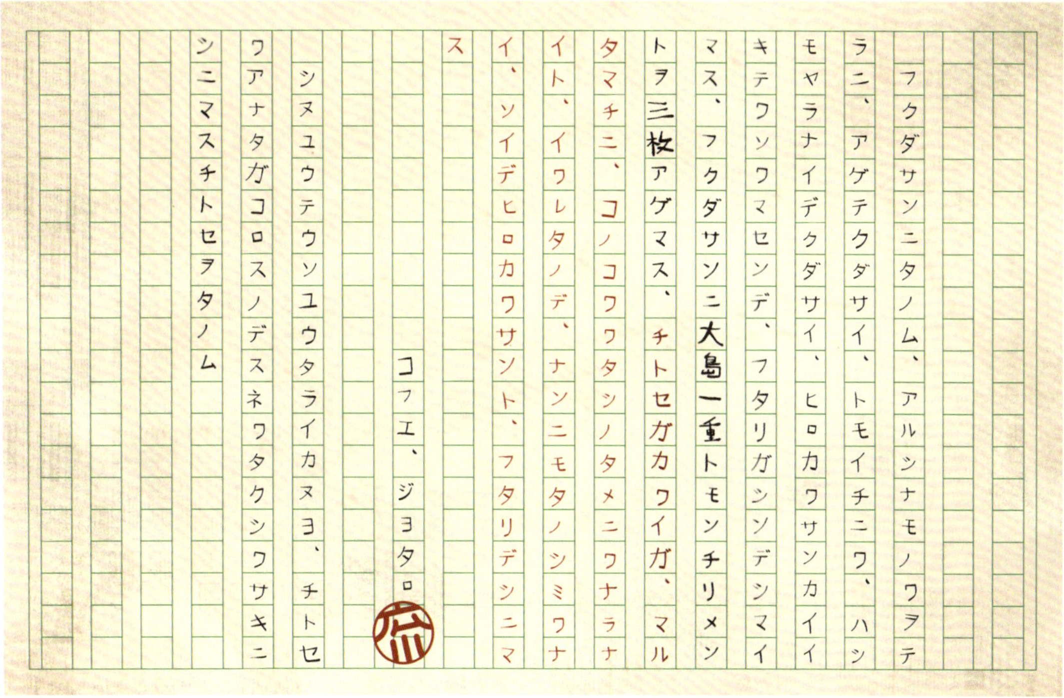
フクダサンニタノム、アルシナモノワヲテ
ラニ、アゲテクダサイ、トモイチニワ、ハシ
モヤラナイデクダサイ、ヒロカワサンカイイ
キテワソワマセンデ、フタリガシンデシマイ
マス、フクダサンニ大島一重トモンチリメン
トヲ三枚アゲマス、チトセガカワイガ、マル
タマチニ、コノコワワタシノタメニワナラナ
イト、イワレタノデ、ナンニモタノシミワナ
イ、ソイデヒロカワサント、フタリデシニマ
ス
コフエ、ジヨタロ
シヌユウテウソユウタライカヌヨ、チトセ
ワアナタガコロスノデスネワタクシクサキニ
シニマスチトセヲタノム

原文翻译在本书024页。

关键性物证还原——小笛的第三封遗书

“小笛并不是一个坏人。她的自暴自弃，以及最终采取的恶魔般的报复手段，可以说是罪孽深重。但是，对于这罪孽，难道我就不应该负几分责任吗？临死之前变成了恶魔的小笛，应该说是很可怜的。我没有恨她的资格！”

广川对自己的意志薄弱，对自己丑恶的灵魂感到自责，感到羞耻。

“那些调查我、审问我的人跟我没有任何个人恩怨，我受到他们的怀疑，根源在我这里。是我的所作所为引起了他们的怀疑。我遭受这些苦难也是罪有应得，我难道不应该站到断头台上去赎自己过去那些不道德的罪孽吗？”

广川的感情激昂起来：“小笛绝对不是我杀的！不管法医是怎么鉴定的，六月二十八号早晨五点半我离开小笛家的时候她还活着，她还给了我一份报纸，这是事实。硬说是小笛三点左右死的，硬说小笛是我杀的，这到底是怎么一回事啊？如果这些错误把真实都掩盖起来，那不是对正义的亵渎吗？如果自己被作为杀人犯处以死刑，父母怎么办？弟弟和妹妹怎么办？而且，将一个无辜之人处以极刑，会在这神圣的太平盛世的审判史上留下一个抹不去的污点。我应该相信国家的法律，相信会有一个公正的判决，相信自己的冤案一定能得到昭雪，我要勇敢地面对一切苦难！”

广川的脑海里浮现出高山律师的面容。

“迄今为止，没有一个人认为我所申述的事实是真实的，今天，高山老师告诉我，他相信我，我的身体和心灵一下子轻松了很多。高山老师一定能洗雪我的冤案。我相信高山老师，相信国家的法律和判决。”

夜色更深了。

监狱里没有日历，广川只知道过了一天又一天。

心烦意乱的广川，自从见到高山律师以后，心情平静多了。他知道自己没有犯罪，被冤屈之后的愤懑渐渐消失。他相信能够得到公正的判决，牢狱生活也不觉得那么难熬了。

单调的牢狱生活中，早晨清扫房间是他觉得最快乐的事情。他小声哼着歌，一丝不苟地打扫他那间还不到一坪[①]半的牢房。本来转眼之间就可以打扫完的，广川却要用很长时间。从地板，门窗，小饭桌，到牢房的每一个角落，都用抹布擦得干干净净。偶然从广川的牢房门前经过的看守，总要通过门上的小窗跟他打招呼："打扫得真干净啊！"

广川觉得这个监狱的看守都很和气，他甚至认为看守们都在同情他并尽可能地关照他。作为一个长期被关在牢房里的囚徒来说，这是无上的安慰。广川对此抱着由衷的感激。

单调的牢狱生活在一天天过去，公审的日子一天天临近了。

"广川君！出庭了！"看守打开了结实的橡木门，"今天是你公审的日子。"看守说话的声音很和气，但还是咔嚓一声给广川戴上了手铐。广川低下头，充满愤怒的眼睛盯着手铐。为什么要给我戴手铐？我是一个什么罪都没有的人，为什么要给我戴手铐？广川心里这样想着，摇摇晃晃地向前走去。

法院的走廊里站满了人。这些人是进不了法庭的，他们想在这里看看广川。广川眼里噙满了悲愤的泪水。他垂下戴着斗笠[②]的头，快步向法庭走去，每走一步手铐都会响一声。

---

① 一坪等于3.30平方米。

② 在日本，以前犯人上法庭受审的时候，都要戴斗笠，既有保护个人隐私的作用，也可以防止犯人与辩护律师交换眼色。

我到底犯了什么罪？为什么一定要忍受这种耻辱呢？让我忍受这种奇耻大辱的人到底是谁呢？广川心里这样想着，加快了脚步。

走到入口处的时候，广川突然站住了。一直闭着眼睛以抑制内心的慌乱，保持稳定的情绪的他，在一瞬间睁开眼睛的时候，从斗笠的缝隙中看见了自己的父亲和挚友佐藤。

他忽然感到这里不是法院的法庭，而是远离现实的另外一个世界。

父亲的脸扭歪了，表情很复杂。有对可怜的儿子的同情，也有对儿子教育不够的后悔，还有无颜面对亲友的憾恨。

广川眼圈发热，手铐微微颤抖起来。

法警轻轻推了一下广川的后背。广川振作精神往前走，默默地来到被告席上。法警来到广川面前给他摘手铐，广川伸出双手，咔嚓一声，手铐开了。那声音怎么形容好呢？简直就是从地狱最底层传出来的声音。

现在，广川在父亲和朋友面前，只能伸出一双戴手铐的手。看到亲友们盈满眼眶的泪水，广川紧紧地咬住了嘴唇："我在什么面前都不会觉得害怕，我没有犯罪。我的手上戴着手铐，不是我的耻辱，而是那些给我戴手铐的人的耻辱。"广川渐渐地恢复了平静。

坐在辩护席上的高山律师毫无顾忌地走到广川身边，在他的耳边耳语了几句。广川连连点头。

"今天是盼望已久的公正审判的第一天，应该高兴才对！"广川觉得自己渐渐振奋起来了，但是，他还是没有勇气回头看看坐在旁听席上的亲友。

正面的门开了，法庭里的人全都站了起来。法庭安静得连灰尘掉在地上的声音都能听见。戴着法官帽的审判长和法官们走进来，肃然就座。

审判长是一位非常有名的法官，名叫橘川喜三次。坐在审判长两侧的是有森哲三、岩渊止两位法官，还有书记员永井米藏。不用说，列席检察官小西重太郎也在座。

事件被称为“白川町四人被杀事件”，引起极大轰动。一大早就赶来的众多旁听者之中，有学者，有医生，有教授，也有很多京大的学生。

审判长等所有的人都坐好之后，叫道：“广川条太郎！”审判长的声音威严里带着温情。

广川默默地站起来。

“你就是广川条太郎吗？”审判长用和蔼的口吻问道。

“是的。”已经完全恢复平静的广川答道。

“现在开始审理跟被告人有关的杀人事件。”审判长宣布审判开始以后，检察官小西用冷澈的目光注视着广川，就像在朗读预审判决书似的，一字一句地陈述公诉事实。

广川就像在听别人的事情一样，静静地听着。

这天是昭和二年六月二十七日，小笛等人死去整整一年了。公审在这一天举行，完全是偶然的。

在公审过程中，橘川审判长的讯问细致入微，一共提了一百六十个问题。广川的回答跟以前一样，没有任何改变。

不管是多么细致多么尖锐的讯问，广川的陈述都没有任何破绽，这是再自然不过的事情了。为什么可以这样说呢？因为广川所说的一切都是事实，连旁人觉得可疑的事情，对自己不利的事情，他都毫无隐瞒地说出来，而且前后没有任何矛盾和破绽。

审判长的询问结束以后，站起身来正了正法官帽：“这些证据表明，小笛强迫被告跟她殉情，被告为情所困，跟小笛相约一起自杀，六月二十八日凌晨三点，被告应小笛要求，在小笛家中的六畳房间里把小笛勒死。然而被告并无心跟小笛殉情，为掩盖勒死小笛之事实，被告遂将睡在三畳房间里的千岁与睡在六畳房间里的喜美代和田鹤子用手巾勒死。为了把现场伪装成小笛将千岁等三人杀死后又自杀的假象，被告用一条和服腰带将小笛吊在六畳房间东侧的门楣上，伪装成上吊自杀的模样。这些是不是事实？”

“不是。那天早晨我离开小笛家的时候，上述四人都还活着。她们到底是怎么死的，我一点都不知道。”

我们已经记不清广川这样回答过多少次了。在这个连模糊的证据都没有的事件里，我们太有必要深深地思考广川这种否定的回答的意义了。

“关于事实的庭审到此结束，现在进行证据庭审。”审判长宣布道，“这里有司法警察对被告人的审讯记录，有预审期间十五个证人的询问记录，有勘验报告，有小南博士的验尸报告及说明书，有笔迹鉴定报告。这些都是本事件的证据。”

审判长把上述文件的要旨一一做了说明，并且把扣押的物证拿出来，让广川说出自己的意见或进行辩解。广川阐述了自己的意见。

“被告人还有什么对自己有利的证据，可以说出来。”

“没有了。”

审判长的讯问结束以后，辩护律师足立进行了下述问答。

“去年六月二十一日，因为小笛哭泣，你在京都待到二十二日才回神户。你早晨离开小笛的时候，小笛说了些什么？”

“小笛什么都没说。倒是我耐心地对小笛说，别着急，房子慢慢找，找到以后再搬家。”

“那时候小笛没有问你什么时候再来吗？”

“没有。”

“什么也没说？那你怎么星期六又来了？”

“那不是说好了的。我回到神户以后给小笛写了一封信，说不能总是到她那里去了。她是因为我在信上说了那样的话才于六月二十五号到神户去找我的。”

“二十八日早晨，小笛把你叫起来，给你披上衣服，然后拿着洗脸盆带你去自来水管那边洗脸，她从来都是这样做吗？”

“小笛总是先洗脸，她洗完以后就把洗脸盆放在自来水管旁边。另外，那天她也没有给我披衣服。”

广川的回答充满了真实性，他的说法跟足立的说法不一致的地方，具有非常大的价值。为广川起床做这做那的小笛的身影仿佛就在眼前。

这个事件的争论点有以下两点：一，小笛之死是自杀还是他杀；二，小笛等四人是否死于晚饭后七至八小时。

广川的供述没有谎言，都是实话。但是，小南博士的鉴定，即“小笛是他杀，四名死者均死于晚饭后七至八小时”，被警方、检察院和法院认定为判断的依据。

请问诸位读者，您怎样看上述的局面呢？

而且，从警察到检察官、法官，都把小南博士的鉴定结果作为断案的依据，都认为小南博士的鉴定绝对没有错误。如果这个案子在此基础之上审理下去，就是花上千言万语来辩护，也无法洗刷广川的冤罪。

广川将在无罪的情况下被判处死刑。

如此残酷的事情，在世界上还有第二桩吗？

确信广川无罪的高山律师，理所当然地对小南博士的鉴定产生了怀疑，并对其进行了专心致志的研究。

高山律师查阅了十数卷医学书，越来越怀疑小南博士的鉴定的正确性。

其他证据没有必要顾及，只要把小南博士的鉴定否定了，一切都能从底翻过来。

足立律师的质问结束以后，高山律师立刻站了起来。

“法庭依据小南博士的鉴定，推定小笛等四人是他杀，其中小笛是被人勒死后吊在门楣上伪装成自杀，我对此有如下意见。首先，关于小南博士的鉴定的说明，有轻视法医学通则的倾向。我认为，在本案中，法医鉴定对确定犯罪与否具有重大影响，单单靠一个法医的鉴定是不够的。一个被认为患了不治之症的病人，不是还需要两三个医生会诊吗？本案除了小南博士的鉴定以外，并没有其他有力的证据，在这种情况之下就来断定某人是否应该被处以极刑，太草率了！就算这是我国法医学的权威，但仅仅依靠这一个权威的鉴定，并将其作为绝对可信的依据来判决如此重大的案件，不能不说叫人感到甚为不安。

“例如，小南博士的鉴定认为，小笛脖颈上部勒痕为死后形成，下部勒痕为生前形成，因此推定下部勒痕为被人绞杀时所形成。但是，如果认为下部勒痕为自缢时形成，上部勒痕为气绝身亡后形成，不是更妥当吗？

“小南博士排除‘下部勒痕为自缢时形成，上部勒痕为气绝身亡后形成’的理由有两个：一个是下部勒痕中央部分有一个角度，还有一个是两条勒痕之间的皮肤没有什么变化。我对此观点表示怀疑。在本案中，自缢用的腰带固定在一处，两条勒痕就一定应该平行吗？特别是腰带最后止于下颌，认为小笛自缢时是先把腰带挂在脖颈下部，气绝身亡后由于体重的关系下滑，最终形成了脖颈上部的勒痕不是更自然吗？关于勒痕的角度，跟我见过的一些自缢身亡的死者是一致的。然而，如果是被人绞杀，勒痕的角度是不可能形成的。关于两条勒痕之间的皮肤没有什么变化这个问题，也不能据此否定腰带曾经由于体重的关系发生过滑动。

除非颈部皮肤已经腐烂，腰带滑动时才会由于摩擦使皮肤发生变化，大多数情况下，两条勒痕之间的皮肤不一定会有多大变化。

“也就是说，脖颈上部勒痕由于被下颌两边卡住，只能形成接近水平的没有角度的勒痕。而脖颈下部不会被卡住，以咽喉作为支点把人体吊起来的时候，自然会形成一个角度。如果是绞杀，要想形成这种角度，除非凶手勒住被害人脖颈，把被害人背对背地背起来，或者是用绳索从背后套住被害人脖颈向头顶方向拉，总之只能以某种不自然的力量才能使勒痕形成角度。按照预审结果，广川是接受了小笛的嘱托将其绞杀的，也就是说，小笛是做好了死的准备的，既然如此，广川为什么要用这种奇怪得近乎不可能的方法勒死小笛呢？”

审判长双手撑在桌子上，向前探着身子，认真地听高山律师的辩护。

“还有，就算当初小笛脖颈上两道勒痕之间的皮肤有变化，在尸体腐败到已经产生了水泡的情况下，能够断定两道勒痕之间的皮肤没有下滑时留下的伤痕吗？在勘验死因是否为绞杀的时候，最重要的依据就是勒痕的性状和走向。勒痕的走向基本呈水平，而且是围绕颈部一圈，可以断定为被他人绞杀，这是法医学上的通则。然而，根据小南博士的鉴定报告，脖颈下部的勒痕，前脖颈非常明显，后脖颈则没有，也就是说，勒痕没有围绕颈部一圈。下颌左右以下三公分处，勒痕非常明显，后方则渐渐不明显，后脖颈则完全没有勒痕。如果是这样的话，仅就勒痕的性状而言，如果没有特殊情况，能够断言这就是绞杀造成的勒痕吗？我对此表示怀疑。

“还有，根据小南博士的鉴定报告，脖颈下部的勒痕，距离脖颈上部的勒痕约两公分，呈V字形，角度为一百二十度。如果是绞杀，形成的勒痕应该是水平轮状勒痕，而自缢身亡形成的勒痕，由于体重与支点的关系，勒痕呈马蹄形，与绞杀形成的勒痕有所不同。因此，脖颈下部的勒痕，如果没有特殊情况，断言其为绞杀形成的勒痕是不可能的。根据上述理由，我申请对以下五项进行鉴定：

“一，如果小笛是自缢身亡，是否会形成小南博士的鉴定报告中所记载的创伤及状态；

“二，如果小笛确属自缢身亡，却形成了小南博士的鉴定报告中记载的两道勒痕，那么这两道勒痕在法医学上是否为不合理；

“三，根据食物消化程度，是否能准确判定进食已经几个小时了；

“四，在小南博士的鉴定报告的基础上，判明四名死者究竟死于进食后几个小时；

“五，在小南博士的鉴定报告的基础上，进一步说明如何确定小笛之死到底是自杀还是他杀的必要事项。

“为此，我提出对以上五项进行鉴定的申请。鉴定人建议聘请以下三位博士：东京帝国大学教授三田定则、前京都帝国大学教授冈本梁松、大阪医科大学教授中田笃郎。”

审判长把撑在桌子上的手拿下去，后背靠在椅子上。

旁听席传来一阵阵耳语声。

广川一直微微低着头，聚精会神地听着高山律师的辩护。

“关于第三项，即食物消化程度，申请鉴定的理由是：进食后经过的时间在医学上并没有定论。小南博士在他的鉴定说明里说，他是根据著名医学家藤浪刚一的理论作出判断的。但是，腹中食物六至九小时由小肠移入大肠，我不知道这样的结论是通过怎样的实验得出的。小南博士也说这只不过是一般性的生理标准时间。小南博士还说，消化机能的好坏，人与人之间差别很大，也还没有听说过专家的定论。

“当今科学研究中有定论的是，食物在胃里边的停留时间为二至五小时。但是，一般认为，食物从胃里下去以后，对其移动时间的推定是极其困难的。现在以小南博士的验尸报告为基础，并且作为一般性的标准来推定死者为进食后七八个小时以后死亡，难道不会有问题吗？不，难道应该以此为依据来推定吗？我深表怀疑。”

不管高山律师怎样力主对上述五项进行鉴定，怎样阐述其必要性，但律师毕竟不是法医。法院非常重视小南博士的鉴定，这是不言自明的。如果法官在这里说一句“没有必要”，把高山律师的申请驳回，那就是所谓“鹤鸣一声万事休”。广川的冤案也许就永远也得不到昭雪了。

辩护方高山律师早就想到这一点了，所以他早在公判开庭数日之前，以书面形式提交鉴定申请的同时，还附加了一份鉴定报告。

这份鉴定报告是草苅春逸博士写的。

虽然不是法院命令草苅春逸博士写的，但是作为申请鉴定的理由，这份报告不但可以说是价值千金，而且在日本法医学界是第一块激起了千层浪的石头。在死刑还是无罪这个重大分歧点上，鲜明地确定了事件的大方向。

草苅春逸博士的鉴定报告是这样写的：

判定小笛的死因是绞杀还是自缢最重要的依据，就是颈部的勒痕。尤其是下边那条勒痕，只要在法医学上确定了属于哪种勒痕，问题就容易解决了。

一般而言，如果死亡原因是被绞杀，最主要的特征如下：一，勒痕呈水平走向；二，勒痕均等；三，绳索交叉部呈点状，或分枝状，或交错状。以上三条是在固定的情况下被绞杀时出现的特征，在小笛身上一条都没有被发现。

草苅博士紧接着列举了在非固定的情况下被绞杀的四条特征之后，指出：

小笛脖颈上的勒痕，作为常见的勒痕，既没有在固定的情况下被绞杀时应该出现的特征，也没有在非固定的情况下被绞杀时应该出现的特征。那么，如果把小笛脖颈上的勒痕作为自缢留下的勒痕加以考虑呢？

草苅博士提出这个问题以后，对自缢留下的勒痕做了如下说明：

自缢留下的勒痕，跟支撑点（即吊着身体的那一点）相对的那一侧最为鲜明，向左右延伸的部分则渐渐变得不太清楚。另外，勒痕延伸的方向也具有明显的特征，即脖颈前部最低，呈V字形向后上方延伸。小笛脖颈上的勒痕恰恰就是这种性状。

草苅博士引用小南博士的鉴定报告中的文字，再加上数项说明，极力主张小笛脖颈下方的勒痕为自缢留下的，并在鉴定报告的最后部分写道：

我一直在朝着阐明真相的方向进行着不懈的努力，我所作的只有这一点。虽然自己才疏学浅，修养不够，但从来不敢忘记紧追日新月异的科学。也许正因为如此，我个人认为这个事件是明白而简单的。

总之，草苅博士的鉴定报告认为，小笛脖颈下方的勒痕，不是被绞杀留下的，而是自缢留下的。

草苅博士强有力的反论，成为申请进一步鉴定的最主要的理由。橘川审判长批准高山律师的申请，就成了理所当然的事情。

草苅博士的鉴定有两部，其中一部由辩护方律师在开庭之前交给了审判长，这是申请重新鉴定的根本理由。

一百二十度角

一阵阵凉爽的风，透过打开的窗户，吹进法庭。

高山律师跟足立律师耳语了一阵以后，把一份文件交给审判长，继续说道："这是我的另一份申请，请求京都市工业学校教师田村武雄鉴定小笛遗书。关于小笛的三封遗书，从检察院开始就屡次鉴定，但都是以笔迹为主，对这种不完全科学的鉴定我感到遗憾。我认为，小笛的三封遗书中所谓第十六号物证，即有条太郎的署名和'广川'的图章的那封遗书，背面的文字跟正面的文字不是同时写的。我们请求田村老师鉴定如下事项：

"一，第十六号物证中间那些用红铅笔写的文字，跟背面用黑铅笔写的文字，以及另外两封遗书，即第十四号、第十五号物证，是否为同一支铅笔所写；二，以上三封遗书上的文字，是否为同一时间、同一地点所写。

“还有，我请求法庭实地勘验去年六月二十七日傍晚时分的亮度，以便弄清楚实际亮度与被告人的申述之间是怎样一种关系。”

听了高山律师的申请及申请理由，审判长向检察官征求意见：“您看呢？”

“您酌情决定吧。”检察官小西爽快地回答说。

检察官小西没有对辩护律师的申请提出反对意见，既可以理解为他的态度宽容，也可以理解为他对这个事件的审理是充满了自信的。

“现在开始合议。”审判长简单地宣布了一句之后，站了起来。其他陪审法官也跟着站起来，退出法庭，去后面的会议室合议是否接受高山律师提出的鉴定申请。

审判席后面的门关上以后，旁听席上的听众从长时间的紧张气氛中缓解了，传来喊喊喳喳的耳语声和咳嗽声。

被告席上，穿着囚服的广川依然微微低着头端坐着，一动都没动。

合议只用了几分钟时间。回到审判席上的审判长宣布：“批准高山律师的所有鉴定申请！”

辩护方对于鉴定申请被批准是有充分自信的，但是，所有鉴定申请都被批准，高山律师还是感到有些惊喜的。高山律师松了一口气。

辩护方的方针是推翻小南博士的鉴定。只要推翻了小南博士的鉴定，一切目的都可以达到。当然，到底能不能推翻，还是一个未知数。为了做到万无一失，高山律师同时申请了实地勘验和笔迹鉴定。

“今天晚上七点，进行实地勘验！”审判长做了如上宣布之后，第一次公判结束了。

旁听席上的人们向走廊缓缓移动。广川透过斗笠的缝隙寻找父亲和友人的身影，结果谁都没看到。

为了确认傍晚时的亮度进行实地勘验，六月二十七日是个绝好的机会，因为事件正是去年的这一天发生的。

小笛住过的位于白川町的家，已经住上别人了。审判长一行到达那里之后，依据广川的供述，把里边那个六畳的房间廊子外侧的防雨窗全部打开，廊子内侧纸糊的隔扇也都拉开，关掉已经打开的电灯。

这时候正好是晚上七点。

勘验报告是这样写的：

> 室内亮度勘验结果如下：晚上七时十五分时，能够辨明室内人的面部。暮色渐浓，七时三十分时完全不能辨明室内人的面部。勘验日天候良好，天空有少量很薄的白云。

广川在他的供述中说过，二十八日早晨离开小笛家，走出一段路以后回头一看，小笛还站在家门口目送他。笔者曾指出，广川所供述的回头地点将成为一个问题。勘验了室内亮度的以后，也顺便勘验了广川的这一供述。

> ……广川所供述的回头看小笛的地点，是京大农学院正门前的道路南端，距离小笛家门口有二十多米。

也就是说，广川所供述的回头地点，可以清楚地看到小笛家门口。

在广川的供述中，二十八日早晨，他吃的是盐水泡黄瓜，小笛递给他一份报纸让他在火车上看，勘验的时候在厨房里发现了黄瓜根，调查结果也证明那个时间报纸已经送到。现在，广川供述的回头地点经过勘验，也证明可以清楚地看到小笛家门口。就算广川看过犯罪学和法医学方面的书，也计算不了这么周到吧？

田村老师对小笛遗书的鉴定结果如何呢？

> 第十六号物证（署名为小笛、条太郎并盖着“广川”图章的遗书）所用纸张，跟另外两封遗书所用纸张，纸质有所不同。由于这张纸在写上文字之前，或者在写上文字之后受过摩擦等，多处纸质比较脆弱，纸面上的文字的笔画有磨损之处，故可以认定，纸质脆弱的原因主要是写上文字之后受过摩擦。

这就是说，这封遗书写好以后被放置了相当长的时间。正面上的文字透过纸背，很多地方被戳破，说明是用芯很硬的铅笔，在很硬的台子上写的。而背面的文字没有使纸张受到损伤，说明是用芯比较软的铅笔写的。笔画有断续，则说明不是在平滑的台子上写的。田村老师的结论如下：

> 写第十六号物证正面的文字时所用铅笔的铅笔芯较硬，跟写同物证背面的文字时所用铅笔，以及写第十四号、第十五号物证上的文字时所用铅笔不是一种铅笔。

但是，对场所和时间之异同的判断是很困难的。

诸位读者，还记得预审法官进行现场勘验的时候，发现小笛住的那个六畳的房间的桌子上铺着桌布吧？

虽然不能确切地知道广川寄宿的地方桌子上是否也铺着桌布，但据我的想象恐怕没铺着。在小笛家没有找到铅笔，如果在广川寄宿的地方找到的铅笔是硬芯的，根据田村老师的鉴定，我们可以做如下推测：

在广川寄宿的地方，小笛把稿纸铺在广川房间里那张有木纹的桌子上，用硬芯铅笔写了遗书正面的文字。由于写的时候用力比较大，笔画留下深深的痕迹，稿纸甚至有很多地方被戳破。

遗书背面的文字是小笛在自己家写的，由于桌子上铺着桌布，用的又是软芯铅笔，可以看出笔画有凹凸，这是在软芯铅笔和桌布的共同作用之下形成的。

如果田村老师在做这个鉴定的时候使用了显微镜，一定可以看到正面的文字笔画上有木纹，背面的文字笔画上有布纹……

辩护律师在鉴定申请中提到的冈本梁松博士，以离开京都帝国大学四五年以来没有研究过法医学为由，没有接手，代替他的是九州大学的高山正雄博士。

草苅春逸博士的鉴定成了辩护律师申请新的鉴定人的基础，从而在日本法医学界出人意料地掀起了轩然大波。

东西法医学三大权威同时鉴定一个事件，在日本审判史上是前所未有的。单单这一点，这个事件就足以引起社会上的广泛关注了。对于鉴定结果如何，给予密切关注的不仅仅是法医学界，就连一般人也都非常关心。

那么，三位博士的鉴定结果如何呢？

第一个提交鉴定报告的是中田笃郎博士。

中田博士的鉴定报告很长，这里只把主要内容介绍一下：

一，根据鉴定人小南又一郎的鉴定报告及照片显示的平松小笛的悬吊姿势，如果是单纯的自缢身亡的话，不会产生脖颈下部的勒痕。

二，如果说平松小笛是自缢，先造成脖颈下部的勒痕，以后又由于某种原因上滑，造成了脖颈上部的勒痕的话，两道勒痕之间的关系在医学上讲虽然不能说是不合理的，然而根据小南博士的鉴定报告和悬吊姿势，下滑的机会可以说是没有的。

三，根据食物的消化程度，准确断定死者为进食后多长时间死亡，几乎是不可能的，只能做一个大致的推测。

四，平松小笛（中略）至少为进食后五至六小时以上死亡。根据类似案例推测，小笛从进食到死亡，相隔时间不是很长。但是，在某种特定的情况下，小笛是进食后十个小时甚至十一个小时死亡的可能性也是存在的。

五，关于平松小笛之死，到底是自杀还是他杀，具有决定意义的是鉴定人小南在鉴定报告中所说的悬吊姿势，以及脖颈下部的勒痕。如果是自杀的话，脖颈下部勒痕不可能产生，一定是自缢以外的行为造成的。

脖颈下部的勒痕，推测为绞杀造成的勒痕更为妥当。如果确为绞杀造成的勒痕，则可以进一步推测为绞杀以后伪装成自杀。姑且不论事实如何，就目前法医学的水平而言，这种见地是恰当的。

中田博士的鉴定是所谓的“他杀说”。但是，他并不完全赞成小南博士推定为绞杀的三个理由。小南博士的三个理由是：

一，脖颈下部的勒痕皮下有瘀血，脖颈上部的勒痕没有瘀血，所以下部的勒痕为生前造成，上部的勒痕为死后或临死前形成。

二，两勒痕之间的皮肤没有变化。

三，脖颈下部的勒痕呈V字形，角度为一百二十度，跟脖颈上部的勒痕不平行。

中田博士不赞成这三个理由就是绞杀的理由，直接提出了自己的见解，即脖颈下部的勒痕是他人所为。

中田博士的鉴定报告里还有一点值得注意，那就是根据食物的消化程度，不可能准确判断出死者为进食几个小时以后死亡。

接下来是九州大学高山正雄博士的鉴定，这里也只介绍主要内容：

一，如果平松小笛是自缢，鉴定人小南的鉴定报告里的脖颈下部勒痕不会产生。

二，如果认定平松小笛是自缢的时候，产生了鉴定人小南的鉴定报告里所说的脖颈下部的勒痕，后来由于某种原因滑至脖颈上部的勒痕，那么，脖颈上部的勒痕与下部的勒痕之间的关系在医学上是不合理的。

三，可以根据食物消化的程度推定进食后几小时死亡，但是推定的准确性，由于具体情况的不同而有所不同。有时候可以准确地推定，有时候只能大体推定。

四，根据鉴定人小南的鉴定报告，推测四名死者的死亡时间为进食后六至九小时。

五，其他事项亦根据鉴定人小南的鉴定报告，对小笛之死是自杀还是他杀，在本鉴定说明中加以阐述。

另外，中田博士在鉴定说明中写道："因此，小笛不是自缢身亡，而是被人绞杀之后悬挂于门楣，伪装成自杀。鉴定人小南的鉴定是妥当的。"

辩护方把所有的希望寄托在小笛的死因上，抱着必胜的信心等待着三个鉴定人的鉴定报告，不料其中中田和高山两位博士的鉴定都认同"他杀说"。

中田博士在脖颈下部的勒痕的由来这个问题上，提出了跟小南博士不尽相同的见解，认为根据食物消化程度不能准确判断死亡时间。高山博士则完全赞同小南博士的鉴定。对广川最为不利的小南博士的鉴定，加上了两个注脚，得到了强化。

到目前为止，小田、中田、高山三位博士认同“他杀说”，虽然草苅博士的鉴定是“自杀说”，但草苅博士是辩护方推荐给法庭的，就算对法官的心证有一定影响，也很难作为判决时的依据。

如果最后一个鉴定人三田博士的鉴定也认为是他杀的话，辩护方就不可能再提出鉴定申请，找新的鉴定人了。就算提出申请，法院也不会批准，那就是万事皆休。

假设三田博士的鉴定是“自杀”，在比例上来说也是“他杀”三，“自杀”一。法官判决的时候虽然有他的自由，但是三位博士都是日本法医学界的权威，法官很可能依据在比例上占多数的鉴定进行判决，这是不难想象的。

如果一审作出了有罪的判决，二审时再想翻盘就不是那么容易的事情了。

鉴定人的鉴定报告送到法院一份，就会使辩护方感到一阵心痛。现在只能抱着一线希望等待三田博士的鉴定了。

麻雀的叫声把广川惊醒，他仰面躺着，看了一眼墙上的铁窗。

透过铁丝网，可以看到碧蓝的天空。

“蓝天啊，你将连绵到何处呢？无边的苍穹啊，雄大的宇宙！”广川心中的感慨，不由得说出声来。无边无际的宇宙，没有一丝污浊，没有一点拘泥。一切的一切，似有似无，悠然自得地躺在宇宙那博大的胸怀里。广川憧憬着那个绝对的没有见过的世界，他的心几乎融化在那个世界里了。

突然，深渊般寂静的牢房里，响起了急促的铃声。

七点了，那是起床的铃声。多么干涸，多么无情的铃声啊。在牢房里应该听到的声音里边，起床的铃声，以及牢门上铁锁的声音，还有看守呵斥甚至殴打犯人的声音，是最让人讨厌的声音，比被人削掉身上的一块肉还要难受。

广川听到起床的铃声以后，蹭地站起来，立刻把被子叠好放在牢房一角，然后打开了玻璃窗。清晨冰凉的空气水一样流进牢房。广川在窗前伸展着身体，连续做着深呼吸。清新的空气渗入每一个肺泡。

今天天气也很好，柔和的朝阳已经开始一点一点地移进小小的铁窗。啊！阳光！在阴森森的牢房里，阳光真令人怀念啊！那一缕阳光，似乎能用手捧起来。广川挺直身体，踮起脚尖，希望阳光能照在自己的脸上。可是，阳光并不给他面子，只从他头顶掠过。

广川连接受阳光照射的自由都没有了。

但是，精神的自由，灵魂的自由，在广川的内心深处没有任何障碍。没有犯过的罪行在广川的心里没有留下一丝阴影。不过，身体的自由完全被剥夺了。

这是为什么！广川在心里大声喊道。

为了平静一下自己的情绪，广川打扫起房间来。

掀起一块榻榻米的时候，一只蟑螂爬了出来。蟑螂吓得到处乱窜，最后爬上膳食箱，从通风孔逃到牢房外边去了。

“就连这么小的一只蟑螂都有自由！我什么时候才能从这里出去呢？我还不如一只小蟑螂呢！”广川羡慕地抬起头来，盯着通风孔呆呆地看了好一阵。

广川把刚才掀起来的那块榻榻米靠在墙上的时候，忽然发现集中在一处的一大群黑芝麻大小的虫子。广川马上就明白了：这是蟑螂的幼虫。“原来他们是在榻榻米底下孵化的！”广川用手指稍稍触摸了一下，那群蟑螂的幼虫立刻四散奔逃。可是过了不一会儿，又纷纷返回它们的巢穴。广川的脸上浮现出笑容。

“有意思，真有意思！我要好好看着它们长大。我要把它们当作我的好朋友，快乐地看着它们成长……”

这些小蟑螂，成了广川牢狱生活中唯一的朋友。广川每天早晨起来都要看看那些小东西又长大了没有，否则连饭都吃不下去。在这些小东西身上，寄托着广川的理想。

小蟑螂一天天长大，长大以后就去独立生活，巢穴里的小蟑螂越来越少。有跟自己同住一室的生物，哪怕是些蟑螂，对广川来说也是极大的安慰和快乐。巢穴里的蟑螂只剩下十二三个了，他们长大了，也要离开这个巢穴，奔向自由的世界，各自经营自己的生活吧。

广川怀着孤寂的心情，每天都在观察蟑螂的巢穴。

三田博士的鉴定终于到了！

是自杀，还是他杀？鉴定报告是这样写的：

一，如果平松小笛是自缢，可以形成小南博士的鉴定报告里所写的勒痕和状态。

二，平松小笛最初把腰带勒在脖颈下部，形成小南博士的鉴定报告里所记载的脖颈下部的勒痕。后来腰带由于身体，特别是四肢痉挛而上滑，在脖颈上部形成第二道勒痕。两道勒痕之间的关系在医学上讲是合理的。

三，根据食物消化的程度推测进食后的时间，可以推测出一个大概，但不可能得出准确的结论。

四，以小南博士的鉴定报告为依据，可以推测出死者的死亡时间为进食数小时以后，但具体经过时间无法确定。

三田博士的鉴定是所谓“自杀说”。而且，中田博士和高山博士的鉴定报告都留有余地，三田博士的鉴定直截了当，非常明了，叫人感到他是充满了自信的。鉴定报告到齐之后的公判是十一月十一日举行的。

审判长首先把三位博士鉴定的要旨念给广川听。

认真地听着“他杀说”鉴定的广川，不用说是非常心寒的。那时候，广川的心情与其说是愤怒，不如说是孤独寂寞。对鉴定人没有愤怒，对审判长也没有愤怒，致使自己落到这步田地的都是命运，自己的命运被所有的人操纵着——广川感到一种不可抗拒的力量。

念到三田博士的“自杀说”的时候，广川也没怎么高兴，只觉得那是应该的。

“都听清楚了吧？有鉴定认为小笛是他杀，你对此有什么要说的吗？”

“没有什么要说的。”广川平静地回答。

“辩护方呢？”审判长把脸转向辩护席。

三田博士鉴定的“自杀说”对审判长的心证产生了影响是可以肯定的，但是，“自杀说”与“他杀说”的比例是一比三。辩护方认为有必要对小笛的自杀做进一步证实。

足立律师站起来说：“三田博士的鉴定是完全值得信任的，但是，目前自杀说与他杀说的比例是一比三，我们请求增加矢野利春医师为新的鉴定人。矢野医师是京都警察医院的医师，三十年来研究过一百四十余例上吊自杀的案件，是一位笃学之士。我们希望法庭宣读矢野医师对小笛到底是自杀还是被人绞杀后伪装成自杀的鉴定。”

审判长听完足立律师的请求，退出法庭合议。回到法庭以后，很轻易地就把足立律师的请求拒绝了。

“已经没有那个必要了！”审判长高声宣布。

“已经没有……”从这句话里可以认为，审判长对这个事件的判决胸有成竹。那么，究竟是无罪还是死刑呢？辩护方的律师可以理解为无罪，公诉方的检察官则可以理解为死刑。

辩护方的请求虽然被拒绝，还是立刻把矢野利春的鉴定报告提交给法庭。

矢野利春医师的鉴定报告，跟上述诸位博士的鉴定报告相比，有很多不同之处。他以多年的经验为基础，以多例实际发生过的事件为依据，明确指出：小笛为自缢身亡。

“事实审查与证据审查到此结束！”审判长宣布休庭。

招魂

死刑？无罪？空前的难案——白川町杀人事件的续审，于十一月十九日上午九点开始。

这天，在检察官与辩护律师之间展开了一场大论战。

在此之前的十一月四日，在九州大学召开了全国法医学研讨会。白川町杀人事件作为一个重大议题被提到会议上，并且展开了激烈的讨论。这一消息在报纸上刊登，白川町杀人事件更加引人注目。此后不久即举行公判，而且是法庭辩论日，其注目度之高，不言而喻。

法庭门口一大早就聚集了很多前来旁听的人。大门一开，人们立刻潮水般涌进去，转瞬之间旁听席上已经没有立锥之地。

众目睽睽之下的广川一动不动地坐在被告席上。

开庭时间就要到了，只见高山律师很随意地在腋下夹着一个庞大的文件夹出现在法庭内，他向旁听席上的人们点头致意并小声打着招呼。紧跟着高山律师进来的是足立律师，他是迈着悠然自得的脚步静静地走进来的。

高山律师的眉宇之间，紧张中带着必胜的气势，全身充满自信。

正面审判席后面的门开了，法官们鱼贯而入。

面无表情、冷澈如冰的小西检察官庄严入座。

法庭内静如止水。

“各位请静听！”审判长低沉而威严的声音响彻法庭。

身穿红色法官服，正襟危坐的小西检察官缓缓站起。

被告席上的广川也站了起来。

“被告广川条太郎，寄宿于平松小笛家期间，与小笛及其养女千岁发生肉体关系，其后虽不情愿，关系亦一直保持。以上事实被告供认不讳。”小西检察官停顿了一下，用冰冷的目光看着广川的头部。

“然而，被告否认于去年六月二十七日夜，将小笛、千岁、大月喜美代、大月田鹤子等四人绞杀的事实。但是，以下几点是被告无法否认的：第一，根据鉴定结果，小笛等四人的死亡事件是被告在场时发生的；第二，根据鉴定结果，小笛等四人为他杀；第三，小笛的遗书上有愿意与被告广川一起死去等字句；第四,千岁尸体旁边散落着本来带在被告身上的五张名片；第五，被告给父母及上司等人写了遗书；第六，被告在同一天里分别写给平松小笛和大月多三郎的信非常不自然。对于上述各点，本检察官将依次详细论证。

“首先，事件发生的时候，被告就在平松小笛家里。除了被告以及已经死亡的平松小笛、平松千岁、大月喜美代、大月田鹤子五人以外，没有其他人在场。而且鉴定的结果证明，小笛等四人均为他杀。由此认定杀害小笛等四人的就是被告是理所当然的。（中略）

“综合所有证人的证词，可以认定小笛等人死亡的时间为二十七日晚七点至二十八日上午八点或九点。但是根据鉴定的结果，小笛等四人的死亡时间均为进食后五小时至九小时。

“根据鉴定人小南的鉴定结果，小笛等四人的死亡时间为进食后七至八小时，不会超过九小时。根据鉴定人三田的鉴定结果，死亡时间为进食后数小时。根据鉴定人中田的鉴定结果，死亡时间为进食后五六个小时以上，肠内食物的状况证明，不会超过六个小时。鉴定人高山也认为，死亡时间为进食后六至九小时。

“综上所述，把小笛等四人的死亡时间确定为进食后五至九小时，跟鉴定结果基本上是一致的。于是，小笛等四人生前最后一次进食时间，就成了确定死亡时间的前提。（中略）

“小笛等四人生前最后一次进食，是二十七日的晚饭。那么，二十七日吃晚饭的时间是几点呢？（中略）被告在接受警方的审讯和在检察院预审的时候，屡次承认二十七日吃晚饭的时间是晚上七点左右。

“根据证人须原的证词，二十七日晚上七点多，看见大月的孩子们在路边玩耍，问她们吃饭了没有，孩子回答说，吃的是肉和米饭。跟被告的供词综合起来分析，可以明确小笛等人二十七日吃完晚饭的时间为晚上七点左右。

“然而，被告在第六次预审时，突然改口说那天吃完晚饭的时间是晚上八点半左右。分析被告改口的过程，可以认为是非常不自然的，不足为信的。

“被告在检察院接受第一次和第二次审讯以及在第一、第二、第三、第五次预审时，始终承认吃完晚饭的时间是晚上七点左右，特别是在第三次预审时，预审法官叮问了一句，吃完晚饭的时间是晚上七点左右，你没记错吗？被告的回答是，没记错，那时候天还没完全黑下来，但是光线比较暗了。预审法官又问，吃饭的时候开灯了吗？被告的回答是，开始吃的时候还没开，吃了一会儿才开的。

“第五次预审时，预审法官说，根据鉴定结果，（中略）小笛等人的死亡的时间是凌晨两点到三点，那时候被告就在小笛家里，不可能不知道。被告却说什么，鉴定是具有权威性的，但是鉴定就是绝对准确的吗？被告六月二十八号早晨五点半从小笛家出来的时候一切都很正常。这是事实。被告在这种极其困窘的情况下为自己辩解的时候，都没有订正吃晚饭的时间是晚上七点这个事实。

“但是，三个月以后的第六次预审，被告突然改口说那天吃完晚饭是晚上八点半左右。这说明什么问题呢？一句话，被告（中略）从预审法官那里听说，如果像被告自己说的那样，吃完晚饭时间是七点左右的话，被告肯定在杀人现场，经过三个月的思考，遂将对自己不利的供词推翻，改口说那天吃完晚饭的时间是晚上八点半左右。

“然而，不管被告改口的理由是什么，单单说是因为想起躺下以后看了看怀表，那时是九点十分，晚饭是睡觉之前半个小时吃的，这绝对是狡辩。

“早在检察官第一次审讯被告的时候，被告就说那天是九点睡的，而不是第六次预审才想起来的。被告一开始就说是九点睡的，证明被告对于那天发生的事情记得很清楚。

“（中略）从有关证人的证词来判断，小笛等人吃完晚饭的时间确实是七点左右，而不是八点半。证人须原说：‘大月的孩子跟我的孩子一起玩耍的时候，我家已经于六点左右吃过晚饭了，我喊自己的孩子回家的时候，天色已晚，过往行人的脸都看不清了’。

“根据气象台的记录，当天的天气是阴间晴，日落时间是晚上七点。供电局六点三十二分送电。根据今年六月二十七日现场勘验结果，七点十五分已经天色昏暗，七点半就完全看不清人脸了。勘验那天由于天气晴朗，供电局晚上七点零二分才送电，比去年晚了三十分钟。由此可以推断，去年六月二十七日晚上六点四十分就已经天色昏暗，七点多钟就看不清人脸了。这是很容易推断的事情。

“第三次预审时被告的供述是：晚饭是千岁和两个孩子先吃的，三人吃完的时候天已经暗下来了。被告和小笛喝了一点酒。被告等人烤肉的时候还不需要电灯，但也许已经来电了。饭吃到一半的时候开的灯。

“综合上述事实，（中略）可以认为是晚上六点多开始吃晚饭，吃完的时候是六点半到七点之间。”

小西检察官继续说道：“还有，跟吃晚饭有关的时间问题，被告的供述也很不自然。（中略）被告说是四点半到家的，如果开始吃饭的时间是晚上七点到七点半，那么从进家到吃晚饭的时间就是两个半小时以上。这期间都干了些什么呢？被告说只是冲澡。冲澡需要两个半小时到三个小时吗？这是很不自然的。特别是那天在动物园一带走了很多路，又没吃午饭，回家以后自然要早点吃晚饭。被告说洗澡用了两三个小时，很不自然，显然是故意将吃饭时间拖后。

“还有，如果说八点半才吃完晚饭，而开始吃的时间是六点半或者七点，那么吃饭的时间就花了一个半到两个小时。可是，晚饭都吃了些什么呢？只不过吃了五十文钱的鸡肉。一个人十文钱的鸡肉，加上一瓶啤酒和一合半日本酒，用得了一个半到两个小时吗？这是无论如何也说不通的。

“而且，吃完晚饭以后的事情必须以惊人的速度进行。仅仅三十分钟的时间，千岁刷锅洗碗，小笛带孩子们出去散步，回来以后要挂蚊帐，孩子们还在榻榻米上玩儿。三十分钟的时间要做这些事情，必须非常迅速，像走马灯似的转个不停。（中略）被告的供述甚为不自然，叫人难以相信。

“如果是改口之前的供述，（中略）初夏时节七点左右吃完晚饭，跟一般人的日常生活没有什么大的差别，倒是可以叫人相信的。

“因此，小笛等人最后一次吃完晚饭的时间，应该是去年六月二十七日晚上七点左右，这是不容置疑的。

“但是，鉴定结果说，小笛等人是进食后五至九小时死亡，也就是次日零点至四点之间死亡，而被告（中略）一直在小笛家里待到次日清晨五点半。这一点不但是被告始终承认的，而且其他旁证（中略）也可以证明这是事实。

“既然被告在小笛家待到次日清晨五点半，而发生在凌晨零点到四点的死亡事件，要说跟被告没有任何关系，是无论如何也说不通的。如果还有其他人在场可以另当别论，但是，那天夜里除了四个死者和被告以外，没有人在小笛家过夜，也没有外人来访的痕迹，而且根据小南、中田、高山三位鉴定人的鉴定，小笛等四人是他杀，不是自杀，只有三田一位鉴定人认为不是他杀是自杀。（中略）根据迄今为止的实验，绞杀不一定留下围绕脖颈一周的勒痕，并且，勒痕不一定呈水平。违反实验法则的鉴定，我们是不会采用的。

“据报道，今年十一月四日，九州大学召开的全国法医学研讨会，对这个事件展开了热烈的讨论，对于绞杀必定留下围绕脖颈一周的勒痕这个说法，没有一个人表示赞成。对于违反实验法则的鉴定，也没有一个人表示赞成。

“不仅如此，根据尸体的状态来判断，小笛也不可能是自杀。勘验报告中说，小笛的尸体是被人绞杀之后，悬挂于门楣伪装成自杀。而且，小笛的衣服就好像穿在一个裸体木偶身上。一般女人系窄腰带的时候，不会在身后打结。（中略）

“根据各位证人的证词，小笛平时系窄腰带很随便，从来都是在腰上缠两圈之后，把两端随便一塞了事，没有在身后打过结。撇开证人的证词不谈，系窄腰带就没有那么系的。小笛身上的窄腰带如果是她自己系的，不可能像吊在门楣上的那张照片里那样在身后打结。

“另外，根据勘验报告和照片，系内裤的细带子好像国旗的穗子那样两端垂下来，这不是女人的系法。女人系内裤的细带子都要把两端隐藏起来。（中略）最不可思议的是法兰绒的贴身衬裙，穿得极不自然，前摆卷了上去。

“女人穿衣服一般比较神经质，特别是衬裙，穿的时候更加注意。小笛如果是自杀的话，这是她最后的装束，是告别这个世界的装束，在穿衣服方面，绝对不会是这种死了以后还会被人笑话的样子。

“综上所述，小笛不是那样穿上贴身衬裙，那样系上窄腰带，那样穿着衣服自杀的。（中略）被告只能承认杀害了小笛的事实。

“对于这一点，被告一直在为自己辩解，说什么二十八日清晨五点半离开小笛家的时候，小笛还站在门口目送他，他走的时候小笛还活着，绝对不是他杀了小笛。（中略）如果说被告是吃完早饭以后五点半离开小笛家的，那么他吃了些什么总应该留下一些痕迹。可是，厨房里有一个水桶，水桶里的水八分满，此外还有一个比较大的饭碗，一双筷子，饭盆里约有三碗剩饭。

“上述这些跟被告的辩解还没有什么矛盾。但是，以下几点就无法叫人首肯了。第一，小笛家那个铝制的饭锅可以煮二升米饭，不用说，可以把二十七日的晚饭和二十八日的早饭同时煮好。然而，既然小笛是四点半起来的，她是那么爱被告，怎么能让被告吃冷饭呢？

“第二，被告说，除了冷饭，还吃了前一天晚上吃剩下的鸡肉。勘验报告说，厨房里带金属网的架子上有一个平底浅锅，锅里残留少量鸡肉。五十钱的鸡肉前一天晚上五个人吃，第二天早晨被告又吃，锅里怎么还会有剩鸡肉呢？

“第三，被告说小笛是用电炉子烧水，热鸡肉，关于这一点，现场没有留下任何痕迹。小笛家有三个灯口，两个灯口的开关是关着的，没有连接过电炉子的迹象。小笛到底是怎样使用电炉子的，很难解释清楚。

“退一步说，如果确实吃过早饭，应该有吃过早饭的痕迹，比如说饭桌上或厨房的某个角落里放着碗筷。但是，根据勘验报告，饭盆放在架子上，架子框上的钉子上挂着一个烧水用的铝壶，但铝壶是空的，里边没有水，旁边还挂着一个陶瓷茶瓶。说是热过鸡肉的平底浅锅，腌黄瓜，芥末拌茄子，都放在架子里。既然被告是五点半离开小笛家的，小笛等人很快就要吃早饭了，有什么必要收拾那么利索呢？就是收拾的话，也应该是暂时放在一处，没有必要东一件西一件地归置起来。

“据勘验报告记载，不难想象，厨房里的锅碗瓢盆收拾的状况，只不过是前一天晚上收拾好以后的状况，二十八日清晨并没有人动过。

“把厨房的状况跟小笛是凌晨四点以前被绞杀的鉴定综合起来分析，被告所说小笛清晨五点半把他送出大门并目送他走远的说法是根本站不住脚的。（中略）被告在小笛家待到二十八日清晨五点半，只能说明是被告杀害了小笛。

“下面是遗书问题。（中略）背面写着：‘说好了死就得死，不能骗我。你就把千岁杀了吧。我先死。’关于这一点，以后还要详细说明。被告的记事本上写着：‘因小生无德，断送二人性命，不知如何表达谢罪之意。’综合起来分析，被告与小笛相约殉情，各自写下遗书，这是再明白不过的事情了。

“相约殉情，各自留下遗书的男女，女的被绞杀，男的活了下来，只能是活下来的男人绞杀了女人。被告一再说小笛不是他杀害的，但是，只要被告拿不出证明他确实没有杀害小笛的有力的证据，就应该老老实实地承认小笛是被他杀害的。

“也许有人会说，小笛的头发一点都没乱，也没有反抗的痕迹，自杀的可能性也是存在的。关于这个问题，遗书会帮助我们解决的。也就是说，被告与小笛相约殉情，小笛是情愿让被告把自己勒死的，所以头发没有乱，也没有反抗的痕迹。

“遗书里虽然没有把千岁和大月家的两个孩子也杀死的直接的证据，但是，我们得到了间接的证据。

“首先我们要肯定的是，千岁并没有自杀的意愿。根据证人福田芳的证词，六月二十五日早晨，千岁去福田家借钱的时候说‘我妈让我跟她一起死，我不想死’。由此可见千岁没有自杀的意思。从验尸结果来看，千岁确实是他杀，没有任何怀疑的余地。

“或许有人会说，千岁写给朋友的信里，说过我也许会死这样的话，因此千岁自杀的可能性也是有的。但是，只要我们仔细阅读千岁的信，就会发现它跟这个事件毫无关系。千岁指的是自己有病，也许会死的，而且对朋友说‘我死了就剩下母亲一个人了，请你来安慰她一下’。所以我们说，千岁写给朋友的信跟这个事件没有任何关系。

“不用说，大月姐妹也不是自杀。

“那么，上述三人是小笛绞杀的吗？这种说法是对被告最有利的说法，福田芳的证词支持这种说法。（中略）由此可见，小笛确实考虑过跟千岁一起自杀，甚至可以说强迫过千岁。但是，小笛遗书的意思与此完全相反。小笛写道‘千岁就拜托给您了，请您把野濑的东西拿来交给千岁。我要跟广川一起死’。我认为，这个矛盾如何解决，跟本案关系重大。

“对此，本检察官的解释如下：小笛看到千岁病弱，加之家中生活困难，悲观厌世，确实要求过千岁跟她一起自杀，可是，千岁一直不肯答应。小笛想跟千岁一起死，不是因为讨厌她，而是因为喜欢她。既然千岁不想死，小笛也就不再向千岁提这种要求，也就是说，她打消了跟千岁一起自杀的念头。随即她想到了广川，决定跟广川一起殉情。

“遗书是小笛最后的意志的表现，她做出了最后的决定。在最后的决定里，她不是要杀了千岁，而是拜托人照顾千岁。不管以前她怎样要求过千岁跟她一起死，在最后的关头，她改变了主意。如果像千岁对福田说的那样，小笛打算让千岁跟她一起死，就不会在遗书里写什么‘千岁就拜托给您了’这样的话。由此可见，小笛至少从写遗书的时候开始，已经把要求千岁跟她一起死，变成了拜托别人照顾千岁。

“如果认为是小笛杀死了千岁，那只能是被告清晨五点半离开小笛家以后的事。杀死自己可爱的女儿，还要杀死别人家的两个小孩子，这是需要相当长的时间才能下定决心的。要写遗书，要做准备，应该需要很长的时间。千岁会睡到那么晚才起床吗？

“如果被告是五点半离开小笛家的，那么过两个小时就是七点半，过三个小时就是八点半。六月下旬，就算是喜欢睡懒觉的人，也不会睡到七点半八点半才起床。特别是那天早晨被告回神户，千岁和小笛一起送被告出门，不是很自然的事情吗？

“如果是小笛杀死了千岁和大月家的两个孩子，那也只能认为她是在不舍的情况下把她们杀死的。孩子们被绞杀的状况以及尸体的状况，肯定会留下不舍的痕迹。但是，根据勘验报告的记载，千岁的衣服卷上来露出腹部，（中略）田鹤子赤裸着身体，（中略）喜美代的样子也不好看。任何人一眼看上去都会认为，她们是因为仇恨而被人残酷地杀害的，令人颤栗发指。（中略）

“如果是小笛杀死了千岁和大月家的两个孩子，即便不能特意让她们身穿盛装，也不能就那么随随便便地把她们扔在被子里。正值花样年华的少女的尸体，以叫人不忍目睹的状态被放置，是无法叫人理解的。因此我们可以断定，小笛在不舍的心境之下杀死千岁等三个孩子的可能性是没有的。

“综上所述，千岁及大月姐妹既不是自杀，也不是被小笛杀害的。

“那么我们只能说，千岁及大月姐妹是被告杀死的，这是再明白不过的事情了。而且，根据千岁的尸体的状况来分析，被告很可能是在夜间摸到千岁的房间，假意向其求欢，趁其不备将其绞杀的。

“被告对小笛的遗书做过如下辩解：‘小笛对我怀恨在心，为了把我拖入这个事件，故意写了那些骗人的话。’但是，我们从遗书里感觉不到小笛对被告有丝毫的怨恨，却可以感觉到小笛对被告的好意。（中略）如果一定要找到小笛仇恨被告的原因，只能是被告想跟别的女人结婚。但是，当时被告的情况只不过是有人劝他结婚，并没有确定跟谁结婚。

“因此，我们不能认为小笛由于被告的结婚问题而对被告产生仇恨，并且因为这种仇恨产生轻生的念头，更无法想象由于这种仇恨就杀死三个可爱的孩子以后再自杀。

“关于小笛的遗书里没有提到千岁及大月姐妹将与小笛同死的问题，也许有人会解释为写完遗书以后小笛突然产生了把三个孩子杀死的念头。这种说法也是站不住脚的。一个人决意杀死三个人的时候，在那么短的时间内作出决定是不可能的。就算遗书已经写完了，也会对遗书加以订正或再加上一笔。

“千岁就拜托给您了。既然小笛已经写上了这句话，不在遗书里加上一笔就把千岁杀死，无论如何是不可能的。

“总而言之，小笛的遗书不是如被告所说的是为了加害被告故意写成的。我们应该把小笛的遗书作为判定被告犯罪的一个重要资料来看待。

“下面我要说的是那五张名片的问题。（中略）被告已经承认，这五张名片原来在被告的名片夹里，六月二十七日带到了小笛家。这个名片夹是皮革制，一侧开口，名片很容易掉出来，在没收的物证中可以得到确认。这五张名片可以成为被告杀害千岁的证据之一。

“如上所述，被告在夜间摸到千岁的房间，假意向其求欢，趁其不备将其绞杀。离开小笛家之前，被告连同被褥把千岁的尸体从挨着大门的那个三叠的房间拖入中间那个四叠半的房间的时候，不慎散落出来，留在了现场。

“关于名片问题，被告说什么是小笛从他的名片夹里把名片偷出来，为了把杀害千岁等人的罪名加在被告的头上，故意扔在现场的。按照被告的说法，小笛简直就是一个足智多谋的策士，这简直就是在说评书！这是没有任何根据的臆测，不足为信！”

小西检察官洪亮的声音响彻法庭。

“如果小笛那么仇恨被告的话，不会采取如此温和的手段。根据证人的证词，小笛是一个比男人还厉害的女人，曾经拿着菜刀闯进别人家里，向一个大个子男人讨债。小笛比男人还要厉害，力气也不会比被告小。

“如果小笛仇恨被告仇恨到非得牺牲四条性命不可的程度，完全有代替这种手段的措施，那就是直接对被告采取行动。但是，小笛不仅没有对被告采取行动，甚至连自己的仇恨都没有说出来，就突然于二十八日早晨结束四个人的性命，而这只不过是为了给被告扣上杀人的罪名吗？这是绝对不可能的。（中略）

“说小笛是因为仇恨被告，趁被告不注意把被告的名片偷出来，为的是杀死千岁等人以后再自杀，然后把罪名栽到被告头上，从各种记录和报告里看不到一丝痕迹。

“因此，千岁尸体旁边的名片，不是小笛故意扔在那里的，而是被告不留神掉在那里的。关于这一点，谁都可以想得到。

“据说七月四日那天在小笛家发现了一张小笛的名片，也许有人会认为这张名片是小笛在扔广川那五张名片的时候掉的，但是，（中略）现场所有的勘验已经结束，死者家属已经把家里的东西拉走，家里什么都没有了。在那样的一个家里，偶然发现一张小笛的名片，并不能说明什么问题。不能肯定千岁被杀害的时候就有那张名片，也许是死者家属在搬运家里的东西的时候掉的。因此，七月四日发现的小笛的名片，跟本案应该没有关联。

“下面要说的是被告写给父母、上司、朋友等的遗书以及被告写给小笛和大月多三郎的信。这些证据可以进一步证实被告就是杀死小笛等四人的凶手。

“第二十六号物证，是被告写给 × 野 × 太郎和另外一个朋友的遗书。遗书中写道：‘小生无德，断送二人性命，不知如何表达谢罪之意。’在写给父母的遗书中写道：‘孩儿无德，惹出如此大事，无颜面见双亲。只请求双亲万一听到孩儿死去讣闻，勿将孩儿鞭尸，酌情将孩儿埋葬即可。’

“把小笛的遗书和被告的遗书综合起来考虑，事情就非常明白了。被告说：‘小生无德，断送二人性命，不知如何表达谢罪之意。’小笛则说：‘跟广川不能一起活，就跟他一起死。’被告说：‘万一听到孩儿死去讣闻，勿将孩儿鞭尸。’小笛说：‘给广川家打个电报告诉他的父母。’两相对照，分明是被告与小笛相约殉情，各自留下了遗书。

“还有，六月三十日给大月写信，是因为大月夫妇找不到孩子，于三十日中午十二点给被告打了电话。信中写道：‘想办法进入小笛家中，看看是否有小笛的留言条。或者去福田家问问，福田也许知道孩子们的下落。’小笛带着别人的孩子失踪两三天了，如果是出去旅行的话，能不给大月家打个招呼，只在自己家里留个纸条并且把大门锁上吗？这是叫人无法想象，无法叫人相信的。

“被告所说的小笛的留言条，指的就是小笛的遗书。被告在给大月夫妇的信中还有什么去远方旅行云云，分明是在嘲讽小笛已被杀，踏上了不归之路。

“被告在给大月夫妇的信中说，福田也许知道孩子们的下落，而小笛的遗书有两封是写给福田的，这分明是指小笛家里有小笛写给福田的遗书。

“如果被告跟本案无关，事件是在被告毫不知情的情况下发生的，被告的信中不可能有这么多关于事实的暗示，如果是被告的想象，与事实相符的地方也太多了吧？

“总之，这是被告良心发现，觉得失去了两个孩子的大月夫妇太可怜，就暗示大月夫妇小笛家里出事了。被告怎么能说不知道事件发生的经过呢？

“下面再说说被告于六月三十日写给小笛的信。（中略）信的最后说：‘到了可以海水浴的季节，我邀请大家去须磨海边。代我向大月夫妇等问好，请大家保重身体。’

“给小笛的信是给大月夫妇的信寄出一个小时以后写的。只要把这封信读一遍，就可以看出这只不过是被告的雕虫小技。被告几乎每个星期六都到小笛家来，回神户以后从来没有立刻给小笛写过信。家里的事情啰啰唆唆地写了一大堆，有那个必要吗？二十八日早晨才离开小笛家嘛！只隔了一天就特意写这样一封信，而且是在接到了大月茂野女士的电话以后，已经知道小笛自从二十八日就不在的情况下写的，这正常吗？

“这封信洋洋洒洒写了一大篇，可是我们看不到有任何必要。关于海水浴一节，被告的解释是，小笛经常到神户来叫他感到为难，为了避免小笛到神户来，他就主动提出到她那边去，这样她就不会再到神户来了。

“被告在信里说，要邀请大家去海边，这是非常令人感到不可思议的。被告知道小笛已经死了，不管怎么邀请也不会来，所以可以放心地随便写了。

“最叫人感到不可思议的是，在这封信里，关于大月的孩子们的事情，连一个字都没提。家里怎么样，气候怎么样，没有任何必要的话啰啰唆唆写了很多，而最应该提到的大月的孩子们的事情，连只言片语都没有。

“正如审讯记录明明白白地记载的那样，被告在写这封信之前，即三十日中午接到了大月的妻子的电话。电话里说，二十八日以来自己家的两个孩子和小笛母女就不见了，小笛家的大门上挂着锁，问被告这四个人是不是去神户了。被告是给小笛写信，而小笛是最应该知道大月的孩子们的下落的人，可是被告在信里居然没有打听一下。

“被告辩解道，在给小笛写这封信的时候，孩子们的事情没想起来。发生了这么大的事情，而且时间过去了也就是一个多小时，一句没想起来能说得过去吗？而且在信的最后，还清清楚楚地写了代我向大月夫妇等问好这样的字句，在写到大月夫妇的时候，想到他们的孩子已经失踪两天了，这是很自然的。

“在被告写给大月夫妇的信中，让他们想办法进入小笛家中，看看有没有小笛的留言条，这更叫人感到奇怪。

“一言以蔽之，被告担心自己在写给大月夫妇的信中暴露了太多自己跟事件有关的事实，为了将其掩盖，所以才故意装出一副跟事件无关的样子，给小笛写了一封装作什么都不知道的信。

“还有，被告在他的记事本里写的遗书，（中略）分明不是在火车上写的。被告说，因为也许会自杀，才在火车上写了这些文字。如果只有这种不确定的想法，怎么能写出如此确定的遗书呢？

“从遗书的内容来看，小生无德，为什么说小生无德呢？被告的解释是，因为从报社记者那里知道小笛母女和另外两个孩子死了。就算是跟某个女人有肉体关系，听说那个女人死了，或者被人杀害了，也说不出‘小生无德，断送二人性命，不知如何表达谢罪之意’这样的话来。在女人死因不明的情况下，（中略）女人的死自己到底有没有责任，不做调查是不能下结论的。

“然而，被告的遗书里分明写着这个悲剧是由于自己无德造成的，被告既然这样写了，就等于承认被告跟这个事件有直接的关系。

“遗书里写的是‘断送二人性命’，而根据某某报社记者的证词，（中略）当时记者告诉被告的是，小笛母女和另外两个孩子死了。根据另外一个证人的证词，被告说过这样的话：‘京都的阿姨把千岁杀了，把另外两个孩子也杀了，然后自杀了，麻烦大了。’

“可是，被告的遗书里写的是‘二人性命’，这个矛盾怎么解释呢？我们联想一下小笛的遗书就明白了。把被告所说的‘断送二人性命，不知如何表达谢罪之意’，跟小笛的‘跟广川一起去死’联系起来分析，就可以知道，这是被告跟小笛相约殉情，各自写下了情书。所谓二人，指的是被告与小笛二人。

“也许有人会说，被告受过高等教育，不会犯下如此滔天大罪。这种说法是站不住脚的。事实证明，受过高等教育的人不一定绝对不犯罪。（中略）受过教育的人不一定都是善人。受过高等教育的事实，应该加上其他材料加以综合考虑，只有受过高等教育这一个事实，在本案中不能成为反证。

“也许有人认为，被告二十八日早晨去公司上班后非常平静，看不出犯有杀人大罪的任何迹象，并且被告是自己主动到京都来才被警察逮捕的，由此可见被告不一定是凶手。对这种看法本检察官不以为然，须知犯大罪的人都有大胆量。

“根据本检察官多年审案的经验，犯大罪的人行凶后一般都很平静。（中略）本案被告行凶后惊人的平静，不但不能成为否定被告行凶的材料，反之根据前述实例，被告的平静恰恰在向我们坦白他就是凶手。

“综上所述，具有很多疑点的本案，可以说没有任何疑点。被告就是杀害小笛等四人的凶手。

“最后谈谈犯罪动机与量刑标准。被告与小笛长期保持肉体关系的事实，对被告是有利的。虽然小笛已经死亡，被告却否认罪行不肯说出真相，这叫本检察官感到遗憾，但可以肯定的是，小笛是为了金钱与被告保持肉体关系，而被告是在不情愿的情况下跟小笛保持肉体关系的。不过，至于相约殉情的具体动机，也就是他们是怎么想到殉情的，由于没有任何证据，认定甚为困难。根据某某证人的证词，可以推测为殉情是小笛的主意。被告被小笛逼着殉情，没办法拒绝，只好表示同意。问题在于，被告同意殉情，是真打算跟小笛一起死呢，还是假装同意以暂时安抚小笛，自己并不想死呢，我们没有直接的证据，判定极为困难。但是，不管属于哪种情况，小笛情愿自杀，被告帮助自杀，应该是没有任何疑义的。

“被告到底有没有过跟小笛殉情的意愿，现在已经没有追究的必要。被告杀死小笛，在本案中也不是不能被人们理解的。

“但是，在杀死千岁以及大月姐妹的的问题上，不管被告跟小笛之间的关系如何，都不应该得到丝毫的同情。被告与小笛之间的关系，使被告自己犯了罪，被告为了保护自己的名誉，把千岁和偶然住在小笛家的大月姐妹也杀死，以掩盖自己的罪行，丝毫不值得同情。

“因此，根据刑法第二百零二条，第一百九十九条，应该判处被告以死刑。”

小西检察官长达两个半小时严厉的发言终于结束了，他那冰冷的视线盯着广川的头，慢慢坐在了自己的椅子上。

站在审判长面前，一直默默地听着检察官的发言的广川，根本就感觉不到那是在说自己的事情，就像是在听人朗读一篇小说。当检察官的发言结束，旁听席上传来喊喊喳喳的声音的时候，广川才渐渐回过神来，抬头默默地看着检察官，心想：这个人要我死。

遗书之本意

检察官两个半小时的绵密而严厉的发言之后，请求判处广川死刑。紧接着站起来为广川辩护的是高山义三律师。

“这个事件是近年来少见的难案。社会上把‘龙野六人被杀事件’‘堺市面馆杀人事件’和这个事件并称为三大怪事件。前两个事件的被告在检察院接受预审的时候，至少有一次或两次坦白过。但是，这个事件中的被告广川，却始终一贯地否认自己犯罪。”

高山律师一开头就提醒负责审理这个事件的法官，要慎重对待这个案件。

“如果被告人广川君承认自己是凶手，在现场发现的小笛的遗书、广川君的名片，还有广川君写在记事本上的文字，法医学专家们的鉴定报告，也许可以看作广川有罪的证据。但是在我看来，这些东西同时也是广川无罪的证明。这就是所谓的双刃剑，两面盾。

“只有全面了解了剑的双刃，盾的两面，才能做出公正的判决。如果只了解一半，不了解另一半，将招致极大的危险。

“而且，这个事件的判决，不是死刑就是无罪。这对于法庭来说是非常困难的判决。我作为辩护人，亦感到责任重大。

“我接手这个案子是在事件刚刚发生的时候，到现在已经一年半了。一年半以来，这个事件没有一天离开过我的大脑。我被这个事件苦恼着，我不断地思考着，我的身体犹如一匹被鞭打的驽马，奋蹄前行，没有一刻停止过。而且，在这一年半的时间里，我没有一次，哪怕是一次，曾经想到过广川君也可能是凶手。作为本案的辩护律师，还有比这更叫人感到欣慰的事吗？

“特别是被告人广川君跟我是校友，虽然我们在校时间不同，专业也不一样，但我们都是京都帝国大学的毕业生。为了我们的母校——京都帝国大学的名誉，能够为广川君洗雪冤案，我感到无上幸福。”

确信广川无罪的高山律师那强有力的声音，镇住了整个法庭。

“作为辩护的顺序，在说明我积极主张无罪的依据之前，我首先要陈述一下检察官发言的基础是如何的薄弱。

“请问检察官，被告的作案动机是什么？

“首先，在预审请求书里，检察官写道：‘……家人劝其尽早结婚，而小笛纠缠不休。在跟其他女人结婚几近不可能的情况下，遂决意将小笛杀害……’这就是检察官认定的杀人动机。预审法官持同样见解。第二次预审的时候，预审法官频频发问‘……你想结婚，小笛成了你结婚的障碍，是不是’？

“但是，不管小笛怎样逼着广川君一起殉情，广川君不得不把小笛杀死所面临的紧迫的事情究竟是什么呢？已经订好了结婚的日子了吗？哪里写着呢？这些审讯记录里有记载吗？”

高山把手放在厚厚的审讯记录上，停顿了一下继续说道：“……如果一定要找到小笛仇恨被告的原因，只能是被告想跟别的女人结婚。但是，当时被告的情况只不过是有人劝他结婚，并没有确定跟谁结婚。检察官在刚才的发言中不是这样说的吗？

“确实如此。（中略）因此，对于被告犯罪动机的认定，只不过是没有任何证据的推定！说是瞎猜也不过分！”

辩护律师高山就像是等着自己的论证愈显透彻似的，又停顿了一下。

“然而，在没有任何原因的情况下被告就去杀人吗？

“但凡原因不明的杀人，只能是痴呆疯癫者所为。

“恐怕预审法官和检察官在心里也不认为被告是因为结婚迫在眉睫，才产生了杀人动机的。他们是先得出了小笛是他杀这个错误的结论，然后推定被告为杀人凶手的。也就是说，他们不是依据原因推断出结论，而是依据结论寻找原因。

“因此，关于第一个争论点，即犯罪动机这个争论点，我作为辩护人没有必要说更多了。对于预审法官和检察官所谓的‘由于被告想结婚，就接受小笛的嘱托把小笛勒死’这种没有任何证据的牵强附会的见解，我相信法庭也就是付之一笑吧。

“下面，在论及小笛死因之前，我要首先指出的是，在另外三个人，即千岁和另外两个幼女的死因问题上，预审法官和检察官的见解是多么的武断。

“首先，预审法官和检察官认为，广川君为了掩盖自己的罪行，杀死了千岁和另外两个幼女。这完全是假想，也只能说是假想，是一种大胆的，不，应该说是一种粗暴的假想！

“这种谬论的根据到底是什么呢？我百思不得其解。

“预审法官这样认为，对小笛遗书的曲解是主要原因，这是不难想象的。听了刚才检察官的发言，我发现检察官的见解跟预审法官是一样的。

“也就是说，既然小笛在遗书里写了‘千岁就拜托给您了’这句话，小笛就没有杀害千岁的意思，既然小笛没有杀害千岁的意思，杀害千岁的就一定是广川。多么荒唐无稽的三段论法呀！从这个荒唐的三段论法出发，很随便地想定广川杀害千岁是为了掩盖罪行。

“关于大月家的两个幼女，几乎是用同样荒唐的三段论法。既然小笛的遗书里没写着要把两个幼女杀死，那么杀死两个幼女的人就不是小笛，既然不是小笛，就一定是广川。这种完全相同的异想天开的臆测，与其说是冒险，倒不如说是胡闹！

“我们假设广川君是凶手，请注意，仅仅是假设，他杀死三个小女孩，为什么就能掩盖罪行呢？

“敢问检察官先生，在这个事件里，知道广川君在小笛家过夜的只有那三个小女孩吗？

“仅从审讯记录和证人证词就可以看到，广川君那天在小笛家过夜的事，大月夫妇知道，大月正一知道，福田芳也知道。此外，小笛的邻居里边还应该有更多的人知道。为了掩盖罪行，就得把这些人都杀了，杀得过来吗？对于这一点，我们假设的凶手广川君不是比任何人都清楚吗？

“也许会有人说，杀死三个小女孩，至少会延迟凶手被发觉的时间。对这种观点，本辩护律师不能苟同。如果是为了延迟被发觉的时间，广川君为什么不远走高飞，反而等着警察来抓——不，反而特意跑到京都来自投罗网呢？不能不说这是一个很大的矛盾。

“如果同意预审法官和检察官的上述见解，我们在得到广川君是为了掩盖罪行而杀害了三个女孩子的结论的同时，同样可以由于广川君特意奔赴杀人现场，得出这就是广川君无罪的证据的结论。难道不是这样吗？

“还有，关于这个问题的证据，预审法官和检察官的认定也是谬误百出，特指摘如下。

“预审法官和检察官认为，因为广川君的名片散落在千岁尸体旁边，因此可以断定是广川君杀害了千岁。把名片作为判断凶手的重要资料，应该说是所谓的认识不足。

“让我们先来看看预审法官的勘验报告里的附图四和附图三。从这两张附图我们可以看到，不用说名片，就连千岁的尸体都几乎全部被盖在被子下面。

“按照检察官的见解，广川君把千岁的尸体拖到那个四叠半的房间的时候，天已经亮了。如附图三所示，几张白色的名片掉在藏蓝色的褥子上，看不见是不可能的。而且，检察官认为千岁尸体上的被子是广川君给盖上的，那就更没有理由看不见了。”

高山律师的辩护，一点一点地将检察官筑起的城墙拆毁。

“在这个世界上，有为了表明自己是凶手把自己的名片放在现场的，如此大胆、痴呆、盲目的罪犯吗？我认为是没有的。把附图三和附图四对照一下就可以明白，那几张名片不是不小心掉在那里的，而是故意摆放在那里的。”

听到这里，审判长橘川拿起铅笔，在纸上写了些什么。

高山律师突然放慢了语速，缓缓说道：“那么，是广川君把名片摆放在那里之后才回神户的吗？诸位完全没有必要做这种毫无价值的思考。”

旁听席传来隐隐约约的窃笑声。

“也许有人会说，很可能是广川君利用人们一般认为凶手不会把自己的名片丢在现场的心理，故意把自己和友人的名片扔在现场的，是广川君的计谋。在这些审讯记录里，也不时可以看到这样的质问。人的想象力怎么这么丰富啊！叫我怎么说好呢？这是一种脱离现实的，不合理的，而且毫无意义的看法，对此我只能仰天长叹。

“说到计谋，不用说，什么都不要留在现场才是最自然的，最巧妙的，成功率最高的计谋。聪明一点的人，不，哪怕是不怎么聪明的人，都会这样做的。

“而且，广川君的名片夹在上衣的内兜里，从装着二十多张名片的名片夹里只掉出来五张，叫人难以想象。

“根据我们日常生活的体验，上衣内兜一般比较窄，名片夹不可能横过来。名片夹里的名片就算能露出一部分来，也掉不出来，更不要说掉出五张来。名片跟名片夹一起掉出来的可能性是有的，但如前所述，肯定会注意到。注意到名片夹掉出来以后，只把名片夹捡起来，把名片留下，不管怎么说都是说不通的。

“还有，既然已经穿好了西服上衣，裤子也应该是穿着的。穿得整整齐齐的，半夜里假装找千岁求欢，不是很奇怪吗？

“那么，究竟出于什么目的，又有什么必要把千岁的尸体从三叠房间的蚊帐里拖出来呢？这个问题也无法解释。

“关于这一点，我想谈谈小笛遗书里的字句。

“检察官说，遗书是最后意志的决定，并且认为，小笛的三封遗书是同一时间同一地点写成的。

“那么，如果说‘千岁就拜托给您了’是小笛的最后意志，她决定不杀千岁，但是‘你就把千岁杀了吧’，也是小笛的最后意志，可以认为是再次确认吗？关于这个问题检察官没有言及。我认为，这个问题需要认真加以讨论。

“按照检察官的见解，这两句互相矛盾的话解释不清楚。‘千岁就拜托给您了’，见于第十五号物证，‘你就把千岁杀了吧’，见于第十六号物证。这两封遗书应该不是同一时间写的。关于这一点，后面我谈到小笛的死因的时候将详细予以说明。总之，仅仅根据‘千岁就拜托给您了’这句话就断定小笛没有杀害千岁的念头，又仅仅根据‘你就把千岁杀了吧’就断定是广川君杀害了千岁，都是极为不妥当的判断。

“至于广川君杀死大月家的两个小孩子的证据，到底在哪里呢？

“检察官说，小笛的遗书里，没有写着要把大月家的两个孩子杀了。确实没有写着，但这不能成为广川君杀害了那两个孩子的证据！不幸的是，根据某学者的错误鉴定，那两个孩子死的时候广川君应该在现场。在这里，我要强调：那个鉴定是完全错误的，四个人死亡的时候，广川君绝对不在现场！关于这一点，我在后面讲到法医学说明的时候，将详细地加以解释。检察官的根据就是这个从根本上就是错误的鉴定，这是叫人感到万分遗憾的事。

“还有，应该成为广川君不会杀害那两个孩子的旁证的材料，检察官却没有提及。根据神户信 × 公司的 × 本经理的证词，广川是一个心地善良的人，特别喜欢孩子。心地善良而又特别喜欢孩子的广川君，在没有任何理由的情况下，怎么可能残酷地绞杀两个幼儿呢？这个问题，希望当庭的各位法官高度重视。

“总之一句话，不用说从状况上来分析，就是从证据上来看，三个女孩子不是广川君杀死的。那么，那三个女孩子是谁杀死的呢？

“我可以非常明了地回答这个问题。我敢断言，杀死那三个女孩子的，不是别人，就是平松小笛！

“证据呢？

“不用多加解释，关于这个事件的一切记录，一切人证物证，都可以明明白白地证明，平松小笛才是真正的罪犯！

“首先，在关于这个事件的记录中，有跟小笛关系最好的福田芳的证词。福田芳说：‘最近小笛非常悲观。千岁身体病弱，特别担心自己的将来。孤儿寡母无依无靠，还不如死了好。特别是今年五月以来，死，几乎成了小笛的口头禅。小笛还说，死的时候不想一个人去死，要拉着千岁一起死。（中略）小笛几乎每天都到我家来，事件发生的那个月，几乎没有一次不说到死这个话题。’福田芳还说：‘小笛母女俩去神户那天早晨，千岁来我家取我答应借给小笛的十日元的时候对我说，阿姨，我妈净说那些叫人害怕的话。昨天晚上还说什么要跟我一起死。我不想死。’

“另外，证人森田友一也有同样的证词。

“这些情况检察官也是心知肚明的，所以他一再强调，小笛改变了杀死千岁的主意。但是，改变了主意这种解释，不是太牵强了吗？

“须知千岁对福田芳说觉得小笛可怕的时候，距事件发生仅有三天！检察官认为小笛的遗书是小笛最后的意志，而遗书上明明白白地写着‘你就把千岁杀了吧’，总之小笛是希望千岁死的。所谓的到最后小笛的意志改变了，依据究竟是什么呢？

“检察官说，小笛想到了跟广川一起殉情，就放弃了杀死千岁的念头。这种解释也太表面了吧！对不起，我只能说检察官没有看到问题的本质。（中略）

“下面说说两个幼儿被卷入事件的问题。我认为，这是小笛极度的歇斯底里，造成了祸及他人的恶果。小笛对孩子有一种病态的爱恋，这个可以从对千岁的病态爱恋中看出来。非常不幸，这种病态的爱恋是极端利己主义的。两个幼儿之死，是小笛这种极端利己的病态的爱恋，在决意自杀的非常时期，偶然发生的悲剧。

“小笛这种罪犯——我敢当面指着小笛称其为罪犯——有一种总是要钻牛角尖的变态心理，往往表现出超出常理的残酷，穷凶极恶，不可理喻。这样的罪犯在犯罪史上屡见不鲜，用犯罪心理学也很容易解释。（中略）

“检察官认为，两个幼儿如果是小笛杀害的，应该留下不舍的痕迹，这是不合情理的。在各种记录中，我们可以看到，小笛是一个比男人还厉害的女人，粗野、变态、性格乖戾，如果小笛在杀死两个幼儿的时候温柔地留下所谓不舍的痕迹，反而是极不自然的。

“关于小笛的性格，证人的证词非常清楚。（中略）还有一个应该注意的地方，根据千岁的同学的证词，千岁对她的同学说过：‘我要是死的话，一定要拉上两个孩子一起死。’”

陪审法官在纸上写了几个字，递给审判长，审判长看后轻轻地点了点头。

高山律师继续说道：“这些记录和证词告诉我们，小笛一家经常谈论死亡这种悲观厌世的话题，而且说过要是死的话就拉上大月家的两个孩子一起死。有时候是随便说说，有时候又很认真。

“把以上各点综合起来，可以得出以下结论：罪犯是平松小笛，三个女孩子死于小笛之手。这是自然而明了的事实。

“现在该说说广川君写在记事本上的那些文字了。按照检察官的说法，广川君跟小笛约好殉情的时候，并没有杀害千岁的打算。检察官认为，广川君所说的‘断送二人性命’中的二人，指的是小笛和广川君二人。

“小生无德，断送二人性命，怎么能说指的是广川君自己的性命呢？分明指的是别人的性命嘛！

“广川君所说的二人，明明白白指的是小笛和千岁二人！这是再明白不过的事情了！

“还有，检察官认为，广川君在记事本上写的‘万一听到孩儿死去讣闻……’跟小笛在遗书里写的‘地址放在这里，给广川家打个电报……’是吻合的。但是，写着广川家地址的，是很久以前广川君的父亲给广川君寄信时用的信封，已经破烂不堪，把这个信封跟最近写的遗书并排放在桌子上，这不是荒谬绝伦吗？

“难道这也是广川君的计谋吗？如果连这个都是的话，广川君真成了犯罪的大天才了！还有检察官刚才说过的‘雕虫小技’，滑稽透顶了吧？”

充满了紧张气氛的旁听席上传来一阵笑声。

高山律师的辩护在继续。

“第一，广川君的‘惊闻噩耗之感想’，是听到小笛等人死亡的消息以后写的。关于这一点，没有争论的余地。

“有人认为，这段话是广川君为了使自己处于有利地位加上去的，并故意写上了日期。如果是这样的话，被认为跟小笛一起写了遗书的广川君，不但不把写在自己的笔记本上的所谓的遗书毁掉，反而要加上一笔，这到底是怎么一回事呢？”

这时候，只见审判长拿起铅笔，又默默地在纸上写了些什么。

“如果不是翻过来倒过去地做不合理的生硬解释，这种极不可解的、不可思议的矛盾是不会产生的。我们应该直接地正确地看待广川君写在记事本上的文字。正如广川君所陈述的那样，他在得知小笛等自杀的消息之后，对自己跟小笛的丑陋关系将在报上披露感到羞耻，对小笛的自杀感到自己负有道德上的责任，悲观，怜悯，烦闷，心情复杂到极点，所以才写下了那些文字。如果我们大家都能这样真率地看问题，就不会感到有任何不自然，也不会留下任何问题。

“对广川君的记事本的鉴定报告中说，写‘惊闻噩耗之感想’这句话的地点跟写另外两段文字的场所不同。而广川君的供述是，在疾驰的列车行驶到住吉一带的时候，他写下了‘惊闻噩耗之感想’。又过了一段时间，当列车行驶到大阪的时候，他写下了另外两段文字。疾驰的列车经常晃动，同为列车上写的文字，看上去好像是在不同场所写的，这是很自然的。广川君的供述跟鉴定没有任何矛盾。

“下面说到广川君写给大月夫妇的信。检察官说，这是因为觉得正在为两个孩子担心的大月夫妇太可怜，良心发现，就暗示两个幼儿的尸体在小笛家里。这就奇怪了，在这之前，检察官还说被告广川杀害了三个女孩之后，不择手段地掩盖罪行，或者延迟罪行被发觉的时间，怎么仅仅过了一天，就写信把陈列着种种犯罪证据的现场告诉大月夫妇呢？这是无论如何也说不通的。反之把这封信看作广川君无罪的证明倒十分妥当。

“在这封信里，有‘进家看看有没有留言条’这样的话，这句话被指暗示小笛的遗书，真是荒唐无稽，牵强附会。须知留言条暗示的遗书上盖着广川君的图章，还有‘你就把千岁杀了吧’这样的文字。如果广川君是凶手的话，这不等于说，请您去看看我的杀人证据吗？太不符合逻辑了吧？”

高山律师的辩护，把关于事件的一切证据都是双刃剑，两面盾的性质揭示出来。检察官力主有罪的证据，都变成了无罪的证据。一件又一件，具有讽刺意味地揭露出来。

“还有，检察官认为，广川君在信中写的‘去福田家问问’，暗示小笛的遗书有两封是写给福田的。广川君是个杀人狂吗？有必要做这种暗示吗？广川君要是那么了解遗书的内容，事件发生之前把遗书撕了，烧了，不是很容易做到吗？

“小笛在家的时候也在大门上挂着锁，出门的时候留个字条或者跟福田太太说一声就走，是常有的事，邻居们都是知道的，看看有关证人的证词就会明白。

“更有甚者，检察官竟然认为广川君在写给大月夫妇的信里说的‘小笛也许去远方旅行了’这句话，是在嘲讽小笛已被杀，踏上了不归之路。想象力怎么这么丰富啊？我实在闹不懂，看了这样一封普普通通的信之后，竟然认为广川君是一个恶毒的犯罪虚妄症患者，一个有十几回杀人前科的恶汉！真不知道这种偏见是从哪里来的。

“太不可思议了！如果不像这样拿大顶看世界，哪怕稍微用平静端正一点的心直接领会广川君的信的意思的话，肯定能感觉到广川君认真而单纯的性格。

“在写给小笛的信里，广川君没有提到大月家的两个孩子，结果被检察官揪住不放。这有什么难以理解的呢？当时，广川君还没从报社记者那里听到小笛和千岁已经死了的消息，更是做梦都没有想过会殃及大月家的两个幼女，那个时候没有想起向小笛打听大月家的两个孩子，是非常自然的事情。记者来过以后，广川君匆匆忙忙上了火车，一直到京都，满脑子想的都是小笛杀了千岁又自杀了，所以才在记事本上写下‘断送二人性命’，这也是再自然不过的事情。

“广川君邀请小笛一起去海水浴，被检察官认为是愚弄死者。作为一个检察官，说刻薄话也应该讲究一点分寸吧？

“根据这些记录，可知广川君与小笛之间的感情非常微妙。把他们之间的关系单纯地归于仇敌关系，就过于简单化了，触及不到问题的本质。正是因为检察官有这样的看法，才在这个事件的审理中屡屡出现重大误判，这不能不叫人感到万分遗憾。

“预审法官和检察官一开始就认为广川君是一个狰狞、奸恶、淫邪、欺罔之徒，严重误解了广川君的人品。这第一步的错误，导致了后来种种恶意的解释和荒谬的判断。那个应该是接受了检察官的命令做成的关于广川君的品行的调查报告，到底看过没有啊？调查报告中说：‘广川性格温顺，品行端正，不饮酒，不赌博，下班回家后很少外出，爱学习，好读书，邻里间口碑甚好，从不跟不良之徒来往……’总之是非常优秀。

这些可以证明广川君人品的资料，难道没有任何参考价值吗？对被告人有利的证据为什么置之不理，为什么不拿出来念给大家听听呢？”

高山律师白热化的辩护告一段落，视线落在被告席广川的头上。

“以上就是我对检察官发言的反驳。”高山律师调整了一下说话的语气，“但是，我以上的辩护也许都是没有必要的，检察官的发言以及关于本案的说明也许都应该一笔勾销！”

检察官目不转睛地盯着高山律师的脸。

旁听席上传来低低的咳嗽声，很快又安静下来，人们等待着从高山律师的嘴里冲口而出的声音。

“为什么呢？因为上述议论都是以小笛为他杀，死于二十八日凌晨三点为前提的！

“如果现在把小笛之死认定为自杀，把她的死亡时间认定为早晨五点半以后，即广川君离开小笛家以后，不仅检察官的发言是没有必要的，我的辩护是没有必要的，就连开庭审判都是没有必要的！

“小笛之死绝对不是他杀！

“小笛是自杀！

“杀死三个女孩子的凶手是小笛！

“小笛等人的死亡时间是五点半以后！

“这个事件断送了无辜的、前途无量的好青年广川条太郎的一生！他不但已经被关了一年半的监狱，甚至还要被送上断头台！这是一个多么可悲可咒的恶魔剧本啊！

“国家应该在广川君面前跪下，叩头谢罪！”

滚烫的语言以急速的语调不断地从高山律师嘴里喷涌而出。他抬起头来，用燃烧着义愤的双眼看着审判席。法庭气氛极其紧张，旁听席上的人们大气都不敢出了。

高山律师打破沉静，继续说道："小笛不是他杀，也不是凌晨三点死亡，下面我就对此予以详细说明。要想说清楚这个问题，第一要彻底解读小笛的遗书，第二要研究尸体的状况以及二十八日清晨四点到五点半发生在小笛家的事情，第三要仔细研究法医学鉴定。

"预审法官和检察官认为，小笛与广川相约殉情，小笛请求广川先把她勒死。我从一开始就怀疑这种看法。小笛是一个老奸巨猾的很难对付的女人，相约殉情的时候，在不能确认对方是否真的会自杀的情况下，请求对方把她勒死，这可能吗？

"对于自己的将来，小笛已经看不到任何希望，可是广川还是一个很有前途的青年，而且，广川可能很快就要找一个年轻的姑娘结婚了。在这种情况下，虽然相约殉情，她肯定会想：如果自己自杀了，广川却不自杀，那自己不是白死了吗？总之小笛是绝对不会轻易地先死的。只因为遗书上写了一句'我先死吧'，就认为小笛先死了，这绝对是错误的。

"为什么这样说呢？

"'说好了死就得死，不能骗我。你就把千岁杀了吧。我先死吧。'作为遗书，这些话到底是说给谁听的呢？

"当然是说给广川君听的。可是，既然要跟广川君殉情，这些话直接跟广川君说不行吗？广川君又不是聋哑人。应该当面说出来的话，为什么要写在纸上呢？为什么要像告诉其他人那样在遗书里写上这些话呢？

"这里边必定有其原因和意义。也就是说，小笛写这些话的时候，广川君不在她的身边，所以她才这样写，而且是为了表明说过这些话……

"还有，第十六号物证，即盖着广川君的图章的那封遗书，是非常有意思的，不，应该说是非常奇怪的。'条太郎'这个名字是小笛用片假名写上去的。广川君不是不会写字，怎么会让连汉字都不会写，只会写片假名的小笛替自己署名，自己只按一个图章呢？这不是很奇怪吗？就小笛的性格而言，广川君如果在场，不签字的话小笛能放过他吗？

“小笛去神户广川君的住处的时候，在广川君的房间里乱翻，广川君的白色西服背心一直挂在他自己的房间里，这些都有房东的证词。小笛从西服背心里发现了广川君的图章，又翻出广川君放在房间里的稿纸，在稿纸上偷偷盖上了图章，这是非常容易判断的事情。

“如果三封遗书都是小笛临死之前写的，不会又是用稿纸，又是用从笔记本上撕下来的纸。我看到这种情况的第一印象就是很不自然。

“作为本案重要证据之一的第十六号物证，即盖着广川君的图章的遗书，是用稿纸写的。搜查住宅的时候，在广川君的住处发现了很多同样的稿纸，在小笛家却一张都没有发现。这种稿纸小笛家不用，广川君也没有把这种稿纸带到小笛家来的必要。

“如果说广川君在事件发生之前只带一张稿纸到小笛家，也太不合常理了吧？

“我认为，第十六号物证，即盖着广川君的图章的遗书，除了背面的文字，其余文字都不是小笛临死之前或数小时之前写的，而是小笛开始想到死的时候就写好放在家里的。当她下决心自杀的时候，就把早就写好的遗书拿出来放在了桌子上。

“这种主张的根据是什么呢？

“根据田村武雄老师的鉴定，‘第十六号物证所用纸张，由于摩擦等原因，多处纸质脆弱’，‘写正面的文字时所用铅笔的铅笔芯较硬，跟写反面的文字时所用铅笔不是一种铅笔’。根据弘末直诚先生的鉴定，‘小笛的三封遗书并非写于同一时间，至少第十六号物证背面的文字写于临死之前’。

“还有，广川君的署名和图章下的‘说好了死就得死，不能骗我。你把千岁杀了吧。我先死’等字句，是小笛临死之前加上的。在第十五号物证里，即写给福田的遗书里，写了‘把野濑的东西拿过来交给千岁’，可是在第十六号物证里又叮嘱‘你把千岁杀了吧’。这种矛盾证明，三封遗书不是同时写的。如果认为是同时写的，就无法解开这个事件之谜。

“另外，遗书如果是小笛跟广川君一起写的，广川君甚至盖了图章，那么把遗书摆放在桌子上的时候，广川君不应该不知道。如果像预审法官和检察官所认为的那样，广川君是应小笛要求把小笛勒死的，然后为了掩盖罪行杀死了三个女孩子的话，唯一活下来的广川君是不可能把遗书留在那里的。

“也许这也被认为是广川君为了伪装小笛自杀施用的计谋的话，那不等于直接承认‘人是我杀的’吗？这算什么计谋啊？

“这恰恰证明，广川君根本就不知道小笛写了遗书。

“总之，如果以小笛在遗书里写了‘我先死’，小笛果然先死了这个事实为依据，那么，小笛在遗书里写了‘说好了死就得死，不能骗我’，就认为广川君跟小笛相约殉情；小笛在遗书里写了‘你把千岁杀了吧’，就认为广川君杀了千岁，只能叫人感到可笑，稍微有思考能力的人都不会接受的。（中略）

“如果用一句话来概括小笛的遗书的话，那就是：非常明显，小笛的本意跟写在遗书上的文字是相反的！”

高山律师把拿在手上的小笛的遗书的照片放下，停顿了片刻之后，继续辩护。

“至于穿在小笛尸体上的衣服为什么不自然，为什么窄腰带在身后打了个结，广川君根本就不知道。有什么理由说都是广川君干的呢？这是毫无根据的，是仅凭乱猜牵强附会得出的结论。

“与此相比，广川君所陈述的二十八日凌晨四点起床以后的行动，广川君走出小笛家以后回头看见小笛在目送他的情景，都是非常自然的，而且是有充分的证据的。

“认为广川君将小笛绞杀以后，把小笛的尸体吊在了门楣上，是完全错误的，因为那根本就做不到！

“小笛尸体的头顶距离门楣只有八寸二分，而一般人的头部长约八寸。在和服腰带深深勒进下颌的情况下，门楣下面的和服腰带的长度，跟下颌底下的半圆加起来也只有一尺四寸二分，而且这个长度是重达十三贯以上的小笛的尸体悬挂了六十一个小时以后，被拉长了的长度。腰带本身被拉长，打结的部分也会被拉长。

“根据我的实验，被拉长的部分有四寸到六寸，那么我们取中间值，设被拉长的部分为五寸。一尺四寸二分减去五寸，等于九寸二分，这就是最初用和服腰带做成的绳套的长度。

“请问，有人能把一具死尸抱起来，把死尸的头塞进这么小的绳套里去吗？

“这是一件即便说不可能也不过分的大难事。尸体竖着是绝对塞不进去的。就算能把尸体横过来，男尸的头也许还能勉强塞进去，女尸的头因为有头发，是绝对塞不进去的。”

审判长向前探着上半身，非常认真地听着。

高山律师抑制着满腔的愤懑，继续进行辩护。

“不仅如此，就算能把死尸的头部塞进绳套里去，门楣的高度是五尺七寸，把小笛尸体的头部塞进门楣下那个九寸二分的绳套里，就广川君的身高而言，是不需要台子的。

“假定广川君需要台子，会是怎样一种情况呢？

“枣形的火盆上搭上一块案板，如此不安定的台子，抱着重达十三贯多的小笛的尸体站上去，也是一件即便说不可能也不过分的大难事。

“火盆和案板绝对不适合做广川君需要的台子。不仅如此，火盆正好夹在小笛的两脚之间，跟吊着小笛的和服腰带垂直，没有一点不自然。如果广川君抱着小笛站上去的话，火盆是不应该跟吊着小笛的和服腰带垂直的。

“也许有人会问，如果火盆是广川君把小笛吊上去以后摆放在小笛两脚之间的呢？这也是不可能的，因为尸体的朝向，脚的位置，火盆的位置，特别是搭在案板上的小笛的衣服下摆，都是非常自然的，别人是摆放不成那样的。”

审判长把小笛吊死状态的照片拿起来，一边给陪审法官看，一边小声跟他说着什么。

高山律师的辩护还在继续。

“正如矢野利春医师的鉴定报告所记载的，小笛把案板搭在火盆上，然后站上去，再把头伸进紧挨着门楣的用和服腰带做的绳套里，由于绳套离门楣太近，头一旦伸进去就很难退出来。小笛的两脚虽然都踩在榻榻米和门槛上，但重心跟绳套保持一致，这种姿势是别人摆不出来的。

“我对小笛把案板搭在火盆上做台子这一点很感兴趣。如果广川君需要台子，应该找一个稳定性强的。旁边就有一个矮桌，拉过来就可以用，为什么非要把火盆搬过来，还要特意跑到厨房去把案板拿来呢？

“这个问题关系到男女不同的心理。小笛自缢的时候，用案板和火盆搭台子，完全符合女性心理，因为她每天都在跟案板打交道。她的行动自然到叫我们发笑的程度。

“由此可见，小笛尸体悬吊的状况，是彻头彻尾的小笛自缢的证据，也是广川君根本就不知道小笛自杀的证据。”

高山律师粗犷有力的声音，一字一句地刻在人们心上。

旁听席上，广川的父亲默默地用手指抹掉感激的眼泪。

“下面我要做一些法医学方面的说明。说明之前，有一个问题不能不搞清楚，那就是检察官认为小笛没有理由恨广川君，所以完全没有必要陷害广川君。

“这是一个非常重大的问题，有必要深入而慎重地加以探讨。错误而表面的观察，将导致非常荒唐的结果。

“一般来说，女人的爱情都是利己主义的，当她的爱情得不到满足的时候，爱情很容易转化为憎恨。本来是她热烈地爱着的男人，但因为爱情得不到满足，她就诅咒那个男人，骚扰那个男人，甚至向那个男人采取复仇行动，这是很常见的。失恋的女人在自己深爱的男人家门口自缢，已经是屡见不鲜的事情了。但是我们不应该忘记，这时候女人的行为看上去是憎恨，而实质上是爱。

“小笛的爱情是极端利己主义的，这我已经重申过多次了。当时，小笛面临两种选择，一是从广川君那里拿一笔钱，跟广川君彻底分手，二是强迫广川君跟她一起殉情。事件发生之前，两者必择其一的选择，已经非常紧迫了。这在记录中可以看得一清二楚。（中略）

“但是，小笛爱广川君爱得很深，当面跟广川君要一大笔钱她觉得说不出口，而且拿到钱就彻底分手对于小笛来说也是一件很痛苦的事。

“于是小笛想到了殉情。可是她心里很明白，广川君是不会同意的。在这种情况下，小笛打算杀死广川君以后自己再自杀，并且写好了遗书。

然而事到临头，由于对广川君爱得很深，在广川君熟睡的时候她下不去手。

“还有一点尤其应该注意，那就是小笛对自己有广川君这样一个情人感到非常自豪。她多次对她的亲生儿子森田友一和她最好的朋友福田太太说，一个女人拥有一个年轻的情人，说明这个女人是有价值的。她总是以广川君的情人自居，并且毫不隐瞒自己的生活是靠广川君支撑的。

“在小笛内心深处，被人们知道了是她杀死了广川君以后又自杀的，是她的虚荣心所不能允许的。无论如何也要让人们认为广川君是情愿跟她殉情的，于是她写好遗书，伺机杀死广川君以后自己再自杀，但是一直到最后她也下不了手……

“具有异常性格的小笛，这种烦恼不知道持续了多少时日。

“悲剧结局终于到来了。

“二十八日早晨，广川君离开小笛家的时候，小笛跟他要钱，广川君没给。但是，小笛知道广川君身上有钱。看着广川君渐渐远去的背影，小笛知道，这个情人的身体和心都离自己越来越远了。

“医生说千岁的寿命不会太长了，小笛跟亲生儿子又合不来，欠债越来越多，现在住的房子因总是欠房租面临被赶出去的窘境。就这样，看不到任何希望、本来就有歇斯底里的毛病的小笛，很容易想到自杀，并且会拉上千岁一起死。

“我们接下来应该考虑的是，小笛想到自杀的时候，为什么要拉上千岁呢？小笛那时候是怎样一种心境呢？在小笛生命最后一个瞬间，留在她心里的东西是什么呢？

“无法形容的孤寂感以及对广川君的留恋，以一种令人恐惧的力量击打着她的心。

“对小笛刺激最大的是，广川君将活下去，最终还要跟一个年轻的女人结婚，过上幸福的生活。无法忍受的嫉妒和留恋在一瞬间转化为怨恨，她把千岁勒死，利用以前写好的遗书，把现场伪装成广川君跟她相约殉情中途后悔的样子以后，自缢身亡。”

高山律师分析完小笛的作案心理，开始探讨在这个事件的审理过程中至关重要的法医学鉴定问题。对于全国有名的大学里的最高权威们的鉴定，高山律师是怎样评价的呢？

“法医学者们的鉴定，从根本上来说，对于这个案件的审理起着主要作用。我听说最早看到小笛尸体的警察当时认为小笛是自杀，但是鉴定结果是他杀，于是本案就开始按照他杀进行侦破和审讯，致使广川君成了犯罪嫌疑人。

“这个经过的真假我不是很清楚，不过，如果真是这样的话，可以说小南教授的鉴定对起诉广川君起了巨大作用。其实，不管这个经过的真假如何，起诉广川君的依据除了小南教授的鉴定还有别的吗？

“但是，起了如此巨大作用的鉴定的主要对象——小笛和另外几具尸体，死后在炎热的夏天被放置了数十个小时才被发现，这是应该首先引起注意的。

“就连小南教授都在鉴定报告的第七十六条指出：‘……一般而言，小笛等人的尸体腐败情况严重，（中略）判断实情几乎是不可能的。’

“尸体严重腐败的事实，作为本案之根本的鉴定，对广川君是有利的，同时又是不利的。遗憾的是具有决定性的材料，对于判定广川君有罪明显不足，这是无可否认的。

“有关本案的所有鉴定，都是我国屈指可数的专家做的，但仍然出现了叫人感到非常遗憾的情况。”

高山律师首先指出，小南教授的鉴定一直被公诉方所相信，但是，小南教授的鉴定结果，是很不完全的。

“对于这个缺乏必要证据的事件来说，鉴定材料无论多么不完全，也会成为断定一个人有罪的有力的参考资料。特别是在广川君被怀疑的基础上，再加上他杀的鉴定结果，就把广川君推上了被告席。下面我就把我对鉴定材料的意见说一下，供各位参考。

“我已经根据鉴定之外的其他理由，详细地说明了小笛之死是自杀。如果从法医学的角度加以说明的话，三田博士的见解最为恰当，最为可信。三田博士认为：小笛自杀的时候，（中略）小笛的身体发生痉挛，脚踏在榻榻米和门槛上，身体向上跳跃，和服腰带勒在脖颈下部，致使小笛窒息死亡。随后身体上滑，滑到脖颈上部，下颌下边，小笛就那样一直吊在门楣下边了。

“在高山博士的鉴定报告末尾的第十一条里，有三个跟三田博士的意见相反的要点，第一个是两道勒痕之间的皮肤没有变化，对此三田博士认为：当和服腰带从脖颈下部向脖颈上部滑动的时候，皮肤不一定被擦伤，甚至可以说两道勒痕之间的皮肤没有留下擦伤的痕迹是很正常，很自然的。

“就算有擦伤，也不会有留下非常明显的痕迹，而且验尸的时候尸体严重腐败，也许已经看不出来了。

“高山博士的意见特别叫人难以同意的是，他一方面认为，小笛脖颈下部勒痕为被绞杀时形成，绞杀特有的围绕脖颈一圈的勒痕没有留下，是因为皮肤腐败消失了，一方面又认为如果自缢用的和服腰带用下部勒痕滑向上部勒痕的话，应该留下轻微的痕迹。我认为这在理论上是非常不妥当的，是前后矛盾的。而且高山博士认为勒痕消失的部分与留下了勒痕的部分对比十分鲜明，只能说明不是绞杀形成，而是自缢形成。再考虑到两条勒痕的间隔只有二十毫米，也就是六分六厘，没留下痕迹应属正常，高山博士的意见就更难叫人首肯了。

“其次，高山博士认为，上部勒痕没有生理反应，而下部勒痕有显著的皮下出血，因此下部勒痕为生前形成，即被人勒死的时候形成的，上部勒痕是死后被吊起来以后形成的。而按照三田博士的解释，和服腰带先勒在下部勒痕处，压迫颈部使小笛处于不省人事的状态，随后由于身体痉挛，和服腰带滑至上部勒痕处，小笛窒息而死。最初和服腰带勒在下部勒痕处，对皮下血管造成损伤，滑至上部勒痕处之后，由于和服腰带比较柔软，而下颌处肌肉也比较柔软，所以没有造成明显外伤。但是，和服腰带滑至上部勒痕处之后，由于小笛还没有完全死亡，心脏依然在跳动，所以下部勒痕处被损伤的皮下血管继续出血，形成明显淤血。

“然而，和服腰带一直勒在上部勒痕处，皮肤一直受到压迫，即使对皮下血管造成了损伤，血液也渗不出来，所以看不出皮下淤血。

“一般认为，用比较柔软的带子紧勒颈部造成死亡之后，看不到皮下瘀血的情况是很多的，这可以证明我的主张是合理的。

“小南和高山两位博士根据皮下是否淤血，立刻断定下部勒痕为生前形成，上部勒痕为死后形成，我对此当然表示怀疑。我只能不客气地说，他们的结论下得太早了。

“还有，高山博士依据下部勒痕的所谓一百二十度的角度，断定小笛不是自缢，而是被人绞杀。我认为这是他过于拘泥于‘角度’二字的原意，没有正确理解‘角度’这两个字的意思的结果。

“我们看了被吊在门楣上的小笛的照片和有关附图，就会明白所谓的一百二十度的‘角度’，并没有任何几何学上的意义。换句话说，这里所谓‘角度’的意思，就是脖颈下部的勒痕由脖颈前缓缓向后上方延伸的意思。

“三田博士特别重视这一点。在三田博士的鉴定报告里有这样一段话：鉴定人小南的记述中说，小笛脖颈下部勒痕从正中向后上方延伸，形成一个一百二十度的角度。但是，根据附图和记述的文字，恰当的说法应该是：勒痕向两侧展开，角度约一百二十度。

“三田博士这段话很重要。一般在圆柱形物体上横着画一条线，不会有明显的角度，只能是一个U字形。

“如果是这样的话，综合小南博士的验尸报告中所说的‘脖颈后没有勒痕，脖颈两侧勒痕明显’，以及‘下颌两侧以下三公分有两条不完全平行的勒痕’等情况，小笛脖颈上的勒痕的所谓‘角度’，不正是自缢留下的吗？

“我认为，本案中，小笛死后留下的勒痕出现在跟固定和服腰带的门楣相反的一侧，颈部前面勒痕明显，左右渐次模糊，以及颈部前面较低，两侧微向上方延伸等小南博士的验尸结果，恰恰跟自缢常见的情况是一致的。（中略）

“明确了这一点之后，再来看高山博士的鉴定。高山博士的鉴定报告里有一张附图，在这张附图里，小笛脖颈下部勒痕两头被画上了延长线，两条延长线竟然是交叉在一起的。这种做法虽然可以最大限度地确定小笛的死因，但遗憾的是，这是一种错误的做法。

“为什么这样说呢？

“高山博士根据一百二十度的角度来推定绞杀的方法。他认为，凶手骑在受害者身上，用绳索套住受害者的脖子用力往后勒，将受害者绞杀。但是，本案认定广川君是受小笛委托将其勒死的，即受嘱托杀人，这样的话，高山博士的说法就太不自然了。

“当然，我在这里说的不自然，是一种近乎不可能的不自然。请设想一下，如果凶手骑在受害者身上，以一百二十度的角度用绳索套住受害者的脖颈，然后抓住绳索的两端将其勒死，可是到底怎么抓住绳索，又怎么用力呢？这种很难用力的姿势，不可能在小笛脖颈下部留下一条那么显著的勒痕。

“在受嘱托杀人的情况下，怎么会采取这种极不自然的方法呢？鉴定人找出各种各样的理由，设想了各种各样的场面，推定为他杀。但是，本案已经被定性为受嘱托杀人，鉴定人并不知道。在不知道本案定性的情况下，鉴定人也无可奈何，所以，鉴定人找出的理由和设想的场面，对于我们来说一点用处都没有。

“还有，在几个鉴定人中，还有根据小笛的姿势来否定小笛是自杀的。我认为，即便是鉴定人，这种说法也属于不自量力。作为一个学者，您到底见过多少自缢身亡的场面呢？还有，德国学者是怎么统计的我不知道，至少日本人自缢有日本人特有的姿势。首先是房子的构造，日本跟德国不同，还有日本人的风俗习惯和道德标准等等，对自杀者的心理也有重大影响。总之，日本人应该有日本人特有的自杀姿势，不能跟德国人相提并论。国内已经有研究者对这种情况做过研究了。

“关于这一点，我对中田博士的鉴定感到遗憾。在中田博士的鉴定中可以看出，他对小笛之死是他杀也表示怀疑，但是，他仅仅从小笛死后的姿势就盲目断定，这种姿势不可能形成那么显著的勒痕，并由此断定小笛之死为他杀。根据有着丰富的实际经验、见过许多自缢身亡实例的矢野利春医师的说明，我们只能说中田博士的说法是错误的。

“对各位专家的鉴定做了如上分析之后，可见三田博士的自杀说是最为妥当的。至于另外几位的他杀说，我只能遗憾地说，不能令人信服。

“接下来我还想说说根据食物的消化程度来判定作案时间的问题。

“本来，根据各位博士的鉴定，我们可以知道，就目前法医学的水平而言，食物离开胃袋的时间为进食后二至五小时，这是有定论的。但是，食物离开胃袋以后，通过小肠到底需要多长时间，目前还没有定论。

“然而，预审法官和检察官，把小南博士的所谓进食后九个小时死亡的独断的假想，作为不可撼动的科学依据，先把小笛等人吃晚饭的时间定为晚上七点，再认定小笛等人死于次日凌晨三点，而凌晨三点广川君还在小笛家里，然后得出广川君跟这个事件就不可能没有关系的结论，最后作为给广川君定罪的重要根据。这样做实在叫人感到遗憾之至。”

高山律师从犀利地剖析法医学学者们的鉴定入手，步步推进。他的辩护，字字句句热得烫人。他气势高涨，充满必胜的信念。法庭上每个人都在屏住呼吸静听。

“法医学的鉴定是一种间接证据，如果作为有罪或者无罪的根据，必须采用在科学上有定论的、不能有任何误差的鉴定！”

高山律师大声说道。他的辩护在继续。

“本案鉴定人中，就连坚持他杀说的中田、高山两位博士，也认为根据食物消化程度来推定死亡时间是困难的。高山博士说‘……推定的准确性，由于具体情况的不同而有所不同。有时候可以准确地推定，有时候只能大体推定’。中田博士说‘根据食物的消化程度，准确断定死者为进食后多长时间死亡，几乎是不可能的，只能做一个大致的推测。小笛等人的死亡时间，可以说是进食后九个小时，也可以说是十个小时甚至十一个小时’。三田博士则认为，根据事物消化的程度推测进食后的时间，可以推测出一个大概，但不可能得出准确的结论。

“不用看三田博士的鉴定，只看中田博士一个人的鉴定，我们也可以断言：小南博士所谓进食后九个小时死亡的说法也不能被认为是科学的定论。

“因此，这种还不能称为科学的定论的东西，不管小南博士的鉴定说得多么肯定，也不能用来作为判断广川君是否有罪的依据。

“然而，今天检察官竟然以小南博士的鉴定作为判处广川君死刑的重要依据，除了叫人感到吃惊以外，还能有别的吗？”

高山律师的辩护犹如一把削铁如泥的利剑在法庭内上下翻飞，人们紧张得连大气都不敢出，眼睛盯着高山律师的一举一动，耳朵听着高山律师的一字一句。审判长深深地坐在椅子里，两个陪审法官双手撑在桌子上向前探着身子，都在侧耳倾听。

“总而言之，我只能遗憾地说：检察官对于本案长达两个半小时的总结性发言中，判定被告有罪的理论上的根据，都是非常薄弱的。即：

“第一，从广川君的婚事受到妨碍，到以受嘱托杀人的方式将小笛绞杀的过程中，看不到任何非把小笛杀死不可的紧迫形势；

“第二，假设广川君是受了小笛的嘱托，跟小笛的自杀有关联，其后为了掩盖罪行，丝毫没有将另外三个女孩子杀死的必要性；

“第三，即便根据小笛的遗书，怀疑广川君跟小笛之死有关，从遗书被摆放在桌子上、遗书上的语句，以及使用的不是一种铅笔，不是写于同一时间等等情况来分析，说是一个浅薄的女人的诡计，却是很自然的；

“第四，本案起诉的唯一根据，也就是法医学鉴定，只不过是小南博士的一己之见，绝对不是什么可靠的证据，这是一目了然的事情。

“从检察官的发言中，我们能够感觉到的东西，也就是广川君或许会被怀疑为凶手。没想到广川君一直被关到现在，而且还要被处以死刑，这是我们绝对不能接受的！

“另外，我还要说说六月二十八日广川君回到神户以后的情况。

“关于这个问题，在检察官今天的发言中，说什么作了大案的凶手行凶以后往往表现出极度的平静，这样的例子他见过很多。的确，我也见过这样的凶手。但是关于广川君的表现，我要特别深入地加以分析，希望各位法官对我的分析予以考虑。

“根据广川君所在公司的经理的证词，二十八日，也就是广川君离开京都小笛家回到神户那天，正好是公司的股东总会的前一天。在非常繁忙的情况下，经理就是否应该把广川君写的报告中的‘呈现活跃之观’改成‘呈现活跃之感’的问题，跟广川君展开了长时间的热烈讨论。

“如果广川君是一个杀了四个人的凶手的话，能够平静到如此自然的程度吗？在杀人之后假装平静的情况下，能够为在报告里用‘观’字还是用‘感’字跟经理据理力争，乃至在经理的记忆里留下深刻的印象吗？

“特别是公司食堂做饭的大娘的证词，更引起我们深思。

“二十九日晚上，广川君在神户的元町大街碰上了大娘的女儿。广川君让她转告大娘，把每个月底公司都要举行的宴会推迟一天，跟为公司里某个职员举行的欢送宴会合并在一起举行。广川君虽然是负责公司食堂的会计，但如果是刚刚杀了人，还顾得上管这种事吗？

“还有，根据广川君的房东泉先生的证词，二十八日，二十九日，三十日，广川君每天都跟泉先生练习英语会话，跟平时相比没有任何变化。特别是二十八日晚上，记忆力跟平时一样好。

“如果广川君犯了那么大罪之后，连续三天的表现还能如此正常，如此自然吗？检察官所谓装出来的解释，能叫人信服吗？

“这些间接的证据，看起来都是小事，但是我觉得越琢磨越有滋味。本来我是主张以犯罪证据不充分来为广川君做无罪辩护的，说到这里我要向前跨一步，广川君之无罪不仅仅是因为犯罪证据不充分，而是有很多有力的证据证明他是无罪的！

“我的辩护刚刚开始的时候说过，关于本案的所有证据都是双刃剑，两面盾。检察官所陈述的那些有罪的证据，反之亦可以成为无罪的有力证据。

“用这些无聊的证据来断定广川君有罪，甚至要处以极刑，这不是胡闹又是什么呢？”

高山律师的辩护就像一团烈火在燃烧，震撼着整个法庭。

“如此胡闹，而且是借法律之名进行的，简直可以说是肆无忌惮！”

冤罪的义愤的怒火在高山律师的胸中燃烧。为了控制一下自己的情绪，高山律师停顿了一下。

“判定一个人是否有罪，不用说是一件极难的事情。如果原谅错了一个人，责任也许还轻一点，但是惩罚错了一个人，而且是错误地判处了一个人的死刑，不仅责任重大，而且是无法挽回的。

“所以，在判定一个人有罪的时候，有罪的证据一定要非常充分。反之，在判定一个人无罪的时候，无罪的证据如果不是非常充分，倒是可以原谅的。我坚信广川君是无罪的，退一百步说，假如广川君被怀疑上了，也要遵循‘罪疑从无’[①]的原则。我相信，无论现在还是将来，‘罪疑从无’都是恒久不变的法则。

“目前，世人都在关注这个事件的审判结果，请法庭审理本案的时候，一定要特别慎重，不要有一点漏洞。为了司法的权威性，请慎之又慎。”

高山律师的辩护到此结束。

---

① 源于拉丁文“in dubio pro reo”，中文有“罪疑从无”“罪疑唯轻”“无罪推定”等多种译法。

洋洋洒洒长达三个小时的辩护，由于紧张过度，法庭上的人们觉得还不到一个小时。

旁听席上的人们从长时间的紧张状态下解放出来，窃窃私语声，咳嗽声，使法庭稍微显得有些骚乱。

“暂时休庭，下午三点继续！”审判长宣布完毕，从椅子上站起来。

胸中充满感激之情的广川，偶然跟精悍的高山律师的眼神碰在一起。俩人的脸上不约而同地浮现出一丝微笑。

开始听了检察官准备周全，严峻激烈的发言之后，对广川的命运产生了悲观情绪的广川的父亲和友人们，听完高山律师的辩护，都松了一口气，在楼道里围住高山律师。

“高山律师，您辛苦了！”

“谢谢您！”

“有了您的辩护，肯定是无罪判决！”

大家激动得不知道说些什么才好。

下午三点，审判继续进行。

一〇五号

审判长宣布审判继续进行之后，关西地区研究刑事犯罪的耆宿，著名律师足立进三郎的辩护开始了。

“事件发生以来，多次鉴定，谨慎审理。对此，我作为辩护人，要和被告人一起，向方方面面的人士表示衷心的感谢！”

紧接着，足立律师指出，认定广川为了掩盖罪行杀死了三个女孩子，是没有任何证据的假想："一句话，广川是没有罪的。证据不用到远处去找，现场就有！"

足立律师详细地剖析了小笛的三封遗书之后，说道："在这里，有必要说说被告人的有关表现……"足立律师先分析了广川的性格，强调了广川的供词的真实性，指出广川写在记事本上的字句是得知小笛死后才写的，并且纠正了检察官对广川写给大月夫妇与小笛的信件的误读，然后用揶揄的口吻说道，"我认为小笛是自杀。公诉人说，小笛为凌晨三点左右死亡，而小南博士的鉴定是进食后九个小时死亡，时间计算得很准确嘛！"

足立律师举了一些很有意思的例子，指出食物消化的时间人与人之间差异很大，进食的日子，时间，食物的种类，以及人的精神作用，都会对消化时间产生影响。

"食物消化的时间是不能轻易断定的，更不是一个大学教授一句话就能断定的。中田博士也认为，不可能准确判断出死者是进食几个小时以后死亡的，这是句实在话。把不一定的东西用数学形式加以量化，是不科学的。法庭应该慎重考虑这一点。"

告诫了学者几句之后，足立律师强调了把小南博士的鉴定作为有罪的证据的危险性。关于二十七日吃晚饭的时间，足立律师认为，吃晚饭的时间记不清了也是可以理解的，被告先说七点左右又说八点左右也不奇怪。另外，一瓶啤酒，一合半日本酒，加上素烧鸡肉，吃一个小时至一个半小时也没有什么不可思议的。

"……非常主观地认为不可能吃那么长时间，硬把吃完晚饭的时间定在七点到七点半之间，硬把本来无法判定的时间确定为九个小时，从而判定广川君有罪，纯属妄断。

“除了小南博士，明确说出进食后几个小时死亡的人，恐怕是不存在的。检察官据此给广川君定罪是错误的，这样的决定只不过是沙滩上的楼阁。”

关于小笛穿的衣服不自然的问题，足立律师认为，在自杀前心情混乱的情况下，那样穿衣服反而是自然的。至于小笛脖颈上的勒痕，足立律师说道：“……既有自杀说，又有他杀说，两种说法都来自很有权威的法医学专家的鉴定，而且同为自杀说，看法也不尽相同。这样的话，我只能说，日本法医学界将威信扫地！检察官说，在九州大学的研讨会上提到这个问题的时候，对于绞杀必定留下围绕脖颈一圈的勒痕这个说法，没有一个人表示赞成。但是，据 ×× 日报的报道，检察官所说的情况并不是事实。”

足立律师推翻了检察官的说法，紧接着嘲笑了把名片作为犯罪证据的做法，最后说道：“对不起，我的辩护时间太长了。最后我要说的是，如果是被告杀了人想掩盖罪证的话，不会把小笛的三封遗书摆在桌子上。我直接跟被告接触过，这个人不会是制造了这场惨剧的人。还有，进食后九个小时死亡的鉴定不能成为本案的证据。法医学鉴定只能作为参考资料，而不能作为证据。既然是参考资料，就应该有所取舍，该取的取，该舍的舍。恳请各位法官根据事实为遭受了很多苦难的被告洗清冤罪。应该接受堺市面馆杀人事件的教训。如果依据小南博士的所谓进食后九个小时死亡的鉴定判处被告死刑的话，就等于小南博士判处了被告死刑，这将令人感到万分遗憾。恳请各位法官明察，不要给一个无罪之人判罪。公平审判，不伤害任何一个无辜的人，维护我国法律的尊严。”

足立律师的辩护长达一个半小时，轻松洒脱，妙语连珠，金句频出，逻辑严谨，法庭上所有的人都听得出神。

死刑还是无罪?

冤罪之囚广川条太郎判决的日子到了。

这天是昭和二年十二月十二日。早晨，出现在法庭的院子里的高山律师，被京都、大阪、神户三市十几个报社的记者围了起来。

“关于判决结果，您是怎么预想的?”一个记者问道。

“当然是无罪!”高山律师若无其事地回答说。

“如果是死刑怎么办?”另一个记者问道。

“死刑? 我根本就没考虑过! 怎么可能是死刑呢?”高山律师笑道。

“您也太乐观了吧? 审判长翻阅判决书的时候，有人看见了死刑两个字!”

“别听他胡说八道。”高山律师微笑着告诫道。

从遥远的新泻赶到京都的广川的父亲和弟弟，听到记者说“死刑”两个字，互相看了一眼，脸色一下子变了。

十点半，法庭的大门开了。

十点五十五分，橘川审判长和陪审法官走进法庭。法庭立刻安静下来。

身穿囚服的广川端端正正地站在审判长面前。

“现在宣布对被告人广川条太郎的判决!”

审判长庄严的声音响彻法庭。所有的人屏息静听。

“被告人，无罪!”

整个法庭顿时沸腾起来。大群记者从法庭里狂奔而出，仅仅二十分钟之后，“广川无罪”的号外就撒遍了全城。

无罪! 无罪! 无罪!

喊声响彻法庭内外。

广川当然是冤枉的，今天的判决更加使人们确信这一点。但是，等到这样一个判决竟然是在经历了一年半之久的牢狱生活之后。不过，无论如何这也是一件叫人高兴的事，广川激动得紧闭双唇，用手捂住了脸。

判决之后，高山律师走出法庭，立刻被等在楼道里的广川的父亲和弟弟以及友人们围住了。大家纷纷向高山律师表示感谢。

"高山律师，谢谢您！"

"无罪判决，多亏了您的辩护啊！"

"谢谢您！"

大家的眼眶里都噙满了泪水。

高山律师那张精悍的脸上露出微笑，然而那微笑只不过是完成了一件工作之后的满足感。

广川随后出现在走廊里，父子兄弟拥抱在一起，放声大哭。高山律师高兴地看着广川跟家人团聚的动人情景。法警和负责押送广川的狱警心情也很愉快。

真像是戏剧里的一个场面。

现在，笔者得把无罪判决的理由向各位读者介绍一下了。

橘川审判长宣读的判决理由内容如下："……经审议，在平松小笛家里，千岁、喜美代、田鹤子被绞杀。小笛的尸体被发现时为缢死状态，被和服腰带吊在门楣下。小笛的死因乃本案最大疑点。另外，千岁、喜美代、田鹤子究竟死于何人之手，亦很难判断。"

橘川审判长是在先宣布了广川无罪之后才宣读判决理由的，所以声音明快而爽朗。

"仔细查看本案所有记录，最大的疑问是：究竟是被告将四人绞杀之后，然后把小笛的尸体吊在门楣下，把现场伪装成小笛将千岁等三人绞杀后自缢的现场呢，还是小笛将千岁等三人绞杀后自缢身亡，然后把现场伪装成被告绞杀了小笛等四人的现场呢？对于上述两种情况，各有各的依据。

“如果说是被告将千岁等三人绞杀之后，再把小笛绞杀并伪装成自缢的话，只依靠鉴定很难得出这样的结论。现场虽然留下了遗书和信封，但是从遗书内容到署名都是小笛的笔迹。这些情况可以说对被告人有利，也可以说对被告人不利。

“特别是第十六号物证所用稿纸和盖在上面的图章，可以怀疑是小笛在被告人家的时候，趁被告人不在，在这张稿纸上写好遗书并盖上被告人的图章带回自己家的。

“还有那个信封，不但可以怀疑是小笛趁被告人不在拿回自己家的，而且把信封跟遗书一起摆在桌子上，还可以怀疑这是小笛制造的被告人同意殉情的假象。

“遗书上‘说死就得死，不能骗我’这句话，表面看起来是被告人同意殉情，并在小笛自杀以后杀死千岁的约定，但很难断定事实是否如此。

“名片是否为小笛从被告人的名片夹里偷出来扔在现场的，在没有其他证据的情况下，也很难断定。

“关于小笛等人的死亡时间。由于各位鉴定人的鉴定没有统一的意见，所以无法具体确定。在不能确定具体死亡时间的情况下，无法认定被告人是否在现场。

“在小笛死因的问题上，小南、中田、高山博士主张他杀说，三田博士主张自杀说。小南、高山两位博士认为，小笛脖颈上产生两道勒痕是不自然的。小南博士根据以下三点认为小笛是他杀：第一，两道勒痕不是并行的；第二，脖颈下部的勒痕有一个角度；第三，两道勒痕之间的皮肤没有变化。主张自杀说的三田博士则认为，小南博士所说前两点在自缢的情况下产生，是非常自然的。就连主张他杀说的中田博士也认为，在自缢的情况下，两道勒痕不平行也是常见的，勒痕的角度在正常自缢的情况下也是会产生的，皮肤没有变化也不奇怪。由此可见，小南博士的鉴定不能说是唯一正确的鉴定。

“三田博士断定小笛为自缢的根据是，脖颈下部的勒痕是自缢时常见的勒痕，并非被绞杀时产生。中田博士也认为，绞杀留下的勒痕往往延伸到后颈部，高山博士亦有同样见解。由此可见，三田博士的主张是可以被认可的。

“当然，根据中田、高山博士的主张，正如检察官提供的参考记录里所说的那样，小笛被绞杀的可能性也不是没有的。我们虽然不能笼统地遵从三田博士的鉴定，立刻断定小笛的死因，但可以将其作为一个相当有力的根据。

“仅仅根据小南博士的鉴定报告和预审法官的勘验报告，就断定小笛的死因是被他人绞杀，将有很多疑点。总之，断定小笛的死因的根据是不足的。

“目前，判断小笛死因的材料，只有上述那些鉴定人的鉴定报告，而那些鉴定人都是我国法医学界的权威。但是，所有鉴定结果都存有很多疑义，断定小笛被人绞杀还是自缢，都是非常之困难的。

“不过，千岁、喜美代、田鹤子乃被某人绞杀而死，都有足够的证据，没有任何疑义。

“把以上所有证据综合起来加以考虑，本法庭认定，公诉事实证据不充分，依照刑事诉讼法第三百六十二条，判定被告人无罪。”

橘川审判长关于判决理由的说明到此结束。

判决当天，高山律师立刻提交了广川的保释申请。广川的父亲、弟弟和友人们来到监狱大门前，等着广川出来。他们认为保释申请肯定会被批准的。可是，左等右等，就是不见广川出来。

保释申请没有被批准。

既然已经做了无罪判决，法院为什么不批准保释申请呢？原来，法院在批准保释申请的时候，需要征求检察官的意见，如果检察官反对，特别是重大案件的被告人的保释申请，就不会得到批准。

在监狱大门口等了很长时间的广川的父亲、弟弟和友人们，听说保释申请没有被批准，非常失望，他们无论如何也无法理解。

第二天，检察官提出上诉。

上诉的理由，只是对判决不服。

无罪判决，可广川还是不能离开监狱一步。判决那天，听审判长宣读完无罪判决理由，广川非常激动：法律是公平的，国家的审判是不会冒犯法律的！

但是，为什么一个无罪的人还要继续蹲监狱呢？

“这是为什么？为什么？”

早已心平气和的广川，虽然没有产生自暴自弃的想法，也不由得诅咒起自己的命运来。

“我还得在监狱里蹲多长时间呢？”

从广川内心深处阵阵袭来的，是说不清道不明的寂寞感，以及无边的大雾一般的忧愁。

每当这种时候，他的眼前都会交替出现两种情景：钉着基督耶稣的十字架，以及释迦牟尼及其身后的佛光。他不会自暴自弃，不能埋怨神，也不能埋怨佛。

雨果在他的不朽名作《悲惨世界》的结尾处写道，冉·阿让在生命的最后一息，拉着马吕斯和珂赛特的手，对他们说："这种事使人感到不愉快，不能成为自己对上帝不公正的一种借口。"

冉·阿让不是吃尽了各种各样的苦才接近了上帝的心吗？我虽然不能跟冉·阿让相提并论，也要努力达到他的境界的十分之一。达不到十分之一的话，哪怕百分之一呢。

想到这里，广川的心就像那无限宽广的蓝天一样清澄。他凝视着牢房的墙壁，眼圈发热。发自心灵深处的祈祷，伴随着眼泪自然地涌出。

"冤罪之囚的祈祷渗入牢房的墙壁。"

广川小声吟诵着，一边吟诵一边鼓励自己，一定要坚持到最后，一定要等到公平的审判。广川每天都在牢房里祈祷。

检察官上诉之后，案子被移送到大阪地方法院。与此同时，广川囚服上的号码变成了"一〇五号"，狱警当然都叫他"一〇五号"。

大阪地方法院的第一次公判是第二年，即昭和三年（1928年）五月十八日。审判长是渡边为三法官，陪审法官是三浦通太、西田与作两位法官，检察官是角谷荣治郎。讯问多达二百问，问得非常详细。广川的回答依然没有一点变化。

讯问结束以后，足立律师站起来提出一个申请："记录中提到了草苅博士和原警察医院的矢野医师的鉴定，他们都是宣过誓的鉴定人，请求法庭让这两个鉴定人出庭，听听他们的意见。"

正如笔者多次提到的那样，坚持他杀说的是三个鉴定人，而坚持自杀说的只有三田博士一个。如果能使草苅博士和矢野医师的自杀说鉴定具有法律效力，对广川是非常有利的。

但是，检察官认为："没有那个必要。"随后是休庭合议。

法庭上的空气紧张起来。如果足立律师这个重要的申请被审判长拒绝，对广川就极为不利了。在这种场合，审判长往往避讳出现新问题。

合议之后，审判长宣布："关于辩护方申请的两个鉴定人出庭的申请，经合议认为没有必要，不予批准。"

旁听席嘁嘁喳喳地骚乱起来。高山律师跟足立律师耳语了几句。

"本法官将委派三浦法官勘验本案发生的现场。勘验现场之时，将在现场询问证人羽立浩、大月茂野女士和须原笃。"审判长做了如上宣布之后，第一次公判就结束了。

三浦法官现场勘验的时候，角谷检察官和高山、足立两位律师也在场。

这是第四次现场勘验。这次勘验主要确认以下两种情况：是小笛生前从里边拔开大门的插销，一度走出大门，在外边把便门锁上，然后打开大门进去，再把大门插上的呢，还是广川没动大门的插销，直接从便门出来，然后在外边把便门锁上的呢？

勘验结果是：大门的开关需要相当大的力气，从里边拔开大门的插销，一度走出大门，在外边把便门锁上，然后打开大门进去，再把大门插上，这样做不是不可能的，但这样做的话不仅需要相当大的力气，而且还会伴随着很大的噪音。小笛用这种方法把大门锁上，一般是不可能的。

毫无疑问，这个结果对广川是不利的。

在现场询问了证人。根据证人提供的情况，小笛家南边的房子没人居住，两家之间有一扇门（最初大学的勤杂工就是通过这扇门进入小笛家的）。没人居住的这边插着插销。这就是说，小笛不可能是把大门锁起来以后从这里回到家里的。这个证词也对广川不利。

三浦法官勘验和证人询问结束以后，一直默默不语的高山律师经过法官许可，问了证人两个问题。

“在大门上的便门挂着锁的情况下，小笛有过在家的时候吗？”

证人的回答是：“前年春天，小笛在自己家门前对我说过，她讨厌别人来她家里串门，人在家的时候也锁上门。同样的话她跟别人也说过。”

“前年六月三十号那天，进入小笛家南边那所空房子的时候，那家大门锁着没有？”

证人的回答是：“没有，只绑着一根铁丝。”

不知道读者诸君感觉到了没有，高山律师这两个问题，是可以把对广川不利的勘验结果倒转过来的。

现场勘验之后的第二次公判，于六月十一日开庭。

关于这次公判，应该着重写上一笔的是，检察官与辩护律师之间在要不要增加新的鉴定人的问题上的争论。

角谷检察官首先向法庭提出让小南博士出庭接受询问的申请，然后提出增加长崎医科大学的浅田一博士、东北医科大学的石川哲郎博士、新泻医科大学的藤原京一博士为新的鉴定人，请他们鉴定如下两项：一，小笛致死原因；二，小笛自杀与他杀的区别。

角谷检察官刚坐下，足立律师就站了起来。

“检察官提出让小南博士出庭接受询问，是出于检察官的立场不得不这样做吧？但是，小南博士的意见，已经在他的鉴定报告、鉴定说明以及补充报告里谈得很详细了，我认为没有必要再把小南博士请到法庭来。如果一定要请小南博士来的话，我们辩护方也要提出把三田博士请到法庭来接受询问的申请，还要提出把矢野利春医师请来就自缢身亡的尸体的悬垂状态接受询问的申请。”

紧接着站起来的是高山博士。

“小南博士的鉴定，是在小笛等人死后三天，尸体严重腐败的六月天进行的，小南博士本人也对尸体腐败严重，不能做出准确的鉴定表示遗憾。因此，把小南博士的鉴定作为参考资料，乃至请更多的人来鉴定，都是没有意义的。”

“但是……”角谷检察官站起来反驳说，“小南博士是唯一直接对尸体做了检查，并提出了意见的专家，他的鉴定可信度最高。小南博士对提出了反对意见的鉴定是怎么看的，此时也最为可信。还有，是否应该相信小南博士的鉴定，也应该听听其他人的意见。不应该只相信三田博士的自杀说而否定其他鉴定人的他杀说。我尊重三田博士，遗憾的是他的鉴定有很多谬误，我不能相信他的鉴定。请法庭一定要考虑本检察官提出的增加新的鉴定人的申请。”

“可是……”高山律师站起来，“三田博士对小南博士的鉴定提出的批评意见，难道不妥当吗？”

令人窒息的争论，使整个法庭上的人都很紧张。

“休庭合议！”审判长宣布之后，站起来退出法庭。

这个事件根据其他证据是无法解决的，只能依靠法医学鉴定。在这种情况下，如果把小南博士请到法庭上来，反驳跟他相反的意见，不管他的反驳正确与否，对广川都是不利的。反之，如果把三田博士请到法庭上来，反驳小南博士的意见，对广川则是有利的。

法官们在法庭后面的会议室合议的时候，法庭陷入一种可怕的沉寂。

五分钟过去了，十分钟过去了，可就是不见法官们出来。法庭上的人们盯着审判席后面的门，门那边，关于是否采用新的鉴定人，争论得一定非常激烈吧。

端端正正地坐在被告席上的广川，低着头一动不动，犹如一尊石像。

高山律师和足立律师在小声商量着什么，角谷检察官用锐利的目光盯着他们。

咔嚓一声，审判席后面的门上的门把转动了，门开了。法官们重新出现在法庭里。所有人的视线都集中在审判长脸上。

“现在宣布合议结果……”审判长威严地说道，“批准检察官关于采用浅田一、石川哲郎两位博士为新的鉴定人的请求。关于检察官的其他请求，以及辩护方的请求，本法庭认为没有必要，不予批准！”

足立律师和高山律师互相耳语起来。

这简直就是法医学专家总动员了。为了一个杀人事件，日本六所名牌大学，每个大学出一名法医学界的权威进行鉴定，这在日本审判史上是从来没有过的事情。

如果浅田一、石川哲郎两位博士的鉴定结果也是“他杀”会怎么样呢？判决也许会翻过去，广川也许被认定为有罪。由于两位博士的鉴定结果关系重大，不但法医学界，就连一般人都在密切注视着。

做好了最坏的打算的高山律师，广泛涉猎法医学著作，调查以前发生过的案例，倾听新锐法医学学者的意见，废寝忘食地奔忙着。

在自己的命运掌握在浅田一、石川哲郎两位博士手中这样的重大关头，广川非常平静地研读《圣经》，就好像那是别人的事情。

监狱里的一个黄昏，从远处传来教堂的钟声。广川看着高高的铁窗，倾听着那可以净化人的心灵的钟声。

“多好听的钟声啊！”

突然，从牢房门外传进来一个人说话的声音。广川回头一看，原来是一个身穿浅黄色工作服打扫卫生的年轻犯人，站在牢房门外向广川打招呼。

“是啊，多好听的钟声啊！”广川鹦鹉学舌似的重复了一句。

那个打扫卫生的年轻犯人犯了什么罪广川不知道，但是他给广川送饭的时候两个人见过面。他们都是很有教养的青年。

“我知道那是哪个教堂的钟声，所以我一听到那钟声心情就特别激动。”打扫卫生的年轻犯人说。

广川就像见到了久别的朋友似的，特别高兴：“是吗？我在京都的时候经常听到富小路教堂的钟声。没想到在这里也能听到教堂的钟声，这叫我感到非常幸福。”

年轻犯人看到广川手上拿着一本《圣经》，就问：“你是基督教徒吗？”

“不是。虽然我还不是基督教徒，但我很想成为一个基督教徒，正在朝着那个方向努力。”广川平静地回答说。

“我每天晚上也在牢房里读《圣经》。”年轻犯人认真地说。

教堂的钟声又响起来了。俩人默默地听着钟声。

这时走廊另一头传来脚步声，年轻犯人赶紧从广川的牢房门前离去。

从坚固的橡木门上的小窗外扔进来一封信。

在狱中收到来信是最叫人高兴的事。广川连忙把信捡起来一看，是同乡一个虔诚的基督教徒山本国手寄来的。广川把信封拿在手上，翻过来倒过去地看了好一阵才拆开。

……梅雨季节气候潮湿，心情抑郁倍感孤寂……

广川觉得气氛不对，一口气读了下去。

……前天，令堂大人病情骤变，与世长辞……

“什么？”广川不敢相信自己的眼睛，把信反反复复看了一遍又一遍。

令堂大人永眠，乃家中最大不幸，小生欲慰无语……

啊！母亲死了！母亲的病有那么严重吗？为什么这么快就死了呢？一定是为我担心过度才导致病情加重的，我是一个不孝之子啊！我对不起母亲，对不起母亲啊！母亲啊，孩儿不孝，可是，孩儿真的没有犯罪啊！

广川的脑海里浮现出端坐在佛坛前念经的母亲的身姿。

母亲啊母亲，您为什么就不能等到我冤罪昭雪的那一天呢……

闭目祈祷的广川，眼泪顺着面颊哗哗地流下来。

两三天以后，广川的狱中日记里增加了这样一行文字：

我是连梅雨期过后的阳光都照不到的一片落叶。

八百五十天

昭和三年（1928年）十一月三十日，大阪地方法院的第三次公判。这次公判距第一次公判长达半年之久。

由于这是一个疑点很多的事件，旁听的人很多。人们踏着晨霜纷纷进入法庭。广川的父亲和友人们早就在法庭内等着开庭了。

法警带着广川走进法庭。身穿囚服、戴着斗笠的广川，默默地坐在了被告席上。

上午十一点整，公判开始了。

“广川条太郎！”

听到审判长叫自己的名字，广川恭恭敬敬地站起来，低下了头。

“现在，我把鉴定人浅田一、石川哲郎两位博士的鉴定报告宣读给你听。你一定要认真地听。我先宣读石川博士鉴定报告的主文。”审判长开始用低沉但具有极大穿透力的声音宣读两个新鉴定人的鉴定报告。

“……根据以上摘录及考察，鉴定如下：

“一，平松小笛的致死原因，可以推测为缢死。

“二，可以推测为自杀。理由如下：（一）根据鉴定人小南又一郎的鉴定报告里记载的平松小笛脖颈上的伤痕以及勘验报告里记载的悬垂状态，可以推测为自杀；（二）平松小笛自缢时，和服腰带先勒在脖颈下部，形成如小南又一郎的鉴定报告里记载的勒痕，此后小笛身体发生痉挛，致使和服腰带滑至脖颈上部，形成第二道勒痕。综合两道勒痕之间的关系与悬垂状态，推测为自杀，在医学上没有丝毫不合理之处。

“以上是鉴定人石川哲郎的鉴定报告的主文。总之一句话，石川博士认为小笛是自杀。至于详细说明，就不在这里宣读了。”

审判长的声音停下来的时候，旁听席上的人们小声议论起来。

“下面宣读鉴定人浅田一博士的鉴定报告，在这里也只宣读主文。

“一，平松小笛、平松千岁、大月喜美代、大月田鹤子的死因，均属于急性窒息死亡。

“二，平松小笛为自缢，平松千岁、大月喜美代、大月田鹤子为被他人绞杀。（一）平松小笛自缢之时，形成了如小南鉴定人的鉴定报告中所记载的两道勒痕；（二）平松小笛自缢之时，先形成脖颈下部之勒痕，此后身体下滑，随即形成脖颈上部之勒痕。根据尸体悬垂状态，两道勒痕之间的关系，在医学上没有丝毫不合理之处。

"以上是鉴定人浅田一博士的鉴定报告的主要内容。总之浅田博士跟石川博士一样，认为平松小笛是自杀。对于上述两个鉴定报告，被告人有什么要说的吗？"

"我没有什么要说的。"广川说完，默默地向审判长鞠躬。

审判长向辩护方律师征求意见之后宣布："事实与证据的审查到此结束，暂时休庭，下午一点三十分重新开庭宣判！"

旁听席上的人们从紧张的气氛中缓解下来。

重新戴上手铐的广川，向辩护律师、父亲及友人鞠躬致意，随后被带到法院临时监禁刑事被告人的房间里去了。

越调查越清楚了，广川确实被冤枉了。石川和浅田两个新的鉴定人也明确认为小笛是自杀。而且，这两个新的鉴定人是公诉方检察官申请增加，法庭在排除了辩护方申请的情况下批准的。

检察官将采取怎样的对应措施呢？

下午一点刚过，中午散去的旁听席上的人们就回到法庭，等待再次开庭判决。

"请检察官谈谈自己的意见。"再次开庭之后，审判长对检察官说道。

角谷检察官默默地站起来。

石川和浅田两位博士是检察官申请增加的，而这两位博士都认为小笛是自杀，检察官将站在什么立场上，做怎样的发言呢？法庭上所有人的视线都集中在检察官身上。

"这个事件，是发生在京都帝国大学附近的丧失了四条生命的重大而悲惨的事件。”检察官用非常沉着的语气慢慢地说道，“所以，本检察官从一审开始就采取了非常慎重的态度。根据现场勘验结果，千岁等三人为他杀的事实是确定无疑的。因此，杀害上述三人的凶手不是小笛就是被告。对被告不利的证据有以下几个：第一，正如现场勘验报告所记载的那样，小笛的尸体悬垂的地方很不一般；便门上的锁原来为被告所有。”

那把锁是事件发生一年之前广川送给小笛的，那以后小笛一直在使用。

“第二，根据食物消化的鉴定结果，小笛死于进食后六至九个小时，而被告自己承认是清晨五点半离开小笛家回神户的，这就等于说事件发生的时候，被告在现场，因此被怀疑为绞杀小笛等四人以后，把现场伪装成小笛绞杀千岁等三人后自杀的现场。第三，小笛的遗书以及被告的记事本上写着企图自杀的文字。第四，千岁的尸体旁边散落着被告的名片。第五，被告人分别写给大月和小笛的信多有不自然之处。总之，对被告有利的证据很少。

“但是，被告始终一贯的否认，小笛的品行及其歇斯底里的性格，小笛以前‘要死得惊天动地’等说法，被告人冷静的态度，三田、浅田、石川三位博士的鉴定结果，特别是浅田和石川两位博士的鉴定，使我改变了对这个事件的看法。一审的时候，小南、中田、高山三位博士的鉴定是他杀说，只有三田博士一个人的鉴定是自杀说，而且三田博士的鉴定跟现状相去甚远，很难令人信服。本检察官申请新的鉴定人的时候，对这个事件的看法没有丝毫改变。但是，浅田和石川两位博士的鉴定，改变了我的看法。

“既然有了这样的鉴定报告，就不能不考虑究竟是小南博士的鉴定更接近事实，还是浅田和石川两位博士的鉴定更接近事实这个非常严肃的问题了。

“但是，小笛之死到底是自杀还是他杀，这个谜依然没有被解开。

“被告虽然被怀疑为自杀帮助罪，但缺乏有力的证据。因此，依据‘罪疑从轻’的刑法原则，我认为应该判被告无罪。”

法庭卷起一阵喊喊喳喳的风暴。如果这里不是法庭的话，肯定会是一阵暴风雨般的掌声，甚至会有人大喊大叫，手舞足蹈。

检察官是公诉方，但是，检察官竟然主张被告无罪！这在日本的审判史上是从来没有发生过的事情！

广川听检察官这样说，先是吃了一惊，紧接着脸上浮现出放心的表情，像在做祈祷似的闭上了眼睛。

在旁听席喊喊喳喳的风暴中，足立、高山两位律师站起来说道：“既然连公诉方的检察官都主张无罪，我们辩护方的律师就没有什么可说的了。”

两位辩护律师同时略施一礼。

“十二月十五日下午一点正式宣判！”审判长一声庄严宣告之后，退庭。

昭和三年（1928 年）十二月十五日，广川的沉冤得以昭雪。从被捕到释放，广川经历了八百五十多个日夜。

这天，被批准保释的广川与前来迎接他的父亲和高山律师等在监狱门口见面，恢复了自由之身。

当天晚上，在大阪北区的一个旅馆里举行了一个小型宴会，慰劳辩护律师，庆祝广川被无罪释放。广川发表了如下一段感想：“用卑劣的计划和奸恶的手段陷害了我的人，在法医学鉴定时犯了错误的人，相信那个鉴定误解了我的人，对这些人，最初我的心里充满了怨恨和反抗的情绪，那时觉得自己真是走投无路了。但过了一段时间以后，有时候我突然被一种可怕的寂寞攫住，内心感到非常不安，紧接着燃起悲愤与抱怨的烈火；有时候又突然变得非常平静，冷静得叫我感到吃惊。我的心情就像走马灯似的变化着。

“这个过程中，我渐渐适应了狱中的生活，有了反省自己的时间。在这种情况下，应该保持怎样一种心情呢，应该采取怎样的生活态度呢？我开始严肃认真地思考起来。

“我渐渐认识到，愤怒和怨恨绝对不是美好的感情，也找到了什么是妨碍平静的心情的原因。于是我开始能够做到随时保持安定的心态。当然，为了克服那些不美好的感情，我不知道付出了多大的努力，说是费尽了心血一点儿都不夸张。

“当时的我特别想知道我们的先人中的圣者和英杰，在苦难面前是怎样一种生活态度，于是我读了很多这方面的书。在这些书里边，最感染我的，也是最大限度地满足了我的渴望的，是基督耶稣的教诲。

“我对自己曾经有过憎恨和抱怨别人的想法感到羞耻，认识到了自己以前是多么卑鄙。我终于感觉到我的灵魂接触到了上帝那无限的爱。

“打那以后，我对陷害了我的人，误解了我的人，迫害了我的人，既不抱怨也不怨恨了。我原谅了他们，并且为他们祈祷。这对于我来说，真是极其宝贵的体验。”

事件的经过都是明明白白的了，但是，笔者遗漏了非常重要的一点，那就是小笛杀死大月家的两个孩子的理由。

当初，高山律师把这个问题作为解决白川町杀人事件的重点问题，进行了不懈的探索。高山律师是知道小笛杀死大月家的两个孩子的理由的，可是，这个理由自始至终都没浮出水面。

高山律师为什么对这个理由保持了沉默呢？那是因为高山律师有充

分的自信：即使不把这个理由说出来，也能为广川昭雪冤案。笔者认为，还有一个更大的原因跟律师这个职业无关，那就是高山律师的个人道德观念不允许他把那个理由说出来。

各位读者，“证据不足”到底是怎么回事呢？其实是两种情况，一种结果是真的杀了人，因为“证据不足”被判无罪；另一种是根本没杀人被冤枉，最终因为“证据不足”被判无罪。

一位退休老法官在谈到宣判“无罪”的两种情况和心情的时候这样说道：“宣判无罪有两种情况，也有两种心情。一种情况是明明知道眼前的被告百分之百是罪犯，但因为证据不足不得不宣判无罪。还有一种情况是确信眼前的被告绝对不是罪犯，因证据不足宣判无罪。前者宣判之后心情非常不愉快，而后者宣判之后心情则非常愉快。”

笔者虽然不敢随意揣度一审时橘川审判长的心情，枉自断定为后者，恐怕也没有什么怀疑的余地吧。

二审时宣判广川无罪的渡边审判长，退休以后对人说过这样一段话：“小笛事件是一个相当重大的事件，也是一个非常有名的事件，所以在审理的时候非常谨慎。在审理的过程中，越审理越清楚地表明广川一案是冤案。在宣判无罪的时候，我没有一点犹豫，可以用轻松愉快四个字来形容我当时的心情。”

连载于昭和七年（1932年）七月六日至十二月二十八日的《神户新闻》及《京都日日新闻》。

附录一

《小笛事件》之谜

——山本禾太郎论

山下武（1926–2009）日本作家、演出家

一

第二次世界大战结束之前，我住在东京牛込区的矢来町。那时候我还是一个少年，经常在柳町和若松町一带的旧书店里猎取旧书。当时我也就是十四五岁。由于战争的影响，像样的旧书已经杳无踪迹，以书易书等买卖方式也还没有流行起来，不过偶然也能找到一两本好书。当然，作为一个中学生的我，还缺乏旧书方面的专门知识，就是买的话，也不过是利用剩在口袋里的几个零钱买自己喜欢的书。

柳町的十字路口有一家铃木书店，这个书店的书架上经常摆放着侦探小说之类的读物。铃木书店前边的一个胡同里，有一个很小的旧书店。

有一天，我在那里看到一本很有意思的旧书。作者的名字我不知道，首先吸引了我的是那本书的装帧。封面用红黑两种颜色印刷，中央是一个很奇怪的假面的侧面像。这很符合我这个喜欢猎奇的少年的口味，就把它买了下来。这本书就是以写“犯罪事实小说”闻名的山本禾太郎的代表作《白川町杀人事件》(《小笛事件》)，昭和十一年（1936 年）由 *Profile*[①]出版社出版。遗憾的是，昭和二十年（1945 年）五月二十五日天亮之前，美国空袭东京的时候，我的两千册藏书全部化为乌有。经过战后混乱等漫长的岁月，我再次得到这本书是将近三十年之后的事情。

封底衬页上用铅笔写着购入日期：一九七三年十二月二十三日。我记得我是通过早稻田的二朗书房买到这本书的，价格大概是一千日元，便宜得叫我感到有些吃惊。如果是现在的话，少说也得那个价格的十倍以上吧。而且是带着护封的，非常漂亮。这么旧的书还带着原装护封，简直可以说是个奇迹。现在就连没有护封的都很难买到了。山本禾太郎战前出版的单行本只有这一册，战后也只出版过一个短篇集《抱茗荷之说》(昭和二十一年〔1946 年〕熊谷书房出版）和一部长篇《消逝的女人》(昭和二十二年〔1947 年〕梅田出版社出版)。那以后也正如人们所知道的，禾太郎可以说是极其寡作。自从大正十五年（1926 年）六月他在《新青年》发表的短篇小说《窗》获得二等奖之后，空白较多，直至昭和二十六年（1951 年）三月十六日在神户市长田区家中逝世，只发表十余篇小说。尤其是好不容易登上了《新青年》这个大舞台以后，山本和太郎于昭和四年（1929 年）在《新青年》发表《反诘问》便沉默了，后来发表作品的阵地转到了 *Profile*（昭和八年〔1933 年〕创刊)，这个过

① 英语 Profile 有侧面像的意思。本文作者提到的那个假面的侧面像是 Profile 出版社的社标。

程实在叫人难以理解。

如果硬要找出理由的话，主要因为这个作家把写小说作为业余爱好。禾太郎从事过多种职业，青年时代曾经以顾问身份参加过“浪花曲”的一个剧团，在各地流浪。跟*Profile*的关系，是因为他的好朋友，职业画家加纳哲是*Profile*的发行人熊谷晃一的智囊团成员。但是，他在*Profile*也只发表过《抱茗荷之说》等少数几篇小说，表现并不踊跃。对此九鬼紫郎认为：“禾太郎对那种现实性不强，只注重用诡计欺骗读者的侦探小说不感兴趣。”（《侦探小说百科》，昭和五十年〔1975年〕金园社出版）这是否就是唯一的理由，我们不能不表示怀疑。当然，作为理由之一还是可以被人接受的。禾太郎充分发挥了他的创作才能的作品——根据实际发生在京都的杀人事件的审判记录写成的长篇小说《白川町杀人事件》（《小笛事件》）是这个理由的注脚，同时，江户川乱步对禾太郎的处女作《窗》发表评论以来，“不是对侦探小说感兴趣，而是对侦探感兴趣，注重犯罪事件解决的过程”“属于具有现实家气质的一派”（江户川乱步《读获奖作品有感》，发表于《新青年》大正十五年〔1926年〕六月号），已经成了侦探小说界的定评。这一派受到瞩目的原因被认为是“跟法官和警察有关的侦探小说爱好者”非常之多。这一派首屈一指的作家是检察官出身的滨尾四郎。顺便说一句，乱步属于“喜欢刺激性强的小说，注重小说的妙趣和写法的巧妙”，是“具有艺术家气质”的一派。但是，乱步认为“全部都是记录也能写出具有艺术家气质的作品”。禾太郎使出浑身力气，拉满弓弦射出的长篇小说《白川町杀人事件》（《小笛事件》），就是这样一部作品，这是无需详细论证的。《白川町杀人事件》（《小笛事件》）是当时已经四十七岁的禾太郎成熟期的作品，长期的酝酿，缜密的构思，稿纸的页数，都无愧于代表作的称号。

直到发表《白川町杀人事件》(《小笛事件》) 为止，在《新青年》这个舞台上大显身手的禾太郎，只发表了八个短篇小说就沉默了。他总算在*Profile*杂志创刊号上重新露面之后，在经常投稿的同人中存在感也是很弱的。昭和八年(1933年)五月创刊的*Profile*杂志于昭和十二年(1937年)四月休刊，整整四年间坚持纯侦探小说杂志的特色，几乎所有新老侦探小说作家都在这本杂志上发表过作品。*Profile*试图向纯商业性杂志方向转换，改名为《侦探俱乐部》，打算再出发的时候，由于发行人股票投资失败被迫休刊，实在是太可惜了。昭和十二年，编辑二月号的时候，编辑部搬到了东京。决定每个月请一个特邀主编，在涩谷白十字召开“东京*Profile*会”，扎扎实实地开始布局。第一个特邀主编是木木高太郎，第二个特邀主编是海野十三。为了达到别开生面的效果，第三个特邀请的是法医学专家高田义一郎，预告都打了出去，结果还是休刊了。战后的昭和二十一年(1946年)七月，*Profile*改名《假面》，发行人也转到了神田的八千代书房麾下，出版十六开本的季刊，结果很短命，只出了五期。

*Profile*最早的发行人熊谷晃一是一个商人家的少爷，一个地地道道的侦探小说迷。他把住在京都大阪神户的西田政治、山本禾太郎、山下利三郎、户田巽等人召集起来，经过长达两年的准备，开始发行具有强烈的同人杂志色彩的*Profile*。当初只是一种爱好，并没有发展成商业性杂志的打算。加纳哲来找山本禾太郎的时候，禾太郎并没有表现出很大的兴趣，因为他认为这种杂志的寿命是不会长久的。禾太郎说：“加纳哲对我说，熊谷先生说了，这个杂志至少要坚持一年，于是我就跟关西地区的侦探小说作家一起支援这个杂志。出创刊号的时候，在京都市四条的八尾政召开了创刊纪念会。我记得到会的有西田政治、山下利三郎等人。虽然加纳哲作为主编出了创刊号，但每期都是赤字发行，什么时候休刊都有可能，大家

多少有些提心吊胆。谁知过去了一年又一年，杂志出了一期又一期，一直坚持了下来。东京方面甚至有人说，熊谷到底是个什么人物啊，这样一本杂志竟然连续发行这么多年，真是个奇迹。我们也没想到这本杂志会连续发行这么多年。当时，出现了以*Profile*杂志为中心，神户、名古屋、京都、大阪、仙台、札幌，甚至中国的大连都成立了侦探小说俱乐部，每月都有例会的盛况。*Profile*由九鬼澹担任主编以来，跟首都的关系越来越密切，原来在京都的编辑部也搬到了东京。但是，坚持了多年的*Profile*终于休刊，改名《侦探俱乐部》。”（山本禾太郎《侦探小说怀旧谈》，昭和十一年〔1936年〕七月*Profile*新刊创刊号）

对于禾太郎来说，*Profile*跟《新青年》一样，给他留下了很多值得回忆的东西。但是，作为最早通过加纳哲参加了*Profile*的创作活动的中坚作家，在将近五年的时间里，禾太郎只在这个杂志上发表了四个短篇小说，一个接力小说，一个小故事，两篇随笔，一篇书评，一篇评论，一篇座谈会纪要，上阵次数很少。此前在《神户新闻》和《京都日日新闻》上连载的《白川町杀人事件》(《小笛事件》) 可以说是一部让他扬眉吐气的作品，但后来的禾太郎还是一个典型的业余作者的姿态，没有什么大的动作。虽然在*Profile*上发表过一篇非常出色的短篇小说《抱茗荷之说》，但这是一部怪异气氛很浓的小说，跟人们所标榜的“犯罪事实小说”相去甚远。不过，他写出这种类似梦野久作的《贴画的奇迹》、横沟正史的《鬼火》的梦幻式民俗性很强的侦探小说，并不叫人感到意外。在禾太郎那里，怪异趣味与写实作风是同居一处的。一极是《抱茗荷之说》、《从二楼下来的人》、《被闭锁的妖怪馆》、《幽灵写真》等，这些小说与其说是侦探小说，倒不如说是表现因缘命运的作品；另一极则是《窗》、《小坂町事件》、《八月十一日夜》等大量抄录审判记录、描写法庭审判场面的具有佩里·梅森[1]风格的作品。

《抱茗荷之说》写的是一对美丽的双胞胎姐妹，为了一个姐妹俩都爱的男人明争暗斗，斗败了的妹妹远嫁他方。但是，姐姐仍然不能原谅妹妹，假扮朝圣者追到喜欢接待朝圣者的妹夫家里，设计毒杀妹妹，不料却把妹夫毒死。姐姐仍不肯罢休，其后还是将生活窘困，带着幼小的女儿君子回到娘家的妹妹绞杀后扔进水池，并让君子背着一个很大的人偶回祖母家。君子长大成人以后，偶然脱掉人偶的衣服，发现人偶的后背上写着“抱茗荷之说”几个字。君子想起自己小时候跟母亲一起去过的那个有抱茗荷家徽的城堡似的豪宅，她还想起那天母亲的尸体漂浮在那座豪宅的庭园里一个很大的池塘里，于是就开始凭借这点记忆到处寻找那个池塘。后来她终于找到了那个叫“孪生子池”的池塘，并在池塘边上的一户人家当了女佣。据说以前这里世袭的村长家生了一对双胞胎兄弟，长大以后兄弟二人成为不共戴天的仇敌，弟弟放火烧房子，致使整个村镇化为灰烬，因此引起人们极度厌恶。谁知那以后村长家又生了一对双胞胎兄弟。村长家的媳妇苦恼之余竟然抱着双胞胎兄弟跳入池塘自尽，因此这个池塘至今被称为“孪生子池”。叫人感到不可思议的是，池塘周围的田里长出来的茗荷，全都是两个一对抱在一起的。小说接下来写道：

君子在池塘边上那户人家当了女佣之后，沉睡在她的身体里

① 美国作家厄尔·斯坦利·加德纳（1889–1970）所著《梅森探案集》中的主人公。加德纳是一位擅长写法庭侦探小说的高手，一生写了一百四十六部作品，其中最引人入胜的是以律师佩里·梅森为主人公的八十五部侦探小说，每部均在美国销售百万余册，而这套小说全球总销量已超过三亿册。美国影视界自 1957年把他的这些小说陆续改编成电视连续剧《佩里·梅森》，由著名影星雷蒙德·布尔主演，一连放映达八年之久，更使梅森律师成为美国家喻户晓的人物。

的记忆就开始一个个复苏了。侯爵豪宅似的大门，大门一侧吊着的黑漆轿子，古老的灭火水箱。所有这些都蒙上了厚厚的灰尘，破败不堪，犹如事实总比想象得丑陋。但这些毫无疑问就是如梦境一样沉淀在君子记忆深处的那些景象。尤其是当君子仰望着那个镶嵌着抱茗荷家徽的黑漆轿子时，她心中的浓雾瞬时消散，立刻回忆起当时看到的抱茗荷图案。那是君子在目送母亲走进大门时看到的图案，那个图案就印在母亲戴着的头巾后面的下摆处。君子还去了记忆中漂浮着母亲尸体的池塘的池畔。池水并不深，开满了山茶花的枝条遮盖在水面上方。落下的山茶花的花瓣是暗紫色的，沉在好像是融化了的琥珀一样的清澈的水底。也有些花瓣漂在水面上。君子呆呆地盯着水面，似乎看到了戴着头巾的容貌端丽的母亲的尸体。君子不禁想道：这么浅的水池能淹死人吗？而且她唯一的女儿还在门外等着，她怎么会去自杀呢？另外，戴着头巾的朝圣者肯定是想让母亲喝下用金色符签泡的符水而不是想让父亲喝下它。母亲会不会是被人杀害的呢？母亲肯定是被人杀害的！想到这里，那些仿佛梦境的谜团似乎渐渐地解开了。

飘散着妖气的古色古香的叙事方式，江户时代的通俗绘图小说似的文体，跟禾太郎出道以来的写实性风格形成了巨大的反差。在这里，我们看到的完全是江户川乱步、梦野久作、横沟正史的世界。禾太郎有意识地在说唱故事的世界里漫游。具有时代特色的土墙仓房，镶嵌着抱茗荷徽记的侯爵风的涂漆轿子，一次旅行接着一次旅行，没有目的地，到处流浪的贫困的朝圣者，少女的母亲围着的高僧头巾……乱步式的奇异世界，吸引着人们不进去看看就不肯罢休的淫靡的魅力，脱离现实世界的倾向，都是非常明显的。

当时的评论中，有人认为禾太郎采用了“彻底抛开主观”的手法，这种看法是不正确的。诚然，禾太郎排除了通过少女的眼睛用第一人称来讲故事的陈腐的叙事法，但实际上，在禾太郎的全部作品中，《抱茗荷之说》是最具有主观色彩的。民间传说与风土人情巧妙搭配，脱离现实的倾向，犹如缕缕烟霭从每一个角落冉冉升起，可以说这是一篇梦幻般的小说。这样的小说，作者自己如果不能化作小说中的人物，是不可能成功的。甚至可以说，只要作者离开小说中人物一步成为旁观者，小说就写不下去了。这里的禾太郎，跟写“犯罪事实小说”的禾太郎判若两人。

当然，这是发表了《白川町杀人事件》(《小笛事件》)以后的新境界，在到达这个新境界之前，禾太郎首先重视的还是现实中实际发生的事件。从“犯罪事实小说”这个出发点出发，到写作《白川町杀人事件》(《小笛事件》)时写实主义风格达到顶点，有一个发展过程。因此，在论及他的代表作《窗》和《白川町杀人事件》(《小笛事件》)之前，乱用侦探小说的倒叙法立刻做出结论，是很不妥当的。

二

毋庸赘言，禾太郎在文学上的出发点是他的短篇小说《窗》。这篇小说写的是实际发生于神户的一起杀人事件，作者运用的是把调查记录、审讯记录、鉴定报告等排列起来，最终推断出真正的凶手的写法，给侦探小说界吹进了一股新风。当然，这类形式的作品还有甲贺三郎的《支仓事件》、滨尾四郎的《是他杀了人吗？》等作品。特别是滨尾四郎，有在法律界工作的经历，对于法律的无力，以及他本人对法律的怀疑，通过侦探小说这种形式表现了出来，其最高杰作是《被杀害的天一坊》。禾太郎没有滨尾四郎那么深刻的写作动机，但他以“事实小说”弥补了他作为一个作家的天分之不足。他借助审讯记录和鉴定报告来完成他的小说。他有在神户地方法院当过书记员的经历，看过很多审判记录。这对他帮助很大。

他把自己的优势毫无遗憾地发挥了出来，诸多“偶然”发生的事件成就了一个作家。关于这一点，我们可以在他为《窗》写的序文里看到这样的文字。

> 我对这个事件的记述，不想加上一点我自己的创作因素。因为这个事件的偶然性，大大超过了我的想象。于是，我记录这个事件的时候，尽可能把跟这个事件有关的调查记录、审讯记录、鉴定报告等排列起来，希望读者通过这些记录和报告了解事件的真相。但是为了记述上的方便，我写了一个“序幕”。之所以能写出这个“序幕”，是因为我知道这个事件的结果。

正如作者所说，《窗》是用大正六年（1917 年）七月九日夜发生在神户市郊外的杀人事件的调查记录、审讯记录、鉴定报告等构成的侦探小说。进入正题之前有一章“序幕”，那天夜里的主要人物的行动犹如皮影戏展示在读者面前。这是一种崭新的手法。由于是在暗夜里上演的默剧，无法判断到底谁是真正的凶手，因此具有引起读者好奇心的作用，并且可以在一定程度上弥补排列在一起的审讯记录和鉴定报告的单调。

小说《窗》描写的“事件”的梗概如下：贸易公司老板的侄女被人绞杀，负责审理这个事件的检察官，根据事件发生那天夜里闯进去的盗窃犯以及有关人员的调查报告和审讯记录，将凶手推断出来。

为了贯彻忠实于现实中实际发生的事件这个创作原则，山本禾太郎创作《窗》的方法是重视“偶然”的作用。禾太郎的写作手法，跟创造杜潘[1]和夏洛克·福尔摩斯这样的名侦探的创作理念并不是背道而驰的。解开事件之谜的钥匙是一个接一个堆积起来的“偶然”，最后真相大白靠的也是“偶然”。发生杀人案的那个夜晚，潜入贸易公司老板的别墅盗窃的小偷，偶然掌握了解开事件之谜的钥匙。小偷选定那个晚上潜入别墅偷东西是偶然，两个偷情的职员撞上了杀人现场也是偶然。从杀人案发生之夜的状况的证据和审讯记录可以知道，住在别墅上房的两个职员中的一个，是杀害住在偏房里的贸易公司老板的侄女的凶手，却不能断定到底是哪一个。但是，根据以盗窃为目的从偏房的窗户看见了里边的情景的小偷的供词，这个曾经被各大报纸大肆渲染“五甲美女杀人事件进入迷宫”的事件终于得到了解决。小偷最初的供词说是站在围着别墅的矮树墙外边往里看的，然而经现场勘验，站在那里什么都看不见，同时在亮窗下边发现了小偷的胶底鞋的脚印。负责这个事件的检察官在小偷面前表演哑剧，将那天夜里小偷的行动逐一再现，结果使其交代了八个有前科的盗窃犯的重大罪行。《窗》这篇小说的主角，就是“偶然”。

到了《白川町杀人事件》(《小笛事件》)，“偶然”就更可怕了。在《白川町杀人事件》(《小笛事件》) 里，“偶然”就像一架精密的机器挖的陷阱，准确无误地把绳索套在了被怀疑者的脖子上。这个事件非常“偶然”地没有目击者，如果不能洗雪冤罪，就只能被送上绞刑架了。日本全国六所大学的法医学权威总动员，就这样到结审还用了两年多的时间。

---

① 爱伦·坡《莫格街谋杀案》等侦探小说中的人物。

把这么难以解决的事件写成小说，也只有法律通山本禾太郎能够做到。在昭和四年（1929年）八月号的《新青年》上发表《反诘问》以来，已经沉默了很久的禾太郎，终于得到了可以写一部惊世力作的好素材。决心挽回名誉的他是不会轻易放过的。“小笛事件”的辩护律师高山义三在《犯罪史上的重要文献》一文中写道：

在我担任辩护律师的事件中，最感兴趣的就是“小笛事件”。当山本禾太郎前来向我借关于这个事件的卷帙浩繁的记录的时候，我毫不犹豫地借给了他。在我辩护过的案子里，废寝忘食全力以赴的案子，“小笛事件”恐怕应该排在第一位。这个事件惊动了日本全国六所大学的法医学权威，他们围绕着小笛的死因各抒己见，互不相让，从一个单纯的杀人嫌疑事件，一跃成为法医学论证，只能说是稀有而壮观的。我是一个希望把犯罪跟法医学密切联系起来的律师，而且跟“小笛事件”关系密切。山本禾太郎把我借给他的记录吹进文学的生命，成为一部优秀的犯罪史文献，我除了感谢以外还能说什么呢？

（原载 *Profile* 昭和十一年〔1936年〕五月号）

从高山律师那里借到卷帙浩繁的记录以后，禾太郎兴奋得眼睛发亮，这是不难想象的。虽然他早就熟知这个事件，但是在阅读的过程中，其中记录的事实，引起的不是侦探小说“猜凶手”的兴趣，而是血淋淋的人间实录。在禾太郎体内沉睡了很久的侦探小说之鬼瞪起了血红的眼睛，这个稀有的猎奇性很强的事件激起了他的创作欲望。对于禾太郎所标榜的“犯罪事实小说”来说，没有比这更好的素材了。

果然，昭和七年（1932年）七月六日，《神户新闻》和《京都日日新闻》开始同时连载山本禾太郎的长篇小说《脖颈上的勒痕》，意外地受到读者广泛好评。出版单行本的时候改名《小笛事件》。事件发生以后，围绕着死者小笛脖颈上的两道勒痕，日本六所大学的法医学者反复鉴定，在我国审判史上空前绝后。所以小说最初连载的时候使用了《脖颈上的勒痕》这个名字。

从高山律师那里把卷帙浩繁的记录借来阅读之后，引起了禾太郎极大兴趣的原因，是他已经厌倦了那些浅薄而煽情的所谓实话小说。当时街头巷尾追求刹那间快感的色情、怪诞、荒谬趣味的作品泛滥，书店里摆满了“实话杂志”“实话时代”“犯罪科学”“犯罪公论”“犯罪实话”等类似的杂志和书籍。实际上，沉默了很久的禾太郎，也在这股风潮中，给《周刊朝日》的有奖征文投过稿并且得了奖。但是，那篇作品也属于当时流行的所谓实话小说，跟他一贯提倡的以写实主义为主体的侦探小说相比较，似是而非，只不过是一个以很有人气的女艺人为模特的艺界内幕故事。禾太郎阅读了从高山律师那里借来的记录之后，忽然意识到，同为“事实小说”，如果以杀人事件的一系列记录为中心构成作品的骨架，就能写出跟那些只重视诡计而没有现实意义的侦探小说不同的作品，实现自己一贯主张的“犯罪事件的小说化”。

三

由“小笛被杀”引起了很大骚乱的这个事件，从大正十五年（1926年）六月三十日，大月茂野到位于京都帝国大学农学院正门前的一条路边的平松小笛家去的时候起，徐徐拉开了序幕。茂野于六月二十八日让自己的大女儿喜美代（五岁）和小女儿田鹤子（三岁）跟着平松小笛去玩儿，并在小笛家过夜，到现在还没回家。二十九号她就来过一趟了，门上挂着一把锁，里边好像没人。茂野跟小笛五年前就认识了。当时小笛从大月夫妇租赁的房子的房东手上把房子买了下来，小笛成了大月夫妇的新房东，两家的关系很好。小笛特别喜欢孩子，经常把大月家的孩子带回家玩儿，也经常让孩子们在她家住上一夜两夜的。不过这次茂野觉得有些反常，心里感到一阵慌乱，就叫上一个她认识的邻居家的太太，进入紧挨着小笛家的没人住的空房子，往小笛家看。她们看见小笛家中间那个四叠半的房子里，从一床大花棉被下面露出来一只脚。两人商量了一下，认为应该报告警察。茂野到百万遍派出所报警的时间是六月三十日下午一点。警察来到小笛家之后，见到的是令人大吃一惊的情景。

那个三叠的房间只挂着一顶空蚊帐。紧挨着三叠的房间的是一个四叠半的房间，在这个房间里，躺着小笛的养女千岁，是年十七岁。千岁的脖子上勒着一条印着“××储蓄银行”字样的布手巾，手巾上还勒着一条绳子，分明是被人勒死的。千岁的尸体在房间中央，仰卧在一条由东北稍稍向西南歪斜的褥子上。尸体上盖着一条大花被面的棉被，被头是黑天鹅绒的。右手和右脚露在棉被外边，脚边有一件平纹细布女式单衣，有一部分露在棉被外边。

千岁的隔壁是一个六叠的房间。榻榻米上到处都是棉被、坐垫、脱下来随便一扔的衣服，简直没有下脚的地方。这个房间的西南角的棉被下面，盖着茂野太太找了很久都没有找到的喜美代和田鹤子。姐妹俩都已经被人用日本式手巾勒死了。

更让前来勘验的人们感到吃惊的是，在通向廊子的门楣上，吊着这个家的女主人平松小笛的尸体。

此后现场勘验的情况写得很长，禾太郎也许意识到这一点了，于是这样写道："诸位读者也许已经看麻烦了吧？不过（中略）我相信，了解了勘验报告的主要内容，一定能最大限度地满足诸位读者的猎奇心理及侦探兴趣。"他劝告读者耐心读下去，因为这次勘验，跟京都帝国大学的小南又一郎博士长达八十六项的浩瀚的鉴定报告，都是判断嫌疑人有罪还是无罪的关键，后日将就这次勘验和小南博士的鉴定报告展开激烈的法庭辩论。

现在有必要谈谈这个家的主人平松小笛的品行。平松小笛在山口县都浓郡下松町（今下松市）当女佣的时候，跟一个鞋匠私通，后成家。十八岁那年生下一男孩，才两个多月，就把孩子扔下离家出走。多情的她后来跟过很多男人，流浪各地甚至到过朝鲜，最后定居京都。并不懂得经营的她筹钱买了房子，开始当房东。期间跟寄宿在她家的京大学生广川条太郎发生肉体关系，广川毕业到神户工作了，这种关系还一直保持着。广川跟小笛的养女千岁也发生过肉体关系。住在老家的父亲为广川提亲，广川打算断掉跟小笛母女的关系，但一时又断不掉，感到很为难。事件发生前一天晚上，广川住在小笛家。小笛家的桌子上放着小笛写的三封遗书，遗书中写有"你就把千岁杀了吧"等字句。小笛经济上极为窘迫，养女千岁患有严重的心脏病，没有治好的希望，唯一可以依靠的广川又要离开她，处于走投无路的状态。上述这些因素加起来，就使广川成为最值得怀疑的人，广川陷入了非常不利的境地。警方和检察院认为，广川是在被小笛逼着一起殉情而死的情况下，杀害了小笛等四人的。广川说他是六月二十八日早晨五点半离开小笛家的，小笛还把他送到了大门口，但是验尸以后，根据小笛肠胃里食物的消化程度，小笛的死亡时间为六月二十八日零点到四点之间，这也对广川不利。另外，关于小笛脖子上的勒痕的鉴定结果，一直到最后都在法庭上展开着激烈的辩论。若是他杀，知道了前一天吃晚饭的时间，就可以推定出行凶的时间。因此，如果像广川的供词中说的那样，二十七日“五点半到六点开始吃晚饭，七点左右吃完，饭吃到一半的时候开了电灯”，就等于说“小笛等人死的时候我在场”。当然，若是自杀则另当别论。

除了广川条太郎，还有可疑的人吗？有一个姓八木的，以前是小笛的情夫，但是八木正在监狱里服刑。据说跟小笛关系很不好的小笛的亲生儿子森田友一呢，是一个非常孝顺的孩子，周围的人们对他评价很高。对小笛这样一个见异思迁而且动不动就歇斯底里大发作的母亲，友一给予了多方面的关照。尽管小笛那么无情地扔下才两个多月的友一就离家出走了，饱尝了人间的辛酸的友一还是非常想跟母亲生活在一起。当他经过千辛万苦终于打听到母亲小笛的下落以后，就跟自己的妻子一起来到京都，跟母亲在一起生活。后来小笛嫌友一太认真，跟他在一起生活太憋屈得慌，就不跟他在一起住了。友一只要有机会就劝母亲跟广川分手，可是小笛却说什么“能找一个年轻的情夫说明这个女人有本事”，并且对友一大发脾气。最近母子关系虽然疏远了，但很难就此推断是友一杀了自己的亲生母亲。自暴自弃的人是小笛，要不就是觉得对付不了小笛的广川。这两个人不管谁下手都不是不可思议的。小笛的尸体被发现以后，就使广川陷于非常不利的境地。如果不能证明是小笛勒死另外三个人以后自杀的，广川就理所当然地成了犯罪嫌疑人。但是，广川说，他听小笛对千岁说过“什么时候我要把你杀了再自杀”这样的话，所以有一天晚上小笛去千岁睡觉的那个三叠的房间里去的时候，千岁吓得跳了起来。还有，小笛多次对广川说过“跟我一起死了吧”之类的话。二十六日晚上，小笛也说过“我要是死的话也不一个人死”。二十八日早晨广川离开小笛家的时候，小笛的样子叫他感到有些不安。

但是，已经死去的人不能开口说话。如果小笛不能死而复生说出真相，检察官就很难做出不起诉广川的决定，广川太可疑了。于是，广川以杀人罪被起诉，作为未判决囚犯被关进了监狱的单人牢房。检察官小西写的起诉书主文如下：

> 被告人广川条太郎于大正十三年春与京都市上京区北白川西町八十五番地九号之平松小笛发生肉体关系，同年秋更与平松小笛之长女千岁发生肉体关系，持续至近日。广川之友人及父母劝其择偶成婚，而平松小笛执拗纠缠，不许广川与其他女人结婚，广川遂决意将其杀害。大正十五年六月二十七日夜，广川在小笛家中，将小笛、千岁以及偶然在小笛家玩耍过夜的大月多三郎之长女喜美代、次女田鹤子一并杀害。

《白川町杀人事件》(《小笛事件》) 这部作品从开始一直到小西检察官起诉书的主文，禾太郎都是淡淡地做着客观性叙述。作品的后半部分高山律师登场以后，作者笔锋一转，开始热情洋溢地描写为了洗雪广川的冤罪，废寝忘食地日夜奔走的高山律师的形象。也正是从这时候起，这部作品的侦探小说趣味陡然增强。

受到广川所在的神户 × 信托银行（小说中为神户信 × 公司）总经理的委托，高山律师接了广川这个案子。从那天开始，高山律师的事务所简直就成了侦探事务所。小笛平素的行动，情爱关系，借贷数额，怨恨情仇，都列入了高山律师的调查范围。调查的结果，所有的材料都被高山律师认为是小笛自杀说的证据。

首先，这个事件的焦点是：

（一）小笛是自缢，还是被人绞杀？

（二）小笛等四人是否为晚饭后七八个小时，即二十八日凌晨三点左右死亡？

一切的一切都集中在这两点上。如果绝对相信小南博士的鉴定结果，死因确定为他杀，死亡时间确定为晚饭后七八个小时，不管费多少唇舌也无法洗雪被告广川的冤罪。现场留下了好几张本来带在广川身上的名片，小笛的遗书上盖着广川的图章，对广川不利的证据很多。但是，如果推翻了小南博士的鉴定结果，一切都能翻过来。因此，确信广川无辜的高山律师首先对小南博士的鉴定产生了疑问，并向法庭提出申请，要求增加三田定则（东京帝国大学教授）、高山正雄（九州大学教授）、中田笃郎（大阪医科大学教授）三位博士为新的鉴定人。此为当然之举。

但是，如果法庭重视小南博士的鉴定报告，对高山律师提出的申请说一句“没有必要”，那就是万事皆休。高山律师想到了这一点，于是在开庭数日之前下了手。他请草苅春逸博士做了一个鉴定报告，这个鉴定报告认为，小笛脖颈上的勒痕不是被他人绞杀形成的，而是自缢形成的。这个鉴定报告虽然不是接受法庭指示做出的，但在死刑还是无罪这个重大分歧点上，确定了审判的走向，是在我国法医学界引起波澜的最初一粒石子。法庭接受了高山律师增加三个新的鉴定人的申请。如果再把小南博士关于小笛等人的死亡时间的鉴定推翻，广川的冤案就可以彻底昭雪了。

四

在三个新鉴定人中，三田博士主张“自杀说”，中田和高山两位博士虽然倾向于“他杀说”，但也有几分余地。在这种形势下，辩护方进一步提出申请，希望增加在警察医院干过三十多年，处理过一百四十多次自缢事件的矢野利春医师为鉴定人。矢野医师认为，从吊在门楣下的小笛的尸体的状态来看，小笛为自缢。死刑还是无罪？“白川町杀人事件事件”成了从未有过的难事件。审判走向引起了舆论的广泛关注，全社会沸沸扬扬。各大报纸更是大肆炒作，把“龙野六人被杀事件”“堺市面馆杀人事件”和“小笛事件”并称为三大怪异事件，进行连篇累牍的报道。

十一月四日开始的在九州大学召开的全国法医学研讨会上，把“小笛事件”作为一个重要议题，展开了激烈的讨论。而在检察官和辩护人之间展开了激烈的辩论的审判，也于十一月十九日上午九点正式开庭。身穿红色法官服的小西检察官正襟危坐，揭开了战幕。他做了长达两个半小时的发言以后，请求法庭处以被告广川死刑。山本禾太郎写到这里，开始从淡淡地客观叙述转向昂扬的描写。高山律师充满自信的话语使法庭辩论白热化。

我接手这个案子是在事件刚刚发生的时候，到现在已经一年有半。一年半以来，这个事件没有一天离开过我的大脑。我被这个事件苦恼着，我不断地思考着，我的身体犹如一匹被鞭打的驽马，奋蹄前行，没有一刻停止过。而且，在这一年半的时间里，我没有一次，哪怕是一次，曾经想到过广川君也可能是凶手。作为本案的辩护律师，还有比这更叫人感到欣慰的事吗？

确信广川无罪的高山律师铿锵有力的声音镇住了整个法庭。他首先指出，检察官的发言中所说广川杀害小笛等四人的证据是非常薄弱的。对于检察官把散落在现场的广川的名片作为广川的杀人证据这一点，高山律师揶揄道："世界上有为了告诉别人'我就是杀人凶手'把自己的名片扔在现场的傻瓜吗？"引起旁听席一阵哄笑。接下来高山律师谈到广川杀害年幼的大月姐妹的所谓证据时指出，根据广川所在公司经理的证词，广川心地善良，特别喜欢孩子，不可能在没有任何理由的情况下有此残忍之举。高山律师认为，这个事件是"自私地病态爱恋着广川的小笛，在决意自杀的非常时期制造的一个偶发性事件"，两个幼女不幸被卷入了这个偶发事件。而且千岁也跟同学说过，"我要是死的话，一定要拉上两个孩子一起死"。高山律师的结论是："把以上各点综合起来，可以做出以下结论：真正的罪犯是平松小笛，三个女孩子悲惨地死于小笛之手。这是自然而明了的事实。"

高山律师调整了一下呼吸，进一步把关于事件的一切证据都是双刃剑，两面盾的性质揭示出来。检察官力主有罪的证据，都变成了无罪的证据。一件又一件，具有讽刺意味地揭露出来。

为什么呢？因为上述议论都是以小笛为他杀，死于二十八日凌晨三点为前提的！

如果现在把小笛之死认定为自杀，把她的死亡时间认定为早晨五点半以后，即广川君离开小笛家以后，不仅检察官的发言是没有必要的，我的辩护是没有必要的，就连开庭审判都是没有必要的！

小笛之死绝对不是他杀！

小笛是自杀！

杀死三个女孩子的凶手是小笛！

小笛等人的死亡时间是五点半以后！

这个事件断送了无辜的、前途无量的好青年广川条太郎的一生！他不但已经被关了一年半的监狱，甚至还要被送上断头台！这是一个多么可悲可咒的恶魔剧本啊！

国家应该在广川君面前跪下，叩头谢罪！

白热化的辩论告一段落，法庭上的气氛紧张到极点，人们连轻轻咳嗽一声都不敢。高山律师打破沉寂，继续说道：

预审法官和检察官认为，小笛与广川相约殉情，小笛请求广川先把她勒死。我从一开始就怀疑这种看法。小笛是一个老奸巨猾的很难对付的女人，相约殉情的时候，在不能确认对方是否真的会自杀的情况下，请求对方把她勒死，这可能吗？

高山律师认为，只因为遗书上写了一句“我先死吧”，就认为小笛是被广川勒死的，这是一个极大的误判。遗书只不过是小笛陷害广川的诡计。小笛的遗书中还有“说好了死就得死，不能骗我”“你就把千岁杀了吧”等语句，也是为了陷害广川。既然要跟广川一起殉情，而且广川就在面前，有什么必要像跟聋哑人笔谈似的在遗书上写这些话呢？这只能证明广川不在场，小笛打算通过这些语句误导人们认为广川在场。按照高山律师的说法，这一点可以充分证明小笛不是他杀，不是死于凌晨三点左右。关于法医学鉴定，高山律师问道："如果把小南博士的鉴定从正在审理的这个案件里撤出去，剩下的还有什么呢？"小南博士的验尸鉴定，是尸体在盛夏时节被放置了几十个小时以后，尸体腐败非常严重的情况下进行的，所以得到的结果是不准确的，就连小南教授都在鉴定报告的第七十六条指出："……一般而言，小笛等人的尸体腐败情况严重，（中略）判断实情几乎是不可能的。"小南博士提醒审判长，他的鉴定作为证据是很无力的。

> 然而，预审法官和检察官，把小南博士的所谓进食后九个小时死亡的独断的假想，作为不可撼动的科学依据，先把小笛等人吃晚饭的时间定为晚上七点，再认定小笛等人死于次日凌晨三点，而凌晨三点广川君还在小笛家里，然后得出广川君跟这个事件就不可能没有关系的结论，最后作为给广川君定罪的重要根据。这样做实在叫人感到遗憾之至。
>
> 法医学的鉴定是一种间接证据，如果作为有罪或者无罪的根据，必须采用在科学上有定论的、不能有任何误差的鉴定！

高山律师充满激情的辩护，抓住了法庭上所有人的心，人们紧张得连大气都不敢出。审判长深深地陷在椅子里，两个陪审法官向前探着身子，整个法庭好像被高山律师一个人独占了。洋洋洒洒三个小时，人们被他征服了。午休之后，关西地区刑事犯罪研究专家、老律师足立进三郎开始了轻妙洒脱的辩护。他首先嘲讽了检察官关于广川杀害千岁等三个孩子是为了掩盖杀害小笛的罪行的说法，然后严肃地指出把小南博士的鉴定当作广川有罪的证据是非常危险的。足立律师的用下面一段话结束了他的辩护。

> ……我直接跟被告接触过，这个人不会是制造了这场惨剧的人。还有，进食后九个小时死亡的鉴定不能成为本案的证据。法医学鉴定只能作为参考资料，而不能作为证据。既然是参考资料，就应该有所取舍，该取的取，该舍的舍。恳请各位法官根据事实把受了很多苦的被告的冤罪洗清。应该接受堺市面馆杀人事件的教训。如果以小南博士的所谓进食后九个小时死亡的鉴定判处被告死刑的话，就等于是小南博士判处了被告死刑，这将令人感到万分遗憾。恳请各位法官明察，不要给一个无罪之人判罪。

足立律师的思路非常清晰，不愧是一个老练的律师。时而幽默，时而讽刺，时而严肃，将近一个半小时的辩护，让法庭上的人们听得如醉如痴。足立律师的辩护中，“如果以小南博士的所谓进食后九个小时死亡的鉴定判处被告死刑的话，就等于是小南博士判处了被告死刑”这句极具讽刺意味的话，展现了一个久经沙场的老律师的强者风采。于是，可以确信广川将被判无罪了。昭和二年（1927 年）二月十二日，身穿囚服，姿势端正地站在审判长面前的广川，听到了对他的无罪判决。法庭上的报社记者蜂拥而出，过了不到二十分钟，“广川无罪”的号外就随着悦耳的铃声撒遍了大街小巷。

五

但是，无罪判决之后，由于检察官提出上诉，广川的保释申请没有被批准。检察官上诉以后，广川的案子被移送到大阪中级法院，广川依然被作为囚徒押送到大阪，囚服上的号码变成了“一〇五号”。对于广川当时的心情，禾太郎是这样描写的：

> 无罪判决，可广川还是不能离开监狱一步。判决那天，听审判长宣读完无罪判决理由，广川非常激动：法律是公平的，国家的审判是不会冒犯真理的！
>
> 但是，为什么一个无罪的人还要继续蹲监狱呢？
>
> “这是为什么？为什么？”
>
> 早已心平气和的广川，虽然没有产生自暴自弃的想法，也不由得诅咒起自己的命运来。
>
> “我还得在监狱里蹲多长时间呢？”
>
> 从内心深处阵阵袭来的，是说不清道不明的寂寞感，以及无边的大雾一般的忧愁。
>
> 每当这种时候，他的眼前都会交替出现两种情景：钉着基督耶稣的十字架，以及释迦牟尼及其身后的佛光。他不会自暴自弃，不能埋怨神，也不能埋怨佛。
>
> 雨果在他的不朽名作《悲惨世界》的结尾处写道，冉阿让在生命的最后一息，拉着马吕斯和珂赛特的手，对他们说：“这种事使人感到不愉快，不能成为自己对上帝不公正的一种借口。”

冉·阿让不是吃尽了各种各样的苦才接近了上帝的心吗？我虽然不能跟冉·阿让相提并论，也要努力达到他的境界的十分之一。达不到十分之一的话，哪怕百分之一呢。

想到这里，广川的心就像那无限宽广的蓝天一样清澄。他凝视着牢房的墙壁，眼圈发热。发自心灵深处的祈祷，伴随着眼泪自然地涌出。

"冤罪之囚的祈祷渗入牢房的墙壁。"

广川小声吟诵着，一边吟诵一边鼓励自己，一定要坚持到最后，一定要等到公平的审判。广川每天都在牢房里祈祷。"

第二年，也就是昭和三年（1928年）五月十八日，大阪中级法院举行了第一次公判。紧接着于六月十一日举行了第二次公判。在第二次公判的时候，检察官申请增加石川哲郎（东北医科大学）、浅田一（长崎医科大学）两位教授为鉴定人并得到了批准。就这样，我国法医学界的权威人士全部被动员起来。六所大学各出一位法医学专家为一个事件做鉴定，是没有先例的。

这时，狱中的广川得到了母亲病逝的消息，他在日记中写道："我是连梅雨期过后的阳光都照不到的一片落叶。"

昭和三年十一月三十日，大阪中级法院的第一次公判过去六个月之后，举行了第三次公判。公判首先按照惯例确认被告身份，然后由审判长把石川、浅田两位博士的鉴定主文念给被告听，接下来是听取辩护人意见。中间休息之后，下午一点半再次开庭。只经过了大约一个小时的中间休息，判决趋向就决定了下来。因为新增加的石川、浅田两位鉴定人一致认为，小笛的死因是自缢。而且这两位鉴定人都是在法庭拒绝了辩护方提出增加新辩护人以后，批准了检察官的申请而增加的。越调查广川被冤枉，事实就越明朗，在这种形势下，检察官究竟采取什么样的态度，非常引人注目。于是，“小笛事件”的审判达到了最高潮。

再次开庭以后，角谷检察官在审判长的催促之下站起来，法庭上所有人的视线都集中在他的身上。角谷检察官平静地说道：“这个事件，是发生在京都帝国大学附近的丧失了四条生命的重大而悲惨的事件。”

接下来角谷检察官叙述了事件发生以来的经过，指出浅田、石川两位鉴定人的鉴定改变了他一贯认为被告有罪的看法，因此，“被告虽然被怀疑为自杀帮助罪，但缺乏有力的证据。因此，依据‘罪疑从轻’的刑法原则，我认为应该判被告无罪。”刹那间法庭卷起一阵嘁嘁喳喳的风暴。禾太郎在他的小说中写道：“如果这里不是法庭的话，肯定会有一阵暴风雨般的掌声，甚至会有人大喊大叫，手舞足蹈。”检察官提出公诉的事件，检察官竟然主张被告无罪。这在日本的审判史上是从来没有过的事情。

正式宣判广川无罪的日子是同年十二月五日。广川的保释申请当天就被批准，被关了八百五十多天的他，终于从监狱大门里走出来，获得了自由。但是，宣判广川无罪的理由只不过是“犯罪证据不足”。

六

山本禾太郎的《脖颈上的勒痕》（出版单行本时改为《小笛事件》）在报纸上连载以后，引起了许多有意思的话题。首先值得注意的是侦探小说界的前辈甲贺三郎的意见。他首先指出，可以批评“把小南博士的鉴定作为唯一的证据来审理案件的一审审判长”，但是，“小南博士并不是先让法庭判处被告死刑以后才进行鉴定”，小南博士“只不过接受了上边的命令，基于一个学者的良心进行鉴定的”，所以，“作者把非难的矛头指向小南博士的写法是值得商榷的”。甲贺三郎对《白川町杀人事件》（《小笛事件》）作者的态度提出了质疑。也就是说，不管小南博士的鉴定正确与否，“作为一个作家，随时都应该保持绝对的中立和冷静，从一开始就偏袒一方”是欠公正的。当然，小南博士的鉴定确实是让被告广川陷于痛苦境地的原因，在读者心中留下作者非难小南鉴定的印象，也是没办法的事情。除了这一点以外，甲贺三郎对《白川町杀人事件》（《小笛事件》）的赞美之词还是毫不吝惜的。

在甲贺三郎的意见中，比上述意见重要得多的是，他从一个完全不同的角度来观察这个事件，否定“小笛恶女说”。其解释非常有意义。

> 如上所述，“小笛事件”是审判史上一个重大的事件，同时也具有百分之百的侦探小说趣味。特别是到底有没有把自杀伪装成他杀，借以骗过警方和检察院，从而向被告复仇的打算，是最有趣味的地方。关于这一点，我的意见是否定的，不知其他读者怎么看。
>
> （《关于 < 小笛事件 >》，*Profile* 昭和十一年〔1936 年〕七月号）

遗憾的是甲贺三郎没有拿出具体的证据来。如果甲贺三郎的说法是正确的，那么这个事件从一开始就是一个简单的自杀事件，根本不会引起这么大的骚乱。广川在庆祝雪冤成功的那个小型宴会上所说的“用卑劣的计划和奸恶的手段陷害了我的人”这句话，也只不过是广川对过去的情人小笛的猜疑和误解。这样一来，小笛遗书中写的“你就把千岁杀了吧”等字句，散乱在现场的广川的名片，遗书上盖的广川的图章等重要证据，如果不是小笛为了陷害广川做的，那么又是谁，为了什么目的这样做的呢？在甲贺三郎的意见里找不到答案。

说起找不到答案的问题，山本禾太郎也留给我们一个。那就是关于杀害年幼的大月姐妹的理由，这本书到最后也没有给读者一个明确的答案，只在结尾处这样轻描淡写的说了以下几句话：

> 事件的经过都是明明白白的了，但是，笔者遗漏了非常重要的一点，那就是小笛杀死大月家的两个孩子的理由。
>
> 当初，高山律师把这个问题作为解决小笛事件的重点问题，进行了不懈的探索。高山律师是知道小笛杀死大月家的两个孩子的理由的，可是，这个理由一点儿都没浮出水面。
>
> 高山律师为什么对这个理由保持了沉默呢？那是因为高山律师有充分的自信：即使不把这个理由说出来，也能为广川昭雪冤案。笔者认为，还有一个更大的原因跟律师这个职业无关，是高山律师的个人道德观念不允许他把那个理由说出来（着重点为本文作者所加）。

读到这里，恐怕哪位读者都不会释然吧？就像最靠里边的牙缝里塞上了东西怎么也弄不出来，气得人想大喊大叫。这一点就连作者都认为是很重要的，怎么能这么不负责任地扔下就不管了呢？关于这一点，侦探小说界最吹毛求疵的甲贺三郎竟然没有指出来，真叫人觉得不可思议。不仅如此，当时的报纸杂志发表的评论里，没有一篇谈到这个问题。对此我只能说一句很奇怪。小笛非常喜欢大月姐妹，尤其喜欢姐姐喜美代，

“就像喜欢自己的亲孙女那样”，这是事实，所以我们很难说跟广川有着糜烂的性爱生活的小笛有“恋童癖”，恋到了自己死的时候非要拉上两个孩子一起死的程度。千岁虽然跟同学说过“我要是死的话，一定要拉上两个孩子一起死”这样的话，但作为这个事件的被害者，我们也很难设想是千岁杀害了两个孩子。

在这里我要提醒读者注意的是，在地方法院十一月十九日举行的第二次公判中，小西检察官与高山律师围绕两个幼女之死展开了激烈的论战。检察官认为，如果是小笛下的手，在下手之前至少要给孩子的父母留下一封遗书，而且也不会以叫人不忍目睹的状态把她们扔在被子里。对此高山律师是这样说明小笛拉上两个无辜的孩子一起死的理由：“小笛极度的歇斯底里”“对孩子有一种病态的爱恋”“这种病态的爱恋是极端利己主义的”“两个幼儿之死，是小笛在决意自杀的非常时期，偶然发生的悲剧”。

如果杀害两个幼女的凶手真是小笛的话，只有上述那些说明不是显得太不充分了吗？高山律师坚信广川是无辜的，按照他的一贯主张，在法庭辩论的时候应该指出，小笛的真正动机不是拉上千岁和两个幼女跟自己一起死，而是为了让人们把广川当成凶手，所以故意采取了这种残酷的手段杀害了三个女孩子。但是，那么坚信广川是无辜的高山律师没有这样说，叫人觉得不可思议。当时，角谷检察官已经说过，根据“千岁的衣服卷上来露出腹部”的状况来看，很可能是广川在夜间摸到千岁的房间，假意向其求欢，趁其不备将其绞杀的。这到底是小笛写的“恶魔剧本”呢，还是广川犯下的罪行呢？我们只能说，在事件已经过去了六十多年的今天，已经永远失去了判明真相的手段。可以确定广川究竟是有罪还是无罪的关键是法医学鉴定，而实际操刀验尸的只有小南博士一个人，然而验尸是在小笛等人死后三天，尸体严重腐败的情况下进行的，小南鉴定的可信度到底有多大，高山律师当然不会不当成一个问题。他抓住了这一点，说小南博士也对尸体腐败情况严重感到遗憾，自己的鉴定不能说是绝对准确。对此公诉方的检察官认为："小南博士是唯一直接对尸体做了检查，并提出了意见的专家，他的鉴定可信度最高。"双方各执一词，各有各的道理。但是，在浅田、石川两位教授的鉴定报告面前，检察官屈服了，同意判被告无罪。

七

数年之后，小南博士的弟子香川卓二先生揣度着恩师的懊悔之情，在他的一本书里表达了自己的愤懑：

> 老师虽然对每位鉴定人的报告都很感兴趣，但是他心里对一些自杀说学者在杂志和书籍上发表的诽谤性言论颦蹙不已。什么"因为最初做出鉴定的法医学者看法是错误的，才导致与正确的结论失之交臂"啦，什么"作为一名专家，法医学方面的知识欠缺"啦，甚至连"外行医师"在本人面前根本说不出口的话都用来攻击他杀说论者。对此他杀说论者没有做任何反驳，沉默着不做任何计较。
>
> （香川卓二《法医百话》，昭和三十六年〔1936 年〕令文社出版）

大正九年以来，香川卓二一边在广岛警察学校教授法医学，一边从事了三十多年的法医鉴定，是一位笃学之士。由于他的活动范围局限于中国地区和四国地区，在首都少有人知，但是他经手的检验和鉴定多达四千件以上，跟警察科学研究所的古畑种基博士等人一起研究应用法医学，也算是有名的专家。他在京都帝国大学读书的时候，师从小南又一郎教授、远藤中节教授攻读法医学，同时于大正八年听了小南教授一年的讲座。时间虽然不长，但是他一直没有忘记恩师，所有才会写出上述那段文字。

最应该引起我们注意的是，香川卓二先生举了一个酷似“小笛事件”的“脖颈上有两道勒痕的缢死尸体”例子，即昭和二十一年（1946年）一月二十八日发生在广岛县的一个五十六岁的男人上吊自杀的事件。这具缢死尸体跟小笛的尸体一样，脖颈上也有两道勒痕。验尸官和医生看到那个男人的脖子上的两道勒痕以后，都怀疑是有人将其勒死以后伪装成自杀的，于是移交给司法验尸机关。这具男尸跟一般上吊自杀的尸体有所不同，他是跪坐在装木炭的稻草包上吊死的，这种姿势很难被怀疑是上吊自杀。然而验尸结果证明，“喉头下边的勒痕（即下部勒痕）有皮下出血，弹力纤维组织凌乱，跟上边那条勒痕同样为生前形成”，他杀嫌疑被否定。但是，关于死者是“坐在稻草包上，把开放式绳套套在脖子上吊死”的判定，还是叫人感到有些奇怪。我感到新奇的是，香川卓二在论述到“缢死时发生的痉挛现象”的时候认为，“此时发生的痉挛是幅度很小的抽搐，大幅度的痉挛是极少的”。在这里，他暗指浅田一教授的鉴定是有缺陷的。浅田一的鉴定报告中说：“必须考虑到窒息死经常伴有的痉挛现象。”他认为小笛缢死之前发生的痉挛使她的脚把搭在火盆上的案板踏翻，吊在门楣下的尸体稍有转动，形成手脚不垂直的状态。顺便说一句，《医文学》杂志昭和三年（1928年）十一月号上，田中香涯在论及“小笛事件”的一篇文章中说，小笛把案板搭在火盆上当作踏台，非常符合一个熟悉厨房用具的女人的心理，仅此一点就可以判定自杀说一方获胜。浅田教授还认为，造成小笛身上的碰伤的，是她背后离她只有五六寸的推拉门，这一点是非常重要的，但是“最初的鉴定人（小南）没有注意到”。浅田教授的鉴定报告中说，小笛吊在门楣上，临死之前发生痉挛，撞在纸糊的推拉门上，造成了左手背和左小腿内侧的两处碰伤。浅田教授总结道：“鉴定自杀抑或他杀，比解剖尸体重要得多的是，仔细观察现场的状态。此乃至关重要之事。”不用说，这是对最初的鉴定人小南教授的批评。

事情发展到这一步，读者自然想知道小南教授是怎么反击的。可是，小南教授奇怪地保持了沉默，只在其著作《实例法医学与犯罪侦查实话》（昭和六年〔1931年〕人文书院出版）中有两处提到过，而且隐去了“小笛事件”几个字。一处是论及“自杀还是他杀？没有自杀的反证”的时候，举了一个例子。在这个例子里虽然看不见“小笛事件”的字样，但我们从下文可以知道他指的就是那个事件。

> 这个例子中关于某妇人是自己上吊自杀的，还是被人绞杀之后伪装成上吊自杀的问题，由疑问发展成为轰动社会的大事件。当时去现场勘验的人（我也在场），不管是谁，一眼就能看出是他杀，因此我们就为搜集他杀的证据四处奔走，而应该作为反证的也可能是自杀的证据，我们没有去搜集。不料开庭之后，该妇人也许是自杀的疑问被提起。虽然有他杀的证据，却没有不是自杀的证据，致使他杀的判断也解释不清，最终因证据不足造成公诉方崩溃，只好宣布被告无罪。

这段文字虽然不长，但我们也可以从中了解到，小南由于现场勘验的时候在场，很可能是在有了先入之见的情况下，对小笛等四人进行验尸检查的。在这里，先后顺序没有颠倒之嫌吗？验尸本来应该是在纯客观的情况下施行的，可是小南也许有了先入之见。

关于“小笛事件”，小南教授还发泄了不满：“根本不考虑鉴定时的材料与条件，只一味地批评鉴定人的鉴定是错误的，实在叫人感到痛苦不堪。”这是一种类似辩解的不满。解剖小笛等四人的条件的确很不理想。死后尸体被放置了三天，而且是在六月末的气温之下被放置了三天，腐败严重。在这种恶劣的条件下所得到的验尸结果，特别是关于“进食后七八个小时死亡”的鉴定，被辩护方质疑也是没有办法的事。但是，七月一日上午八点三十分开始在京大医学部法医学教室进行的验尸检查，是小南、岸松两位教授操刀的，只谴责小南一个人是不是有点过分……

关于现场勘验的情况如何呢？小南确实没有意识到小笛尸体背后那扇纸糊的推拉门对于造成小笛身上的碰伤的重要性。按照浅田的说法，“最初的鉴定人（小南）没有注意到”，对此我不敢苟同。发现小笛等四人的尸体当天，即六月三十日下午六点开始的现场勘验过程中，小南一直跟预审法官在一起，对于现场的状况比谁了解得都清楚。如果不是这样，是写不出长达八十六项的验尸报告的。禾太郎也大段引用了现场勘验报告。他在介绍勘验报告的内容时写道：“用这么大的篇幅来介绍勘验报告，诸位读者也许已经看烦了吧？不过，这个勘验报告，跟以后登场的小南又一郎博士的鉴定，将成为这个事件的根本。”因此劝读者一定要耐着性子读下去。所以，可以肯定的是，小南不可能没有注意到预审法官写进了现场勘验报告里的距离吊在门楣上的小笛的尸体只有五六寸的纸糊的推拉门。

无罪判决之后，小南闭口不谈“小笛事件”。判决以后不久的昭和五年（1930 年），小南编写的由武侠社出版的《近代犯罪科学全集》的第八卷《法医学短篇集》中，关于“小笛事件”一个字都没提，而浅田一编写的《近代犯罪科学全集》的第七卷《犯罪鉴定余谈》里，却特设一章，专门谈“小笛事件”，一副居功自傲的口气，跟小南形成了鲜明的对照。不仅如此，小南的《法医学短篇集》中，甚至有“缢死者多为自杀”这样的论述，这不能不叫人感到奇怪。既然如此，为什么只有小笛的缢死体得出了“不管是谁，一眼就能看出是他杀”这样的判断呢？

第一是因为吊在门楣上的小笛的尸体那奇怪的姿势，第二是因为小笛的脖颈上有两道勒痕，特别重要的是后者。禾太郎的《白川町杀人事件》（《小笛事件》）最初是以《脖颈上的勒痕》为题在报纸上连载的，六位法医学专家的鉴定报告也是基于这两道勒痕的成因形成了自杀说和他杀说两派的。脖子上有两道勒痕，这两道勒痕不是平行的，下边那道勒痕以喉头为中心，向上，向左右延伸，有一个一百二十度的角度。脖颈后部没有勒痕。另外，上下两道勒痕之间的皮肤没有任何异常。根据这种情况，小南从自杀他杀两个方面三种结果加以分析，最后得出了“小笛乃被某人绞杀，然后被挂在门楣下伪装成自缢”的这个矛盾之处最少的结论。也就是说，凶手先把绳索勒在下边的勒痕之处将小笛绞杀，而后将小笛的尸体挂在门楣下，形成了上边那道勒痕。还有，小笛左手背和左腿有三处皮下瘀血，可以认为是反抗的时候碰伤的。

但是，跟小南、高山、中田三位教授提出了完全相反的自杀说的三田教授（东京帝国大学），提交给法庭的鉴定报告似乎更具有说服力。三田教授跟赞同自杀说的石川教授一样，用大量的狗进行过多次缢死和绞杀的研究，因此非常熟悉窒息死亡时身体的变化，那就是非常剧烈的痉挛。三田教授的鉴定结果占了上风。昭和二年（1927 年）十二月十二日，京都地方法院作出了无罪判决。其他的法医学专家虽然鉴定过数千具缢死后的尸体，但毕竟都是尸体。做过把狗吊死的实验的法医学专家除了三田、石川两位教授以外没有第三个人。于是，第二年，也就是昭和三年（1928年）十一月三十日，大阪中级法院第三次公判的时候，依据石川、浅田两位教授关于小笛的死因是自杀的鉴定报告，宣布被告广川无罪，这个至难事件终于落下了帷幕。

为了一个事件动员全国六所名牌大学的法医学专家，无论是战前还是战后，除了“白川町杀人事件”以外没有过第二次。

留给后人的问题是：如此一个至难事件，山本禾太郎对广川是冤罪这一点真的没有丝毫疑念吗？本来，《白川町杀人事件》的作者主要是根据高山律师的记录写成这本书的，应该是确信被怀疑的广川无罪才动笔写作的。但是，他的兴趣完全在于作为一个侦探小说作家的猎奇情怀，跟为了洗雪被告的冤案废寝忘食东奔西走的高山律师的动机有着本质的区别。所以在《白川町杀人事件》这本书里，经常看到诸如此类的语句：“作为侦探小说来说，是一个很有意思的看点”“实际上是非常复杂而怪异的”“我相信，了解了勘验报告的主要内容，一定能最大限度地满足诸位读者的猎奇心理及侦探兴趣”。然而，作为一个职业侦探小说作家，仅此而已也太单纯了，因为他留给我们的谜太多了。小笛的和服窄腰带在身后打了一个很紧的结，那个结是谁打的，就是一个谜。还有，姑且不论小笛拉着千岁跟她一起死，为什么还要拉着大月家那么小的两个孩子一起死呢？其理由也没有说清楚。这个问题我在上面已经提到过了，按照禾太郎的说法，高山律师是知道理由的，只不过“高山律师的个人道德观念不允许他把那个理由说出来”。如果真是这样的话，我只能说禾太郎是在愚弄读者。该书第一百五十一页（日文版原书页码）中，高山律师自语道："为什么要杀害两个小孩子，是解决这个事件的关键……" 前面既然已经这样写过了，后面却不给读者一个交代，就让这个谜一直谜下去，作为一部侦探小说来说是不能被原谅的。

八

换言之，解开《白川町杀人事件》(《小笛事件》) 之谜的钥匙有两把：第一把是确定小笛到底是自杀还是他杀，第二把是两个幼女究竟是谁杀害的，为什么杀害的。这部小说只解决了第一把钥匙的问题，没有解决第二把钥匙的问题，这是为什么呢？不，就连第一把钥匙的问题解决得都不是那么干脆。因为证明不了是他杀才判被告无罪，所以第一把钥匙的问题只能说是一种带引号的解决。

不管怎么说，关于第二把钥匙，山本禾太郎已经把他知道的一切都告诉读者了。也许是职业道德，也许是为了替高山律师保守秘密，但在当时，所谓个人隐私并不像今天这么严格，禾太郎作为跟事件没有直接关系的第三者，怎么就不能把第二把钥匙的问题给解决了呢？

有《白川町杀人事件》(《小笛事件》) 的读者在写给我的信中表示了同样的不满。有眼力的侦探小说读者恐怕都会有这种看法。例如东京有一位读者 "S・N" 这样说：

> 小笛事件从法医学角度来看是一个非常有名的事件，但是我对禾太郎的《小笛事件》中也提到的为什么要杀害两个幼女的问题最为关心，叫我感到非常遗憾的是这本书到最后也没有给出一个明确的答案，这个谜一直到小说结束也没有被解开。

《白川町杀人事件》(《小笛事件》) 之谜还不止上述那些。一再提醒读者注意的挂在小笛家便门上的那把锁，以及关于既像密室又不是密室的叫人摸不着头脑的两个出入口的说明，都不像出自一个侦探小说作家之手。如果是密室，小笛当然就是自杀，是拉着养女和大月家的两个幼女自杀。如果不是密室，唯一的犯罪嫌疑人广川条太郎才应该被抓起来。这是再明白不过的道理。可是，现场勘验和尸体解剖鉴定的结果却是什么“小笛家就是一个完全封闭的密室，四个人死在了这个密室里”（着重点为本文作者所加），这不是很奇怪吗？既然是密室，为什么还要把广川抓起来呢？

小说中写道：“首先是小笛家的大门。里边插上了插销，而大门上的便门从外边上了锁。通往旁边的空房子的侧门呢，空房子那边没插插销，小笛家这边却顶着蒸笼。另外，小笛家周围没有任何外人进入过的痕迹。这样看来小笛家就是一个完全封闭的密室，四个人死在了这个密室里……”

但是，广川在接受警方的第二次审问的时候说，他二十八日早晨离开小笛家的时候是从便门出来的。至于便门上是不是挂着锁，他说不记得了。警长又问他便门上为什么挂着一把锁的时候，他回答说：“据我猜想，恐怕是为了假装家里没人吧。”禾太郎特别指出：“大门的开法，随着事件的进展，成了一个至关重要的问题。”最初赶到现场的百万遍派出所的警察想进小笛家，“推大门的时候，大门顶部咔嗒咔嗒地响着可以活动，底部却纹丝不动。警察见大门推不开，就去拽挂在便门上的锁。拽开以后想推开便门，却怎么也推不开。推拉式便门的沟槽里好像顶着什么东西。警长只好把推拉门往上抬，使其底部脱离沟槽，然后往里推，把便门卸了下来”。看来大门虽然推不开，便门上的锁也没有任何作用。推拉式便门推不开的原因是由于内侧钉着一块三寸左右的木片。这木片看上去是以前钉上去的，目的也许是为了防止刮大风的时候门板被刮倒。

小笛家的大门是这样容易打开，别人也许不知道，但从大学时代起就在小笛家住的广川不可能不知道。

下面说说小笛家通往旁边的空房子的侧门。空房子那边有插销，小笛家这边没有，用两个蒸笼和两个大竹帘子顶着。空房子这边的插销没插着，虽然顶着蒸笼和竹帘子，预审法官还是能把侧门推开，关上侧门以后，蒸笼和竹帘子就又顶在了门板上。空房子大门没锁，只用铁丝缠着，这是高山律师在现场的时候听邻居说的。总之空房子等于没锁，如果有人解开铁丝潜入空房子，通过侧门进入小笛家，行凶之后原路返回把铁丝缠上也是有可能的。这所空房子跟小笛家一样，也是租给别人住的。那时候为了使两家连在一起，把楼梯处的墙拆了，后来才安装了那个侧门，小笛家把蒸笼和竹帘子顶在门板上。

读我这篇论文的人也许要问，半个多世纪以前发生的事件的现场，有必要如此细致地描述吗？这是因为我读《白川町杀人事件》(《小笛事件》) 这本小说，越读越觉得疑点太多，每读一遍都会产生新的疑点。按照禾太郎的说法，“像小笛事件这么详细的勘验报告还是很少见的。这也从一个方面证明了这个事件的复杂性。散见于现场的一丝一线，都包含着解不开的谜”。如此复杂的事件，竟然是一个没有受过教育，只会写片假名的妇人策划并施行的，实在叫人难以相信。因此，高山律师所谓“恶魔剧本”的作者到底是谁的疑问，自然就会浮现在我的脑海里。遗憾的是禾太郎没有解开我的疑问。这本小说还是老套子：一部皆大欢喜的雪冤剧。禾太郎确实说过，这个事件非常复杂，“散见于现场的一丝一线，都包含着解不开的谜”，强调这个事件是多么有意思，但止步于猎奇趣味，没有采取更上一层楼，非把事件弄他个水落石出不可的态度。对于他来说，事件本身只不过是他的“事实小说”的素材，只要把前后经过罗列在小说里就足够了。这种态度在他的《作者自序》里表现得明明白白。

> 我读过很多犯罪记录，像小笛事件这样引起了我如此之大的兴趣的还没有过。第一是犯罪的残忍性，在残忍性里又渗透着基于主人公小笛的蒙昧无知而产生的滑稽性；第二是为了这个蒙昧无知的女人，竟然动员了六所著名大学的法医学专家。
>
> 由于这个事件太有名了，关于这个事件的“实话”，付梓出版的已经有好几本，但是都不如直接读犯罪记录更有意思，于是我就想把这个事件写成小说。不过，到底采用什么形式，我犹豫了很久。偶然听说有人在提倡“事实小说”，因此我决定采用这种形式。

但是，只把事实排列在一起不能成为小说，还需要一些说唱艺术加以点缀，于是就有了广川在拘留所的单间牢房里，想到绞刑架下面的踏板一翻，对于“死亡的黑暗”的恐怖，就有了广川对于自己的冤罪之身的懊恼和愤怒。这部分可以说是小说中的最精彩最动人的部分吧。作为小说来说，这是应该着墨的地方。不管怎么说，狱中的广川从对使他身陷囹圄的小笛的诅咒，变成了对自己过去的丑恶行为的反省。经过无数次的自问自答，甚至达到了“她采取这种自暴自弃的，恶魔式的行动，我广川至少应该负一半责任”的境界。他在心里这样对自己说：“临死之前变成了恶鬼的小笛，应该说是很可怜的。我没有恨她的资格！”但是，一想到自己无辜地成了犯罪嫌疑人，广川就又昂奋起来："小笛绝对不是我杀的！不管法医是怎么鉴定的，六月二十八号早晨五点半我离开小笛家的时候她还活着，还给了我一份报纸，这是事实。硬说是小笛三点左右死的，硬说小笛是我杀的，这到底是怎么一回事啊？如果这些错误把真实都掩盖起来，那不是对正义的亵渎吗？如果自己被作为杀人犯处以死刑，父母怎么办？弟妹怎么办？而且，将一个无辜之人处以极刑，会在这神圣的太平盛世的审判史上留下一个抹不去的污点。"在禾太郎看来，广川在这种苦闷之中，心情时而阴暗，时而明朗，时而激动，时而平静，他对高山律师为自己雪冤抱着一线希望，静静地等待着公判的日子……

禾太郎后来参加《朝日周刊》《每日周刊》等杂志的有奖征文中，虽有作品获奖，其小说也更具有通俗性，内容也更丰富，却很难找到上面那样的动人语句。但是，这只不过是把《白川町杀人事件》作为小说来读的时候应该获得的评价，关于事件的真相，六十多年之后的今天仍然是一个谜。关于这一点，浅田教授的意见最有参考价值。浅田教授虽然一直坚持自杀说，但对审判时没有明确的阴暗处分析得非常透彻，不愧为法医学专家的慧眼。

……如果小笛是他杀的话，嫌疑人只有一个，凶手马上就可以认定。但是，如果小笛是自杀的话，就会有三种情况。第一种是小笛跟嫌疑人一起把三个孩子勒死，嫌疑人离去，小笛自杀；第二种是小笛一个人把三个孩子勒死以后自杀；第三种是嫌疑人把三个孩子勒死以后离去，小笛自杀。现场没有留下嫌疑人的血迹，无法进行血型检查，虽然做了各种各样的勘验，但是没有找到嫌疑人就是罪犯的决定性证据。当然，没有确凿的证据不等于没有怀疑的余地。法医学虽然有了很大的进步，但还远远不够，还需要进一步发展。一方面是为了洗雪冤罪，另一方面是为了剔除那些本来犯了罪却没有被识破的危险人物。”（浅田一《近代犯罪科学全集》第七卷《犯罪鉴定余谈》，昭和四年〔1929 年〕武侠社出版）

真是一个意味深长的结论。“虽然有他杀的证据，却没有不是自杀的证据，致使他杀的判断也解释不清，最终因证据不足造成公诉方崩溃，只好宣布被告无罪。”读到这里我们似乎听见小南在仰天长叹。小南所指“他杀的证据”，好像就是他的验尸结果。在刚才提到的《实例法医学与犯罪侦查实话》那本书里，还有这样的论述：

一个被吊死的妇人的尸体被发现以后，为了确定其死因进行了全身解剖。后来才知道验尸结果关系到确定嫌疑人是否为凶手的问题。嫌疑人在死者家过夜，一直待到早晨五点多。通过验尸结果可以知道死者的死亡时间，也就是说，如果死者死的时候嫌疑人还在妇人家里，就可以确定他是凶手。只要判明死者是晚饭后几个小时死亡，就能判定凶手，这是一个非常方便的办法。根据食物在胃肠内的消化程度，大体可以判定死者是晚饭后几个小时死亡的。晚饭后经过得时间越长，食物就消化得越多。由于进行了全身解剖，看到了胃肠内食物的消化程度，因此判定了死者的死亡时间，对侦破案件毫无疑问是有帮助的。如果当初只进行了局部解剖，就可能给侦破工作带来困难。

虽然谈的是尸体解剖问题，但有意思的是，我们读了这段话以后，可以看出小南一直没有改变小笛是他杀的观点。然而，不但很少有人同情这位丢尽了面子的小南博士，上文提到的田中香涯还这样嘲笑他："根据报纸上的报道，他杀说的创始人小南教授辩解道：'我绝对没有说过广川就是凶手。'如果这句话真是从小南教授嘴里说出来的，我只能目瞪口呆。作为一名法医学专家，只要正确而客观地鉴定出小笛之死是自杀还是他杀就算完成任务了，至于谁是凶手，完全没有必要去追究，那是警察和法官的工作。这么简单的道理小南教授不应该不懂，倘若真有类似'我绝对没有说过广川就是凶手'这样的辩解，只能说这是掩盖他杀鉴定的轻率，贻笑大方。"(《医文学》昭和四年〔1929 年〕四月号)

田中香涯早就开始关注"小笛事件"了。他在昭和三年十一月号的《医文学》杂志上发表《所谓小笛被杀事件——质疑法医学权威》一文中，向坚持他杀说的京都帝国大学、大阪医科大学、九州大学的三位教授的鉴定表示怀疑。他首先委婉地说："关于这个事件，我的消息来源只有报纸上的报道。"然后才开始批评三位教授的鉴定。他对长崎医科大学浅田一教授关于案板的分析表示完全赞同的观点，做出超出了一个外行的印象式批评。这一点高山律师在法庭辩护中也强调过。像田中香涯这样的并非法医学专家的一般人，关于事件的真相也能一语中的。他依靠平凡的"常识"做出的判断也是不能低估的，例如他关于案板的分析。他认为，小笛把案板搭在火盆上，然后踩上去上吊自杀，绝对不能说不可思议，而一个对厨房里的东西不熟悉的男人，特意去厨房把案板拿过来，则不符合常识。像他这样主张"法医学鉴定除了学理上的推定以外还需要常识上的判断"，不用说是正确的。有意思的是，他的这种说法跟日本历史上的名判官大冈越前守（1677-1751）是一脉相承的。

九

最后还要请一个人物登场，他就是《白川町杀人事件》(《小笛事件》)的作者山本禾太郎本人。除了《白川町杀人事件》的自序以外，禾太郎只有一次直接谈到过这部作品，而且还是在单行本出版之前。被人们公认为代表作的重要作品，作者本人却很少有机会谈到。他在《侦探小说与犯罪事实小说》(*Profile* 昭和十年〔1935 年〕十一月号）这篇文章中说，所谓的“犯罪实话”没意思的原因，是“由于选取的素材即犯罪事实，本来就缺乏小说的因素，而且作者大多不是小说家，不能活用素材，使之成为小说”，并且断言，没有比白川町杀人事件更适合犯罪事实小说这种体裁的素材了。然而据禾太郎说，迄今为止以这个事件为素材的“犯罪实话”，写手凡庸，始终停留在事件表面，作为侦探小说来读的话，最有意思的地方都没有写出来，例如小笛的遗书“前边三分之一用黑铅笔，中间三分之一用红铅笔，后边三分之一又用黑铅笔”这样的重要之点被忽略，是所有“犯罪实话”的通病。不仅仅是“小笛事件”，很多描写其他事件的“犯罪实话”都忘记了潜入事件内部做深入的探讨。不管怎么说，作为“犯罪实话”，真正有意思的地方应该是“探求构成事件的每一个环节后面隐藏着的疑问”。于是禾太郎提出了他的“犯罪事实小说论”。他认为，“犯罪事实小说”不能像“犯罪实话”那样只浮于事件表面，而应该在小说的骨架上添上肉，这样一旦获得成功，“因为有事实这个坚强的基础，要比那些半瓶子的侦探小说有意思得多”。

原来如此！读到这里，我想起西田政治曾经给禾太郎贴过一个标签，他说“山本是犯罪实话的改编专家”。当然，只把他看作单纯的“改编专家”还是叫人感到非常遗憾的。如果把认为“跟侦探小说相比，还是犯罪事实小说有意思”的禾太郎的侦探小说观归纳一下的话，那就是“事实比小说还要奇异”。这样的话，虚构的作品就要隶属于“事实”了。“犯罪事实小说”就是从这里产生的。也就是说，“犯罪事实小说”是一种似是而非的侦探小说。

《白川町杀人事件》(《小笛事件》)用了五百五十页稿纸，描写细致入微，但是禾太郎为什么没有产生甲贺三郎那样的疑问呢？我们可以这样解释：甲贺三郎是用侦探小说作家的眼睛来看白川町杀人事件，而禾太郎从一开始关心的就是可以抓住读者的心的“基督山伯爵式”的审判剧。怪不得他要描写在铁窗里呻吟的囚犯的心理，而且是一种催人泪下的说唱艺人似的描写。禾太郎年轻的时候曾加入一个巡回说唱剧团，为剧团写说唱台本。作为一个通俗作家，迎合大众的心理是他的拿手好戏。说到这里，我想起了他参加《朝日周刊》的有奖征文获得第一名的小说《东太郎日记》，那篇小说描写的就是说唱演艺界的内幕。那时候这篇小说的原型，浪曲师（说唱演员）京山小圆正在因为破坏他人名誉被起诉，作为一个法律通的禾太郎也很狼狈。另外，禾太郎还为剑剧演员梅泽升一剧团写过剧本，总之是不太专一，这些对他都是不太有利的。很多人觉得可惜了他的才能。大下宇陀儿曾说，禾太郎“应该停止写剧本，专心致志写侦探小说，不能一会儿写这，一会儿写那”。

禾太郎绝对不是一个平庸的作家，但他既不能安心在侦探小说界发展，又没有在成千上万以卖文为生的大众小说界独树一帜的能力，陷入进退两难的境地，一时失去了创作热情。战后的昭和二十二年（1947年），禾太郎总算复活了。他在《神港新闻》连载的《消逝的女人》，追寻一个美貌女浪曲师京山秋野出生的秘密，堪称力作，但紧接着又沉默了。这是他战后唯一的一部作品。此乃后话。

他得意的绝顶之作还要数《白川町杀人事件》(《小笛事件》)。*Profile* 出版社决定出版这本书以后，昭和十一年（1936年）二月二十二日晚，在禾太郎的家乡神户市元町的日出饭店举行了豪华的出版纪念晚宴。

出席那天晚上的纪念晚宴的有，*Profile* 出版社的代表熊谷晃一、加纳哲、九鬼澹，神户侦探俱乐部同仁，还有特意从大阪赶来的和“小笛事件”关系密切的高山义三律师、丸尾长显等人，加上禾太郎一共二十五人。司仪户田巽致开幕词，接下来九鬼澹不是以 *Profile* 编辑部成员的身份，而是以禾太郎的晚辈的身份发表祝贺《白川町杀人事件》(《小笛事件》)出版的演讲，然后是禾太郎对所有出席晚宴的人表示感谢，合影留念，晚宴开始。餐后甜食上桌的同时，高山律师用流利而幽默的口吻畅谈“小笛事件”，众人会心微笑。

恰好来到神户演出的名演员市川小太夫作为嘉宾表演了一段侦探小说迷的故事，关西文坛元老西田政治、九尾长显相继站起来助兴。晚上十一点，盛会闭幕。当时在东京举行的出版纪念会，如果有五六十人参加就算是大盛会了，在地方城市神户举行一个出版纪念会能有二十五人参加很不少了。

那年是1936年，那是一个奇怪的年代，非常时期的口号与猎奇性的色情、怪诞、荒谬文学交织在一起。但是,《白川町杀人事件》(《小笛事件》)出版绝对不是孤立的，也不是偶然的。同年十月，号称法医学小说的“审判医生”佐野甚七所著的《科学审判》(大阪大同书院）问世。这些小说的出版应该说是时代的要求吧。

但是，禾太郎很快就感到自己的路子走不下去了。《白川町杀人事件》(《小笛事件》)是他倡导的纪实手法的所谓“事实小说”，但是，如果完全遵从事实，难免堕落为那时候虽然流行却为他所不耻的“实话小说”，同时他也意识到自己这样下去将脱离侦探小说领域。偏重纪实性将窒息故事性，这是一个作家的自杀性行为。不过，活下去的路并不是绝对没有，那就是回到怪异和幻想的路上，在向罗曼蒂克复归的路上赌一把。

其实，被山本禾太郎弃之不顾的神秘倾向，实际上正是他的本质。对“小笛事件”的关心也是他的神秘倾向决定的。陷入了老生常谈的三角关系的平凡的公司职员，掉进了一个没有受过教育的女人设置的圈套，最终以杀人罪被捕。对于这种日常生活中的恐怖、人生的陷阱等黑暗面的关心，是禾太郎的出发点，也是禾太郎的终点。他对那种不自然的只限于解谜的侦探小说没有同感的理由也在这里。他口头上说“我相信本格和变格都是侦探小说”(《关于日食》)，实际上他是非常蔑视那些脱离日常生活的偏重诡计的本格推理的，只要有机会就会表明自己的态度。本人虽然把《窗》看作“本格侦探小说”(《白蚁的魅力》)，但是被认为深受谷崎润一郎影响的山本禾太郎，不用看他的《抱茗荷之说》与梦野久作的《贴画的奇迹》是多么的相似，就可以明显地看出他属于梦野久作系列的变格侦探小说作家。既然如此，他为什么从出道之作《窗》到《白川町杀人事件》(《小笛事件》)一直在写记录体小说呢？他自己认为是由于“感情没有那么热烈，大部分时间处于理智的世界”(《关于侦探剧》)，是由于他把本格侦探小说看作一种智力游戏的这种严肃认真的性格。他还认为“侦探小说假话连篇，至少所谓小说，假话太多了”(《<消逝的女人>后记》)。有了这样的看法，当然就要写那种尊重“事实”的记录体小说了。其结果是，“这样就不是小说了，或者只能说是似是而非的小说，即实话”(同上)。这个道理他自己也渐渐地明白了。

本来，他对实际发生的事件的兴趣主要是对犯罪者异常心理的关注，但是他的大部分侦探小说（特别是本格侦探小说）根本没有触及犯罪者的异常心理。他把小栗虫太郎的《黑死馆杀人事件》从西田政治那里借来却没有兴趣读下去，而虫太郎的《白蚁》“这本赠书则贪婪地一口气读完”，因为这本写了三百多张稿纸的新作号称“犯罪心理小说”。“主人公泷人的心理描写层层深入。疑惑，复仇，报怨的心情最终使他走上了犯罪的道路”，这个过程“具有把犯罪心理具象化为现实性的情绪从而使主人公的心产生动摇的性质”，跟禾太郎的想法完全吻合。从《黑死馆杀人事件》到收入《白蚁》的《后光杀人事件》和《梦殿杀人事件》等，其中有虫太郎特有的基于或然性的诡计机关姑且不论，他那光彩夺目的哥特式情调的文体，也是很合乎喜欢怪谈的禾太郎的口味的。于是，忽然醒悟到“犯罪事实小说”已经到了极限的禾太郎被虫太郎那神秘的文笔所触发，拿起笔来写出了《抱茗荷之说》。《白蚁》是接近纯文学领域的力作，《抱茗荷之说》是不能与之相提并论的，但毫无疑问地称得上禾太郎在这方面具有代表性的杰作。说到山本禾太郎的代表作，从来只提《窗》和《白川町杀人事件》(《小笛事件》)，提他把记录主义、纪实风格导入侦探小说的功绩，但是这种教科书式的标签，是对这个作家的资质的最大误解，因为他的本领都在他的惊险小说般的变格作品里。不管是《窗》还是《白川町杀人事件》(《小笛事件》)，如果你瞪大眼睛阅读的话，都可以看到这些作品中的一个共通的脉搏在跳动，那就是对人生阴暗部分的嗜好。《窗》也好《白川町杀人事件》(《小笛事件》) 也好，都不是对现实中发生的事件的单纯改编，而是使用了一种“在平淡无奇的日常生活中发现戏剧的手法”（权田万治《漆黑的暗夜中的目击者——山本禾太郎论》)。这种手法当然会促使作者向变格作品方面倾斜。于是，当初只具有实录性的素材的事件，越是往深里挖掘，原本深不可测的阴暗部分就显露越多，最终赤裸裸地呈现在眼前。

根据九鬼澹的回忆，山本禾太郎喜欢在夜静更深的街上散步。先不说这对于以写作为职业的他来说是一种健身方法，像这样每天夜里散步，太符合这位以暗夜中的哑剧开头的《窗》的作者的性格了。

本格派也好变格派也好，不管是描写多么复杂的事件的小说，一旦显露了真相，只能叫读者感到扫兴，但是禾太郎特别蔑视那种人为加工的理智化产物——本格派的理由，并不只是诉诸于感情的。证据就是他说过，用诡计和情节吸引观众的侦探剧，谁也不会看第二遍。在喜欢上演侦探剧的市川小太夫举行的一次座谈会上，禾太郎发泄了一通不满，主要强调的就是这一点。他主张“侦探剧有必要进一步变格侦探小说化”，还说“就算既有因果报应故事，又有变格侦探趣味，也不能算是侦探剧”。读了这个座谈会的速记（发表于昭和十一年〔1936 年〕五月号的 *Profile*），我们可以想象出平时温厚的禾太郎是多么执拗，多么固执己见地咬住市川小太夫不放。那个座谈会是在《白川町杀人事件》（《小笛事件》）出版纪念会之前举行的，地点也是日出饭店，参加者有市川小太夫、末广浩二、西田政治、丸尾长显、前田喜朗、加纳哲、九鬼澹、山本禾太郎，共八人，是以向小太夫请教侦探剧的现状与未来的名目举行的。对于后来特意出席《白川町杀人事件》（《小笛事件》）出版纪念会的小太夫来说，自己的侦探剧被禾太郎否定，一定是很不愉快的。本来禾太郎就有“从本质上来说侦探剧是不能成立的”想法，而小太夫一直把侦探剧作为招牌在各地巡回演出，终归是水火不相容，到什么时候二人的主张也一致不起来。座谈会没有得出任何结论，主持座谈会的加纳哲看不下去，只好插在二人之间劝架，不了了之地宣布散会。尽管如此禾太郎还是不满意，立刻拿起笔写下《关于侦探剧》一文，发表于同年四月号的《侦探月刊》上，阐述跟座谈会相同的主张。

禾太郎也有过用自己的作品来证实自己的主张的意图。关于变格侦探剧的创作，他在昭和八年（1933年）十二月号的*Profile*上发表《向侦探剧转向》一文。预告是发出来了，作品却不见踪影。到底是什么原因呢？恐怕是因为他所提倡的侦探剧，在理论上说起来容易，实际写起来并不那么容易吧。不只是侦探剧，说到本格变格的黑白之争，应该选择本格派骁将甲贺三郎为论争对手。甲贺三郎在创作活动旺盛期开始了柯南·道尔型的"本格侦探理论"研究，不管你是谁，他都愿意跟你吵架，侦探小说村里的村民们谁见了他都发怵。甲贺三郎就是这样一个存在。他跟倡导"侦探小说艺术论"的木木高太郎的论争多年之后依然是人们议论的话题。但是，甲贺三郎作为《支仓事件》的作者，也是法庭小说的先驱。但是他的见解跟禾太郎不一样。他认为，实际发生的事件，就算成为犯罪实话或犯罪小说的素材，也成不了侦探小说。甲贺三郎才应该成为山本禾太郎论争的对手呢。

再扯几句闲话。禾太郎的《窗》在《新青年》获奖的时候，甲贺三郎在评审委员会里的五个人之中，给予《窗》的评语是最尖刻的。他把《窗》贬得一钱不值："这也算是小说吗？"还有，禾太郎参加《读卖新闻》的有奖征文的时候，他的作品虽被列为候补，最终却没有得奖。因为评审委员会里有一个人不点头，这个人也是甲贺三郎。这叫禾太郎感到十分忧郁。后来禾太郎有机会见到了甲贺三郎，谈到这个话题的时候，甲贺问道："原来那个人是你啊？"禾太郎解释说，自己投稿没有用真名。甲贺哈哈大笑："这我怎么能知道呢？哈哈哈哈！"真是一流豪杰的笑声。也许是有奇缘吧，对于禾太郎说，甲贺永远是一个瘟神似的存在。禾太郎没有把甲贺当作论争的对手，但始终也没有摆脱头脑里的固定观念。

一直在坚持变格侦探小说论的禾太郎战后只发表过一部作品《消逝的女人》。往年的意气虽然不再那么强烈，但是这部作品把他在各地流浪的年轻时代的体验与罗曼蒂克式的梦想交织在一起，试图把写实与梦幻的手法结合在一起的苦心，读者还是可以体味到的。这是他试行错误的结果。从犯罪事实小说转向惊险的变格侦探小说，侦探小说界一个作家在这里到达了他的顶点。

山本禾太郎并不是一个只写了《窗》和《白川町杀人事件》(《小笛事件》) 的作家。

作者注：本文校对完以后才把三田定则教授关于小笛的死因是自缢的《自杀·他杀》弄到手，因此没能在本文中引用三田教授的见解。请参见昭和九年(1934 年)铁塔书院出版的《自杀·他杀》第 21 到第 33 页。

译者注：本文译自 1990 年 11 月 10 日由日本青弓社出版的山下武所著的《侦探小说的飨宴》的第 179 到第 239 页。

附录二

小笛事件与山本禾太郎

细川凉一　日本历史学家、京都橘大学文学部教授（1955–）

一、小笛事件的发端

一九二六年十二月由大正改元昭和，那一年的六月三十日，有人发现，京都市内的北白川西町（当时属上京区，现在属左京区）八十五番地，也就是从出町路通向京都帝国大学农学院（农大）正门的道路东侧一排二层住宅中的平松小笛家里，小笛的养女，精华女中四年级学生千岁（十七岁）以及小笛的熟人、同市出町柳的大槻太一郎［小说《白川町杀人事件》（《小笛事件》）中的大月多三郎。］的长女喜美代（五岁）、次女田鹤子（三岁）三人被绞杀，小笛则吊在门楣上缢死。

第一发现者是喜美代和田鹤子的母亲大槻茂野［小说《白川町杀人事件》（《小笛事件》）中的大月茂野。以下跟小说中不同的人名不再逐一注明。]，她是想接两天前就来小笛家玩儿的两个女儿回家的。六月二十七日星期天上午九点左右，平松小笛到大槻家来，说要去植物园附近找房子，想带着喜美代一起去，于是就把喜美代领走了。下午三点左右小笛的养女千岁来到大槻家，又把喜美代的妹妹田鹤子领走了。小笛特别喜欢喜美代和田鹤子，经常把她们姐妹俩带到她家去玩儿并在她家过夜，那天也没有让她们姐妹俩回家。茂野二十九日就来接过孩子们一趟了，可是看见小笛家大门上挂着一把锁，就以为小笛带着孩子们到哪儿玩儿去了，也没在意就回自己家了。

可是三十日这天来到小笛家一看，大门上还挂着锁。出町路东侧有一条通向京大农学院正门（北门）的道路，道路两旁是树丛，道路东侧的树丛东边是一条小路，沿着这条小路是一排连在一起的二层楼的木造瓦顶住宅，一共是五家。从南侧（也就是从出町路这边）数第二家就是平松小笛家，其余四家都是没有人住的空房子。惨剧被发现那天，也就是六月三十日那天，从南侧数第四家搬进来一个叫牧山斋吉的做蚊帐的匠人。

因为小笛家南边是空房子，茂野就叫来一个朋友跟她一起进入空房子，隔着两家之间的门板缝往小笛家看。可以看到中间那个四叠半的房间里，被子下面好像躺着一个人，一只脚露在被子外边。她把警察叫来，拽开门上的锁进去一看，进大门以后左边那个三叠的房间里没有人，只挂着一顶蚊帐，躺在四叠半的房间中央的人是千岁，她躺在被子里，脖子上勒着手巾，手巾上勒着细绳，她是被人勒死的。

千岁的尸体看来是被从三叠的房间的蚊帐里拖到四叠半的房间里来的。掀开被子一看，千岁的贴身汗衫被卷到胸部，短裤被拽到脚腕，也就是说胸部以下完全露出，几乎等于裸体。从千岁的衣服凌乱程度来看，凶手疑为男性。但是，根据京都帝国大学法医学专家小南教授的验尸结果，千岁没有死前性交过的痕迹。茂野她们从旁边的空房子往小笛家看的时候看到的那只脚，就是已经死去的千岁的脚。

最里边那个六叠的房间，到处是被褥和坐垫，还有脱下来随便扔在上面的衣服。被子下面是茂野找了很久的两个女儿的尸体。她们也都是被勒死的，光着小身子趴在那里。

在通向廊子的门楣上，用黑色的和服腰带吊着小笛的尸体。尸体的姿势非常奇怪，两脚顶在榻榻米上，屁股向后撅着，耸着肩膀。尸体下边是一个火盆，小笛的两脚在火盆两侧。也就是说，小笛是踩着火盆上吊自杀的。四具尸体都已经腐败，散发着异臭。

报纸上最初报道这个事件的时候称为“农大前四人被杀事件”，后来称为“小笛事件”。如果先说结论的话，那就是小笛的情人要离开她，她在极度悲观的情况下，先把三个女孩子勒死，然后上吊自杀。用一句不太合适的话来表达，这就是一个常见的由“男女之情的纠结”引起的事件。

但是，这个开始被认为是小笛拉上三个孩子一起寻死的事件，后来又被认为是原京都帝国大学经济系选修科学生广川条太郎（二十七岁）杀害了小笛等四人，而后伪装成小笛自杀。广川被逮捕，事件发展成为广川被冤枉的冤罪事件。

事件的焦点是小笛脖颈上的两道勒痕。围绕着这两道勒痕究竟是自杀形成的，还是被绞杀以后伪装成自杀形成的这个关系重大的问题，出现了以京都帝国大学教授小南又一郎为代表的他杀说，以东京帝国大学三田定则教授和长崎医科大学的浅田一教授为代表的他杀说。前后一共有六所名牌大学的法医学专家被动员来鉴定这个事件。于是白川町杀人事件就成了法医学鉴定史上的有名事件。古畑种基写的面向一般读者的法医学入门书《法医学秘话——时至今日才能说》里，就有一章专门论及“小笛事件”。

主张广川无罪的辩护律师是参加了友爱会劳工运动以后当了律师的高山义三（战后当选为京都市市长）。跟高山律师关系密切的侦探小说作家山本禾太郎从高山律师那里借来关于白川町杀人事件的记录，写出了可以被称为战前纪实文学最有名的《白川町杀人事件》(《小笛事件》)（最初在 1932 年七月六日至十二月二十八日的《神户新闻》及《京都日日新闻》上连载，一九三六年由 *Profile* 社出版单行本，后收入东京创元社 1996 年出版的“创元推理文库”《日本侦探小说全集 11 < 名作集 1 >》)。小说从事件的发端写起，一直写到广川被判无罪。

高山义三在他的《八十年的回顾》一书中谈到了“小笛事件”：“我当了二十五年刑事犯罪辩护律师，每个事件都有值得回忆的故事和插曲，但叫我最难忘的还要数白川町杀人事件。”他还说，关于小笛事件，“最忠实地再现事实、最本着良心进行调查以后写出的小说，应该是山本禾太郎的犯罪事实小说《小笛事件》，下面我就根据这本事实小说，简单介绍一下稀世少有的怪事件——小笛事件的公判经过”。曾经向禾太郎提供过资料的高山律师，撰写回忆录中关于白川町杀人事件的部分的时候，反而要全面依靠禾太郎的小说《白川町杀人事件》(《小笛事件》) 了。

但是，尽管有一本这么重要的《白川町杀人事件》(《小笛事件》)，关于“小笛事件”的真相，还是没能正确地传达给人们。

例如，每日新闻社出版的《一亿人的昭和史 1 ——昭和元年至昭和十年》里，一开头就介绍了“小笛事件”，还刊登了三张照片。三张照片是：一，行凶地点（包括小笛家的那一排住宅）；二，小笛的养女——女学生千岁；三，凶手广川条太郎。文字解说大致如下：在京都市内，发生了一起一家四口（均为女性）被绞杀的事件，尸体于六月三十日被发现，犯罪嫌疑人立刻被锁定，是原来寄宿在小笛家的京大毕业生。原因是这个京大毕业生跟这个家里的女主人平松小笛（四十七岁）及其养女千岁（十七岁）有三角恋爱关系。《一亿人的昭和史》这段文字解说，没有向读者交代广川的杀人罪是冤罪，也没有说最后的结果是无罪判决。

还有，山本禾太郎的《白川町杀人事件》(《小笛事件》) 虽然被誉为“战前首屈一指的纪实小说杰作”，战后在侦探小说杂志《幻影城》1977 年九月号（总第 34 号）上再次发表，并收入东京创元社 1996 年出版的“创元推理文库”《日本侦探小说全集 11 < 名作集 1 >》，但还是有人说“《小笛事件》这本小说，越读越觉得疑点太多，每读一遍都会产生新的疑点”，并且揶揄道“禾太郎从一开始关心的就是可以抓住读者的心的‘基督山伯爵’式的审判剧。怪不得他要描写在铁窗里呻吟的未判决的囚犯的心理，而且是一种催人泪下的说唱艺人似的描写”（见山下武著《<小笛事件>之谜——山本禾太郎论》《侦探小说的飨宴》，一九九〇年十一月十日青弓社出版）。山下武不仅揶揄《小笛事件》，而且怀疑对广川条太郎的无罪判决，事实上提出了所谓的“广川凶手说”。

但是，山本禾太郎的《白川町杀人事件》(《小笛事件》)，包括山下武揶揄的“说唱艺人似的描写”部分，几乎没有禾太郎本人的创作。山下武揶揄这本书是“‘基督山伯爵式’的审判剧”，是“说唱艺人似的描写”，其根据是“只把事实排列在一起不能成为小说，还需要一些说唱艺术加以点缀，于是就有了广川在拘留所的单间牢房里，想到绞刑架下面的踏板一翻，对于‘死亡的黑暗’的恐怖，就有了广川对于自己的冤罪之身的懊恼和愤怒”。总之山下武认为禾太郎对于身陷囹圄的广川的心理活动的描写，是所谓“说唱艺人”似的创作方法。

然而，山下武揶揄的《白川町杀人事件》(《小笛事件》) 中广川在狱中的心理描写，并不是禾太郎的“说唱艺人”似的创作，而是根据广川本人的狱中日记写成的。我认为，《白川町杀人事件》(《小笛事件》) 的出处都是经过禾太郎充分调查的，山下武对它的批评太片面了。本来，山下武的这篇论文和权田万治的《漆黑的暗夜中的目击者——山本禾太郎论》，是关于山本禾太郎的非常宝贵的少数论文之一，应该给予高度评价，但我不能不说他是因为资料查阅不足，才得出了上述错误结论的。要想写好一篇关于纪实小说的论文，就应该认真查阅以当时报纸上的报道为中心的第一手资料。这难道不是写好论文的第一步吗?

因此，本文将以当年记录了“小笛事件”经过的报纸上的报道，以及先于禾太郎的《白川町杀人事件》(《小笛事件》) 发表的《大阪朝日新闻》记者铃木常吉的《实际发生的事件（续篇）——谜一样的小笛事件及其他》(《朝日周刊》连载）里蒐集引用的审判记录和鉴定报告，还有广川的狱中日记《冤囚断想》等资料为重点加以论述，其次我还想谈谈山本禾太郎的《白川町杀人事件》(《小笛事件》) 作为一部纪实小说的创作特色。关于事件的经过，我将采取根据小笛周围的人的证言复原的方法。

二、平松小笛的生平及事件的经过

最早把“小笛事件”看作小笛勒死千岁等三个孩子以后自杀的报道，见于《京都日出新闻》六月三十日的晚报版（当时的晚报版当天晚上看不到，第二天凌晨才能看到，报纸上印的也是第二天的日期，所以六月三十日的晚报版印的是七月一日发行。以下提到日报版的时候日期如原报纸日期，提到晚报版的时候日期为前一天的日期）。晚报版是这样报道的：

住在市内北白川西町农大正门前的平松小笛（四十七岁），将养女千岁（十七岁，精华女中四年级学生）以及友人大槻太一郎的长女喜美代（五岁）、次女田鹤子（三岁）绞杀以后自杀。三十日下午喜美代的母亲茂野去小笛家接自己的女儿们回家的时候发现之后，引起很大骚乱。刑警已经赶到现场，眼下正在调查，亦有平松小笛乃他杀之说法。

根据报纸的的首次报道可知，事件发生以后，除了小笛将三个孩子绞杀以后自杀的事件，他杀说的议论也有。

小笛搬到农大正门附近之前，在出町柳当房东出租房屋的时候，原京都帝国大学经济系学生（毕业后住在神户市，神户信托银行职员）广川条太郎是小笛的房客之一。当广川跟小笛有肉体关系的消息传开以后，七月一日的日报立刻报道说，有可能是广川将小笛绞杀以后伪装成自杀。七月一日凌晨零点三十分，广川在京都站被警察逮捕（逮捕广川的消息见于当天的晚报版）。

《京都日出新闻》的大小标题有："凶手将小笛绞杀之后伪装成自杀""一直跟小笛保持丑陋关系的原京大学生可能是凶手""从提出分手到最后一招""碰上了棘手的事，终于行凶杀人""害怕被两幼女发现而将其绞杀"等。《大阪每日新闻》也以"寄宿人与女主人及其养女的三角恋爱关系，京大毕业生的勾当"的大标题做了报道。

在这里，我们先把事件发生之前的平松小笛介绍一下。

平松小笛，一八八〇年八月生于濑户内海的爱媛县越智郡大山下村，父亲石中仁一是个煤矿工人。小笛七岁的时候亲生母亲去世，由于不堪忍受继母的虐待，十五岁那年到山口县都浓郡下松町一户人家当女佣。

十七岁那年跟当地一个鞋匠武××藏同居，一八九九年生下一男婴，但在孩子还不满一百天的时候，小笛扔下孩子离家出走。这个孩子后来被亲生父亲送给了一个姓森田的人，取名森田友一。森田友一长大以后到京都找到了母亲小笛，事件发生以后小笛和千岁的后事就是他处理的。

关于森田友一，《大阪朝日新闻》（京都滋贺版）七月二日（B版）是这样报道的：

被绞杀的平松小笛的亲生儿子叫森田友一（二十八岁），家住洛北修学院村，叡山电气化铁路养路工。（中略）妻森田布子（二十三岁），两个孩子。友一是小笛在山口县某町的时候跟前夫生的孩子。友一刚出生五十多天，就被小笛扔下不管了。友一被同町森田家抚养长大，从小就不知道自己的亲生母亲是谁。后来他听说亲生母亲住在京都，遂携妻儿来到京都。经过一番千辛万苦的寻找，终于找到了亲生母亲小笛。前年，二十六岁的友一见到了自己的亲生母亲。友一孝敬母亲小笛，而小笛对友一却没有一丝母爱，视若路人。

当时报纸上的论调，在报道广川条太郎是凶手的同时，也没有说小笛的好话。如果广川是凶手的话，小笛就是受害者，应该得到同情吧，可是正相反，小笛不但没有得到同情，还被人称为什么“恶女”啦，“淫妇”啦，要多难听有多难听，根本不考虑受害者的个人隐私。不过，看了在现场被发现的小笛的遗书，就会明白人们为什么说她的坏话了。她在遗书中竟然说，死后连一根筷子都不留给亲生儿子友一。这封遗书禾太郎在《白川町杀人事件》（《小笛事件》）里也引用了，不过他有几处不明。现在我就根据铃木常吉的解读，把遗书介绍一下（括弧内文字为本文作者注）。

拜托福田太太（小笛以前的邻居，小笛租房子时候的保证人，也是大槻茂野的朋友，跟茂野一起进入小笛家旁边的空房子往小笛家看的人就是她）保管的东西请送到寺庙（这个寺庙指的是存放小笛的亡夫平松慎一的东山知恩院）里去，连一根筷子都不要送给友一。我要跟广川一起死。送给福田太太一块大岛绸和三块绉纱。千岁很可爱，但是丸太町（丸太町的算命先生，此点后面详述）说我沾不上她的光，我连一点儿指望都没有了。我就跟广川一起死了吧。

小笛

条太郎（广川的图章）

说好了死就得死，不能骗我。你就把千岁杀了吧。我先死。千岁就拜托给你了。

这封遗书，包括“条太郎”的署名，都是小笛的笔迹。中间三分之一是用红铅笔写的，前后各三分之一是用黑铅笔写的。对此，禾太郎提出了疑问。这封遗书很可能不是一次写成的，而是分三次写成的。而且，事件发生前两天的六月二十六日，小笛到广川寄宿的地方去过。在广川的房间里找到了红铅笔，在小笛家里却没有找到红铅笔。

但是，事件发生以后，两种颜色的铅笔的问题，没有引起过警方的重视。因为遗书上有广川的署名和图章，再加上有“你就把千岁杀了吧”

这句话，警方认为是广川勒死了三个孩子，其后与小笛相约殉情的时候，小笛上吊自杀，广川溜走，最后进一步认为三个孩子和小笛都是广川勒死的。遗书成了广川是凶手的证据之一。

现在我们回过头来接着说小笛的生平。小笛扔下出生不久的儿子友一回到故乡之后不久，跟家里一个雇工私通，后来跟着那个雇工辗转于津山等地。由于生活贫困，她跟那个雇工一起生活的日子也不长。跟雇工分手后，小笛一个人在冈山县以做针线活为生。一九〇七年，二十八岁的小笛认识了一个叫平松慎一的男人并与之结婚，夫妇二人一起到了朝鲜的仁川，在仁川经营一家杂货铺，过上了富裕的日子。一九一一年在仁川收养了两岁的千岁。不料丈夫慎一得了重病，一九一六年在总督府医院去世。

小笛的丈夫住院期间，小笛认识了一个在总督府医院死去了妻子的军曹村尾歌次郎并与之结婚，俩人在朝鲜的龙山生活了一段时间以后，于一九一九年回到日本京都府。村尾当上了京都府相乐郡祝园村（现精华町）的绫部造纸厂木津分厂的监工。后来村尾搞上了一个年轻的女人，离开了小笛。

一九二一年，走投无路的小笛找到村尾在朝鲜时代的军队里的上司、小笛跟村尾的主婚人木本信教。那时候木本在京都市吉田本町经营一家杂货铺。小笛恳请木本帮忙，跟千岁一起搬到了京都市内。千岁进入精华女中的时候，木本是她的保证人。这段时间的情况木本是这样叙述的：

学校也许认为我是千岁的叔父，其实不是。大正五年（1916年）我在朝鲜龙山步兵第七十八连队当特务曹长，我的部下之一村尾歌次郎是来自京都三十八连队的。平松小笛是带着千岁嫁给村尾的。千岁进龙山小学校的时候是我当的保证人。跟小笛母女再会之后，我又给千岁当了一回保证人，其实我不是她的叔父。千岁也怪可怜的，村尾离开小笛以后就没了消息。我虽然跟小笛母女没有什么深交，但千岁这孩子挺聪明的，既然求到了我，我也没好意思拒绝。(《大阪朝日新闻》京都滋贺版七月二日 A 版)

木村说村尾歌次郎没了消息，但是后来记者找到了他的下落。村尾跟小笛分手以后，在奈良监狱当狱警，“小笛事件”发生的时候已经退职，住在奈良市奈良坂町。(《大阪朝日新闻》京都滋贺版七月六日)

小笛搬到京都市内之后，在木本的帮助下，把田中下柳町的田中邦的房子买了下来，以前寄宿在田中邦家的房客遂成为小笛的房客。这是一九二一年七月的事。那时候房客之一就是刚考上京都帝国大学经济系的广川条太郎，还有两个房客就是后来在白川町杀人事件中失去了两个孩子的大槻太一郎（京都帝国大学工学系助手）和他的妻子大槻茂野。

大槻夫妇一九二一年生下喜美代的时候受到小笛的照顾，喜美代很喜欢小笛。后来两家虽然不在一起住了，小笛也经常带着喜美代出去玩儿，喜美代在小笛家住上一两夜也是常有的事，没想到竟然种下了祸根。大槻茂野的母亲，住在京都府何鹿郡小畑村（今绫部市）的大槻勋（大槻太一郎是大槻正雄和大槻勋夫妇的上门女婿）如是说：

我们只有茂野（二十七岁）和正一（二十三岁）两个孩子，所以就给茂野招了一个上门女婿，也就是邻村吉美村的相原俊治的弟弟，毕业于早稻田大学的太一郎（三十六岁）。虽然是上门女婿，但他们在京都市内过日子，孙女们也都是在京都市内生的。

我们也认识平松小笛。太一郎一家原来跟小笛是房客与房东的关系，关系比较好。小笛经常把我的孙女们带到她家去玩儿，小笛母女也经常在我女儿家吃饭。我知道小笛有五六百日元的借款，也知道小笛的女儿千岁跟小笛那个住在神户的情夫发生过关系。最后小笛决定把千岁嫁给神户那个人，让她去神户跟那个人同居，但是很快又让她回京都来了。小笛特别能喝酒，跟他的亲生儿子森田友一在一起喝酒以后经常吵架。小笛在经济上比较困难，所以说过神户那个情夫要想分手的话，少说也得给她一千日元才行。小笛也是欠债太多，被逼得走投无路了，尽管她闯荡江湖多年，是个很厉害的女人。(《大阪朝日新闻》京都滋贺版七月三日)

下面说说小笛当房东的时候，她的房客之一，后来成了她的情人的广川条太郎的情况。一八九九年七月四日，广川条太郎出生于新泻县北鱼沼郡小千谷町，是广川利兵卫家的长子。父亲利兵卫是个大财主，当过本地的邮局局长和医院的总务科科长，事件发生的时候任町议会议员。条太郎一九二一年三月毕业于小樽商业高中，同年考入京都帝国大学经济系选修科，七月成了小笛的房客。一九二四年三月毕业后参加工作，成为神户信托银行职员，从小笛家搬到了神户市北野町三丁目的小泉家。

广川跟小笛发生肉体关系，是在小笛还在当房东的时候。毕业到神户工作以后，广川想找对象结婚，打算跟小笛把关系断了，但一直没能断掉，几乎每个周末都到京都来，跟小笛的关系一直保持了两年多。

广川毕业后，小笛没有了房客，就卖掉房子不再当房东，事件发生之前的一九二五年五月，搬到发生了惨剧的这个家。后来在吉田神社前边开了一家叫“满月亭”的面馆，因为生意不好，事件发生那一年的三月倒闭。事件发生的时候小笛没有任何收入，连房租都交不起。

关于小笛与广川的关系，当时报纸上的报道几乎众口一词地说小笛是一个“淫荡的毒妇”。小笛的邻居们则是这样说的：

当时的房客还有三个大学生，由于小笛经常满不在乎地说一些叫大学生脸红的色情话，结果大学生一个接一个搬走，只剩下广川一个人。(《大阪每日新闻》七月三日晚报版)

小笛比男人还厉害，又喝酒又抽烟。生活虽然不富裕，但为了向周围炫耀，还要把她引为骄傲的养女千岁（十七岁）送进精华女中读书。小笛的丈夫死后，她的操行不好，邻居对她的评价也很差。平时总是化着淡妆，看上去比实际年龄年轻得多。跟房客广川发生肉体关系以后，最初还尽量不让养女千岁知道，时间长了也不在乎了，经常跟广川手拉手散步，像一对夫妇似的。广川毕业后到神户信托银行工作，搬到神户去住了。小笛也搬到京大农学院前边惨剧发生的房子里住，但是她跟广川的关系一直保持着。去年一月广川跟千岁也发生了肉体关系，千岁也喜欢上广川了，这引起了小笛的嫉妒。这种三角恋爱关系，成了邻居们议论的话题。(中略)但是，这种三角关系对小笛来说正是一个好机会。今年一月，小笛向广川摊牌：“你把千岁娶了吧。”广川不同意，于是小笛就向广川要五百日元。那以后广川依然利用周末来小笛家，跟小笛保持肉体关系。有时候广川也躲过小笛的眼睛，拉着千岁的手出去散步。就这样，三个人的关系表面上很平静，但是在邻居们看来，小笛与千岁在心里不免互相嫉妒。(《大阪每日新闻》七月一日)

关于广川与小笛的肉体关系，广川自己是怎么看的呢？看了公审记录和广川的狱中日记也不能了解得很具体。广川在狱中日记中谈到与小笛的关系的时候写道："我过去的生活，完全是一种不检点的放荡的生活，是一种丑恶的、糜烂的、从来不知道自我反省的生活，无耻到了极点。我以前过的那种生活是一种混蛋过的生活。（中略）她并不是一个天生的恶人。是谁造成了她这种自暴自弃的恶魔似的性格呢？虽然不能说都是我造成的，但我也不能说我没有责任。对于这个悲惨的事件，我有道德上的责任。临死之前，她变成了恶魔（在这里广川指的是小笛杀死三个孩子，还把杀人罪名扣在广川头上），但是，我不应该觉得她很可怜吗？我没有恨她的资格！"广川的这些记述都是很抽象的，但我们至少可以从中了解到，广川对自己跟小笛的关系感到自责，感到羞耻，他跟小笛的结合没有爱情。

关于这一点，山本禾太郎是站在广川的立场上为其辩护的。他在《白川町杀人事件》(《小笛事件》) 中是这样描写的："不管怎么说，广川是一个良家子弟，也是一个还不懂得什么叫'玩儿'女人的谨慎而正直的学生。当然，也许从那天夜里开始，广川就不是一个谨慎而正直的学生了，但至少在他了解了小笛的身体以前，是一个谨慎而正直的好青年。（中略）上述这些话也许有些庸俗，总之，一般男青年的性心理，一半是感伤的冲动，一半是性欲的冲动。这两个方面的东西来自男青年在幼年时代得到母亲、姐姐乃至奶妈、伯母等女性的关爱之后，对女性抱有的特殊感情，以及在进入青春期以后强烈的性欲冲动和要求。小笛是个中年妇女，经验（包括性经验）丰富，把广川当成孩子，同时小笛又可以说是广川的第一个女人。第一个使男人了解了女人的身体的女人，对于那个男人来说有一种特殊的力量。这样一种性心理的力量，使广川在长达两年半的时间里，一边受到良心上的谴责，几乎每天都在后悔着，一边又在性生活方面离不开小笛。”当时报纸上的报道如前所述“小笛经常满不在乎地说一些叫大学生脸红的色情话”，还有“女房东小笛经常对大学生房客说下流话”这样的报道（《伊藤京都府警察部长谈》，《大阪朝日新闻》七月五日）。“小笛事件”之后发生过一个有名的“津山三十人被杀事件”（1938年），其背景之一是被认可的私通、夜游的农村习俗，小笛就是在这种习俗中长大的女人。是小笛勾引的广川，可以说是毫无疑问的。

广川在他的狱中日记中的自我分析是“意志薄弱”。他确实是一个又老实又胆小的人，认识广川的人听说他作为犯罪嫌疑人被捕以后都这样说。例如，广川的同乡，京大文科三年级学生佐藤道太郎（曾经为洗雪广川冤罪四处奔走），当时对《京都日出新闻》的记者是这样说的：“我们认为，就广川的性格而言，绝对不会做出这么残虐的事情来。本来越后[指越后国。古国名，今日本新泻县一带。]人的性格就以老实著称，广川更是特别的老实，而且特别胆小。（中略）我们无法相信他会成为这个事件的犯罪嫌疑人。他那种性格呀，充其量也就是喝醉了以后手舞足蹈一下。”（《京都日出新闻》七月二日）

还有，在这个事件中失去了两个女儿的大槻太一郎夫妇也不认为广川是凶手。他们对《京都日出新闻》的记者说：“我们无论如何也想不通广川会干这种事。警察把广川抓起来到底有什么证据，谁也不对我们说，我们也不知道说什么好。”（《京都日出新闻》七月九日）

但是，广川六月二十六日跟小笛母女一起从神户回到京都，当晚住在小笛家。第二天，也就是二十七日星期天，广川又跟小笛母女一起去植物园一带找房子，又跟来小笛家的喜美代和田鹤子姐妹一起住了一夜，二十八日早晨五点半离开小笛家去神户上班。这就成了广川作为犯罪嫌疑人被逮捕的理由。事件的焦点是：惨剧发生的时间是广川还在小笛家的时候呢，还是广川离开小笛家以后。关于这一点，虽然有小南又一郎教授主刀的验尸，但由于尸体腐败严重，并没有确定小笛等四人死亡的具体时间。

三、关于千岁

当时的报纸报道了广川跟小笛和千岁的“三角恋爱关系”，但是广川跟千岁的肉体关系不是发生于广川上大学的时候，而是发生于广川去神户工作以后，即白川町杀人事件之前一年半的一九二五年一月。当时小笛带着千岁去神户广川寄宿的地方找广川的时候，突然说自己去芦屋那边有事，让千岁留在广川这里过夜，结果两个人就发生了肉体关系。我们有理由认为这是小笛设的圈套。

关于千岁，广川在接受审判的时候说：“千岁是一个非常温顺、内向、正派的讨人喜欢的女孩子。”对于“小笛对于被告跟千岁的关系是怎样一种态度”的讯问，广川的回答是：“小笛骂了千岁一顿，然后提出让我娶了千岁，我当时表示不同意，小笛立刻大发雷霆，歇斯底里地大喊大叫，我没办法，只好同意。于是小笛让我把千岁带到神户去。带到神户去以后没几天，我还是不想娶她，就又把她送回京都。这是大正十四年（1926年）一月的事情。同年二月，小笛对我说，你不能这样说话不算数，你要是不娶千岁，你就得马上把她上女中所需要的学费一次性给我，每月三十日元，一直到毕业的。我说我一下子拿不出那么多钱，她说那你就给五百。我说五百我也拿不出来，最后讨价还价说定给她二百五。我给了她二百现金，又用衣服等实物顶了五十才算了事。”（一九二七年六月二十七日京都地方法院审判记录，见铃木常吉《实际发生的事件（续篇）》第478页）

关于广川与千岁的婚姻问题，小笛生前的六月上旬曾经对婚姻介绍调解所的山崎说过这样一段话："现在广川对千岁连个笑脸都没有，就跟不认识她似的，我看着特别生气。他要是真娶了别人，我非找到他家去，把他跟我们娘儿俩的事告诉他老婆，把他们搅散了。（中略）我还要把这事告诉广川的父母，如果不给我两三千，我是绝对不会罢休的。我打算请我认识的一个博士帮我跟广川家谈判。不管怎么说，他把我们娘儿俩玩儿够了就想跑，门儿也没有！我就是拼上性命也要跟他斗到底！"（《大阪朝日新闻》七月三日）

广川虽然跟小笛有肉体关系，但从一开始就没有打算跟小笛结婚；千岁把他当作哥哥尊敬和爱慕，他却跟千岁也发生肉体关系，这些在道义上广川都是应该受到谴责的。就算当时的女人结婚生孩子比现在早得多，那千岁也才十六岁，拿到现在来说也就是个初中三年级的学生。就连为广川辩护的高山义三，也认为在这个问题上"广川没有一点儿辩解的余地"。（《八十年的回顾》第97页）

刚才已经说过，千岁是平松慎一和平松小笛夫妇在朝鲜仁川的时候领养的孩子，当年千岁才两岁。正如在朝鲜就认识小笛母女的木本教信所说，千岁是个可怜的孩子。千岁的父亲患有严重的性病，沦落到养活不了孩子的地步。千岁从小就是一个病弱的身子，虽然聪明伶俐，但性格内向而感伤。关于这一点，我们可以从她写给朋友的信（也可以叫遗书）中看到。这些可以从山本禾太郎的小说和铃木常吉的著书中看到，这里就不再重复，而是介绍一篇千岁写给精华女中的矢野老师的一封信，也是千岁的绝笔。

矢野老师：

首先祝矢野老师和其他各位老师身体健康，万事如意。

我的心脏病还是没有好转，我感到非常苦恼。

矢野老师和我母亲都在为我的病担心，给大家添麻烦了。我觉得很对不起大家，请原谅我吧。最近心脏特别难受，还发低烧，所以我还想再休息两三天。又得请假给老师添麻烦了，实在对不起，再次请求老师原谅。

平松千岁

（《大阪朝日新闻》京都滋贺版，七月二日A版）

这封信是六月二十二日千岁请精华女中的同学转交给矢野老师的。一个十七岁的少女写的信，首先语句是工整的，表达的意思也是很清楚的。比起只会写片假名的母亲来，上了精华女中的千岁的表达能力和教养是显而易见的。当然，给老师写的这封信跟给朋友们写的那些信有所不同，给朋友们写的那些信（参见山本禾太郎的小说和铃木常吉的著书）显得有些琐碎，也更感伤。小笛十五岁就离开自己的家去别人家当女佣，从小没怎么上过学，但是她在生活极度困难的情况下依然供着千岁上中学，并且引以为骄傲，也许她将来还想指望着千岁养老呢。

但是，正如千岁给老师的这封信里所说的那样，千岁患有严重的心脏瓣膜炎，医生和熊野神社附近的算命先生（即小笛遗书中提到的丸太町）都说她活不了多大岁数，这让小笛感到非常悲观。关于千岁的病，精华女中的矢野老师和井上老师是这样说的："平松千岁是个薄命的孩子。入学的时候就知道她是心脏瓣膜炎，校医建议不要做剧烈运动，我们平时也很注意。因为有病，千岁缺课较多，成绩也不是很好。不过，手工艺课成绩很好，去年是八点四分，今年第一学期是甲。除了手工艺特长以外，其他表现一般，操行良好。因病请假的日子虽然很多，但旷课一次也没有过。”（《大阪朝日新闻》京都滋贺版七月二日A版）

另外，大槻太一郎的证词里说：“今年三四月间，小笛请她在朝鲜时代就认识的北百川边的医生给千岁看病，那个医生说千岁的病很重。那以后小笛很着急，领着千岁到处看医生，结果使小笛感到非常悲观，她说：‘好不容易把千岁养这么大，要是她的病好不了，我就没什么指望了。’后来小笛带着千岁去熊野神社附近找算命先生，那个算命先生说什么‘这孩子都病成这样了还叫她去上学，等于杀了她’。小笛听了神情沮丧，一直打不起精神。”（见《实际发生的事件（续篇）》第97页）

对千岁的病感到悲观失望，经济上又拮据的小笛，在事件发生之前对福田太太说：“我让千岁跟我一起死，可是这孩子不听我的话，到底不是我的亲生女儿。要是我的亲生女儿，肯定愿意跟我一起死。”事件发生之前的六月二十五日，小笛让千岁去福田家借钱的时候，千岁对福田太太说：“我妈一开口就说先把我杀了，然后她也自杀，我害怕。”然后闷闷不乐地回去了。（《大阪朝日新闻》京都滋贺版七月九日）

小笛喜欢千岁，供她上女中向周围的人们显示，但是小笛对千岁的爱的前提并不是把千岁作为一个独立的人格，也不去理解千岁的感情，而是把千岁当作自己的私有财产，以此让千岁来抵偿抚养所付出的代价。小笛要把千岁置于自己的统治之下，这是一种自私的爱。

小笛和千岁的母女关系很不好。千岁在精华女中的同学蜂须贺佳尾子（千岁的遗书就是写给她的）对《大阪朝日新闻》的记者说：“千岁平时经常说她母亲怎么怎么不对，说自己的病多么多么严重，说跟母亲怎么怎么合不来，而且非常悲观，把死挂在嘴边。”

把周围这些人的证言综合起来分析一下，就可以弄清从千岁与广川的婚姻问题开始到惨剧发生这个期间的真相。

关于小笛的性格，她的房东，京都市下京区西洞院的山口说，小笛是一个“非常固执的人，一旦决定了的事情，不管别人说什么她都听不进去”。广川在1927年六月二十七日的法庭上接受讯问的时候说，小笛“心里在想什么谁都不知道，报复心很强”。大槻太一郎说，小笛“感情极易冲动”。这些评语看起来都很严酷，不过小笛的邻居们对她的评价也是“就会耍嘴皮子，是一个很难对付的厚颜无耻的女人”。(《大阪朝日新闻》京都滋贺版七月二日A版)

“不管别人说什么她都听不进去”，说明她像小孩子一样事事以自我为中心。“就会耍嘴皮子”，说明她的言行常常带有夸张的自我显示。“感情极易冲动”“报复心很强”，说明她一旦碰上什么不如意的事情，就会表现出以自我为中心似的愤怒，是一个很自私的人。

另一方面，广川的性格正如他自己对自己的评价，是一个“意志薄弱”的人，而且老实，胆小。千岁的性格是内向而感伤。当时的报纸上报道说，广川跟小笛和千岁的关系是“三角恋爱关系”，其实三个人之间的关系，是自私的小笛支配和统治广川和千岁。可以说，“意志薄弱”而老实的广川和性格内向的千岁，都被小笛控制住了。小笛疏远她唯一的亲生儿子森田友一，是因为友一给小笛提过希望她跟广川分手的意见，小笛觉得控制不了友一。

广川跟千岁发生肉体关系，自然负有道义上的责任，这个暂且不论，小笛逼着广川跟千岁结婚是有她的小算盘的。对于小笛来说，比起所谓的“三角恋爱关系”来，还有更重要的东西。小笛拼命供着千岁上学，为的是老了以后有个依靠，而如果千岁成了大财主家的长子，而且是京都帝国大学的毕业生广川的媳妇，母女俩不但在经济上有了保障，身份地位也会大大提高。难道不是这样吗？

但是，我们并没有理由谴责小笛的这种打算。成田龙一认为，二十世纪二十年代离开自己的故乡来到东京的年轻人纷纷成家立业，他们的孩子因为生在东京，所以把东京当作自己的故乡，换句话说，他们是一群“故乡丧失者”。二十年代的京都也出现了同样的情况。

小笛也是一个“故乡丧失者”。可以说她是以离家出走的形式离开故乡的，后来辗转来到京都落户，是一个很小的只有母女二人的家，而且户主是千岁。为了能够在京都生存下去，开始做房东，后来开面馆，结果都失败了。跟亡夫在朝鲜积攒的一点积蓄花光后，小笛只能靠借钱度日。娘家也好婆家也好都没有音讯，没有指望得到援手。事实上事件发生以后小笛的父亲石中仁一还活着，不过他拒绝接受小笛的遗体，小笛和千岁的遗体都是森田友一领走的。小笛是扔下亲生儿子森田友一离家出走的，所以她觉得友一指望不上。她曾经对大槻太一郎说过，“从情理上也不能指望友一”。这就是说，在事件发生的时候，可以在经济上援助小笛母女的人一个也没有。在这一系列的霉运之中，小笛期待着千岁跟广川结婚，将来母女俩都有个依靠，是不应该受到谴责的吧。

但是，“意志薄弱”的广川拒绝跟千岁结婚，而且医生又说千岁活不长，小笛陷入了走投无路的境地，对将来感到悲观失望。当六月二十八日早晨五点半送广川走出大门以后，终于发生了那个悲惨的结局。这是流入京都的贫弱的都市生活者，特别是单亲家庭，在经济困窘的情况下极易发生的悲剧的一个缩影。

四、关于法医学鉴定的论证

小笛等四人死后，操刀验尸的是京都帝国大学法医学专家小南又一郎教授。小南教授的结论是：平松小笛乃“被人绞杀后悬挂于门楣之下伪装成自杀”。虽然，小南教授后来也说过“如果是他杀的话当然有一个凶手是谁的问题，不过那属于别的问题，我说小笛是他杀，并没有说凶手就是广川”（《大阪朝日新闻》一九二八年十二月一日）这样的话，但是，既然他做出了他杀的鉴定，即便他没有说凶手是谁，他的鉴定事实上也成了广川被逮捕并且被起诉的最有力的证据。

一九二四年九月二日，一个叫“洛东大统院”的寺庙发生特大火灾，小南又一郎成功地对尼姑舜海进行了精神鉴定，是关西地区法医学界的权威。尼姑舜海放火事件，被写入他的著作《法医学与犯罪研究》，成为当时的畅销书。广川在接受最后一次预审的时候，承认自己看过小酒井不木博士的《杀人论》和小南博士的《法医学与犯罪》，并且对预审法官说，根据这些书里的知识，小笛也是自杀，可以说是一种绝妙的讽刺。不过我们可以由此了解到小南教授的著作已经成了当时的大学生为了提高自身修养也看的书。

一九二七年六月二十七日在京都地方法院举行的公判中，高山义三和足立进三郎两位律师针对小南教授的这个鉴定，在向法庭提交京都帝国大学讲师草苅春逸关于小笛之死是自杀的鉴定报告的同时，提出了请新的法医学专家重新鉴定的申请。审判长批准了高山律师的申请，遂命东京帝国大学教授三田定则、大阪医科大学教授中田笃郎、九州帝国大学教授高山正雄三位教授重新鉴定。

关于三位教授的鉴定报告，铃木常吉在他的著书中均有介绍，这里不再详述，只说结论：三田教授是自杀说，中田教授和高山教授是他杀说。

同年十一月五日在九州帝国大学举行的第十二次日本法医学研讨会上，“小笛之死”成为中心议题。小南博士的弟子土井十二做了题为“关于绳索与勒痕的观察”的演讲，反驳三田定则教授的自杀说。赞同自杀说的草苅春逸虽然参加了研讨会，但考虑到审判正在进行中，没有立刻提出反论。

十一月九日的第三次公判，检察官仲冢松太郎请求判处广川死刑。高山律师和足立律师立刻展开无罪辩护。十二月五日，审判长橘川喜三次“根据东京帝国大学三田博士的鉴定”，判广川无罪。但是，检察院当即提出上诉。大阪中级法院渡边为三审判长请了两位新的鉴定人：东北帝国大学教授石川哲郎和长崎医科大学教授浅田一，请他们再做鉴定。这两位教授的鉴定结果是相同的：小笛的死因是自杀。两位教授鉴定之后的一九二八年十一月三十日，大阪中级法院的公判最终判广川无罪。由于石川和浅田两位教授的鉴定都是自杀，就连公诉方的检察官都主动提出应该判广川无罪。

就这样，广川被无罪释放。在漫长的审判过程中，三田定则教授向京都地方法院的鉴定报告、石川哲郎和浅田一两位教授向大阪中级法院提出的鉴定报告，发挥了巨大的作用。特别是三田定则和石川哲郎的鉴定，起的作用更大。据三田的弟子古畑种基说，三田教授用大量的狗做过很多缢死和绞杀的实验，对窒息死的状况了解得非常清楚，三田教授的鉴定报告，就是在这些实验的基础上写成的。

笔者查到的当年提出过鉴定报告的法医学专家判决以后的著书中，三田定则著《法医学》《窒息死论》，浅田一著《犯罪鉴定余谈》《自杀还是他杀——小笛事件》，都是拿出一章的篇幅来谈“小笛事件”。

成为自杀还是他杀的论争焦点是小笛脖颈上的两道勒痕之间的关系。浅田一教授在他的著书《医心放语》中，非常清楚地把他杀说和自杀说两方面的理由都写了出来，根据浅田一教授的说明：“甲学者认为勒着和服腰带的那道勒痕没有皮下淤血，而下面那道勒痕皮下淤血非常严重，因此断定下面那道勒痕为绞杀时留下，绞杀以后把尸体挂在了门楣上。乙学者认为小笛上吊自杀的时候，最初把和服腰带勒在下面那道勒痕处，身体下垂造成淤血，并因为窒息引起痉挛。由于小笛的脚顶在榻榻米上，痉挛造成身体往上蹿，使勒着脖颈的和服腰带勒在上面那道勒痕处。另外，小笛左手背和右小腿有碰伤造成的淤血，那是因为她身体痉挛时碰在了旁边的纸糊推拉门上。因此乙学者认为小笛是自杀。他杀说不太容易说明小笛左手背和右小腿的碰伤是怎样造成的。”不用说，甲学者指的是主张他杀说的小南又一郎，乙学者指的是主张自杀说的三田定则和浅田一自己。

三田的《法医学》是一本专著，内容比较难。三田的见解跟浅田上述的见解相同，只不过使用的专门术语比较多。三田的结论是：“如上所述，小笛是由于自缢而死亡，这是明明白白的事实，可以说没有一点怀疑的余地。”

另一方面，直接解剖过小笛的尸体，主张他杀说的小南又一郎，于判决之后的一九三〇年出版《法医学短篇集》、一九三一年出版《实例法医学与犯罪侦查实话》，他只在《实例法医学与犯罪侦查实话》中非常简单地提到了“小笛事件”。

这个案例中关于某妇人是自己上吊自杀的，还是被人绞杀之后伪装成上吊自杀的问题，由疑问发展成为轰动社会的大事件。

当时去现场勘验的人（我也在场），不管是谁，一眼就能看出是他杀，因此我们就为搜集他杀的证据四处奔走，而应该作为反证的也可能是自杀的证据，我们没有去搜集。不料开庭之后，该妇人也许是自杀的疑问被提起。虽然有他杀的证据，却没有不是自杀的证据，致使他杀的判断也解释不清，最终因证据不足造成公诉方崩溃，只好宣布被告无罪。看了这个案例，我们可以知道，在犯罪侦查中，只搜集正面的证据还不够，还必须搜集反证的证据。

这是一种坚决不肯撤回他杀说而又非常微妙的说法。既然坚持他杀说，就应该对自杀说的法医学鉴定提出反论，可是他又没有这样做。（在小南这本书出版之前，已经有浅田一的《犯罪鉴定余谈》出版）但是，小南的一句“我也在场”，等于承认了在侦查最初阶段他杀的认定，在一定程度上左右了他做的鉴定。

五、山本禾太郎与《小笛事件》

山本禾太郎（1890—1951 年）。原名山本种太郎，一九八九年二月二十八日生于神户市。小学毕业以后就没有再上过学。当过学徒，当过工人，也当过神户法院的书记员，还当过一个说唱巡回演出团的顾问。战后担任过海洋测量器具制作所所长。1926 年参加《新青年》杂志有奖征文活动，他的侦探小说《窗》与梦也久作的小说《海妖之鼓》同获二等奖（一等奖缺如），作为侦探小说作家出道。山本禾太郎跟梦野久作同一年出生，同一年崭露头角，但是现在的知名度不如梦野久作。

《窗》写的是一九一七年的某夜发生在阪急电车夙川站附近一个出口

贸易商的侄女被杀的事件。这是一个真实的事件，禾太郎用小说手法将其再现。这是一篇把检察官的勘验报告，有关人员的审讯记录和鉴定报告组合在一起构成的作品，可以说是一篇纪实小说。禾太郎在这篇作品的序言中说："我记述这个事件时，不想加一点创作性的虚构，因为存在于这个事件中的偶然性，我的想象力是无论如何也达不到的。于是我决定尽可能只把关于这个事件的审讯记录、审判记录和鉴定报告等组合起来。我想用这种方法让各位读者了解这个事件的经过。"

写侦探小说，不要"创作性的虚构"，只把犯罪事实原有的分量记录下来，这就是禾太郎的文学主张。他的这种文学主张也见于他的代表作《白川町杀人事件》(《小笛事件》)。他用记录再现事件过程的纪实手法，已经在他的处女作中初露端倪。他把自己的这种小说称为"犯罪事实小说"，应该跟现在的纪实小说同义吧。

后来，他取材于兵库县内（今姬路市畑区小坂）发生的一起事件的《小坂町事件》和取材于一九二七年三月七日的奥丹大地震之后发生在京都府的事件的《长汗衫》于一九二八年相继发表，都是取材于实际发生过的事件的侦探小说。这些素材，都是他在神户法院当书记员的时候得到的。

一九二七年发表的《被闭锁的妖怪馆》，写的是一个走在大街上的男人，被从百货商店的楼顶上掉下来的人砸死以后，男人的妻子状告百货商店的故事。最后由百货大楼的辩护律师解明了事件的真相。这篇小说跟《窗》《小坂町事件》《长汗衫》不一样，是一篇虚构的作品，但是通过辩护律师的眼睛来叙述故事的实录风格跟上述作品是共通的。

特别应该引起我们注意的是跟《白川町杀人事件》(《小笛事件》) 有关联的《长汗衫》。这篇小说的焦点是：掉进水井里的女人究竟是投井自尽呢，还是被人杀害以后伪装成自杀。解明这个事件的刑警侦查会议的内容，被禾太郎记录下来构成小说的主体。

其中有这样一段对话。当一位刑警被问到“您能讲一个把他杀伪装成自杀的例子吗？比如说小笛事件？”的时候，那位刑警回答说：“你胡说什么哪！那是小笛自杀伪装成他杀，现在……”

《长汗衫》发表于一九二八年七月号的《新青年》，当时广川还在大阪中级法院受审。从《长汗衫》这篇小说中，我们不但可以了解到禾太郎早就关心“小笛事件”了，还可以了解到，京都地方法院判决之后，京都的刑警们已经认可了小笛自杀说。

禾太郎一九二九年离开《新青年》，一九三二年开始在《神户新闻》和《京都日日新闻》上连载《小笛事件》(单行本是一九三六年由*Profile*社出版的)，一九三三年成为在京都创刊的*Profile*杂志的同人作家。一九三七年在*Profile*发表巅峰之作《抱茗荷之说》。这篇小说跟从《窗》到《小坂町事件》《长汗衫》《小笛事件》的记录主义小说有所不同，具有幻想、怪异的风格。关于这一点，权田万治和山下武已经在他们的论文里论述了。

《抱茗荷之说》写的是一个叫田所君子的女人，刚懂事的时候，她的父亲被一个跟她的母亲长得完全一样的朝圣者(跟君子的母亲是双胞胎姐妹)毒死，后来君子跟着母亲回娘家的时候母亲也跳进池塘自杀了。君子八岁的时候，抚养她长大的祖母去世，君子开始到处流浪。后来她来到一个叫“孪生子池”的池塘旁边的一户人家(其实就是君子母亲的娘家)当了女佣人，最后终于知道了母亲之死的真相。这是一个虚构的所谓命中注定的故事。

关于《抱茗荷之说》，山下武是这样评论的：“飘散着妖气的古色古香的叙事方式，江户时代的通俗绘图小说似的文体，跟禾太郎出道以来的写实性风格形成了巨大的反差。”

的确，跟《窗》和《白川町杀人事件》(《小笛事件》) 的记录主义风格相比，《抱茗荷之说》的风格可以说是幻想式的，在这里笔者对权田万治和山下武的说法表示赞同。但是，读了《抱茗荷之说》，比起虚构的所谓命中注定的故事来，给我留下了更深的印象的是君子在失去了祖母，成为江湖艺人之后的生活。禾太郎笔下的君子，恰似丸尾末广的动画作品《少女椿》中的阿绿。

> 君子一点也不喜欢卖艺这个行当，而且随着年龄增长也越来越讨厌这种谋生手段了。但比起卖艺更让她厌恶的是，一直以来被她当作父亲的师傅嗜酒如命，又很粗暴。最让她无法忍受的是，师傅经常对她动手动脚。君子就这样忍了十年。之所以能坚持十年，是因为师傅的妻子待君子很好，总是竭尽全力保护她。但更重要的是，君子做梦都想重新找到母亲当年死去的地方，把前前后后的原委弄清楚。这一年，风刚一开始变凉，君子他们的旅程就又转向南方了。完成了一个月里的第一次演出的那天夜里，或许因为这天的收入比往常多些，师傅喝的酒也比平时多了，于是又对君子动手动脚。君子反抗得很激烈，喝醉了的师傅拿出一把菜刀乱挥一通，大叫要杀了她。这天夜里也许是师母实在对师傅多次骚扰君子的行为看不下去了，终于把君子放走，而且还写了个纸条，让君子带着去投靠一个住在十几公里外的镇子上的女人。

禾太郎参加过一个说唱艺人的巡回演出团，大概亲眼见过或亲耳听过不少像君子那样沦落为江湖艺人的少女的故事吧。禾太郎描写的那些沦落于社会底层的不幸的女人形象，无论是幻想式的虚构形式的《抱茗荷之说》中的江湖艺人君子，还是纪实小说《白川町杀人事件》中的小笛和千岁，都是有共通之处的。

本来，禾太郎《白川町杀人事件》(《小笛事件》) 的着力点在于描写广川从被冤枉到无罪释放的审判过程，但是，留在读了这本书的读者心里印象最深的却是小笛这个人物形象。虽然小笛被作者过分强调为“恶女”，作为一个女性形象，还是被大多数读者认可的。在这本书中，禾太郎面临的课题是解明广川被陷害的经过，在写作过程中过分强调了小笛“恶女”那一面，也是没有办法的事情。

本文从开始到第四节，笔者以当时的报纸为中心，利用有关人士的证词、审判记录、广川的狱中日记等第一手资料，构成了小笛母女的生活史，原则上没有参照禾太郎的小说《白川町杀人事件》(《小笛事件》)。因为禾太郎把搜集到的资料融入了小说的叙事中，并未示明所据。我这样说不是在贬低禾太郎这本小说的价值。尽管《白川町杀人事件》(《小笛事件》) 是一部纪实小说，但它毕竟是小说，当然没有必要像论文那样一一示明所据。

不过，我在第三节里提到的千岁把广川当作哥哥尊敬和爱慕这一点，禾太郎的《白川町杀人事件》(《小笛事件》) 里没有提到。广川在他的狱中日记中，多次言及小笛，却只字不提千岁。这似乎叫人感到不可思议，其实也不难理解。广川没有跟千岁结婚的意思，却跟她发生了肉体关系，这一点就是在日记中也无法为自己辩解吧？所以关于千岁，广川一直保持沉默。

今后，如果想了解实际发生过的“小笛事件”就比较容易了，因为禾太郎的《白川町杀人事件》(《小笛事件》) 已经被收入创元推理文库

《日本侦探小说全集 11 <名作集 1>》，有了很容易入手的课本。此书发表之前出版的铃木常吉所著的《实际发生的事件（续篇）》，收录了关于“小笛事件”的所有第一手资料，卷末附录还有广川的狱中日记，这本书禾太郎肯定作为参考文献阅读过。不过这本书一直没有再版，很难弄到手。本文的目的之一也是为了向读者提供一份可以跟《白川町杀人事件》（《小笛事件》）这本小说相对照的材料。

山下武批评《白川町杀人事件》（《小笛事件》）是“‘基督山伯爵式’的审判剧”，是“说唱艺人”的创作，笔者不以为然。这本书虽然是小说式叙事手法，但归根到底还是属于禾太郎提倡的“犯罪事实小说”，基本上没有作者创作的所谓虚构的成分。山下武揶揄道：“只把事实排列在一起不能成为小说，还需要一些说唱艺术加以点缀，于是就有了广川在拘留所的单间牢房里，想到绞刑架下面的踏板一翻，对于‘死亡的黑暗’的恐怖……”。我们只要把禾太郎关于狱中广川的心理描写跟广川的狱中日记对照一下就可以明白，这种揶揄是没有道理的。这里摘录一段禾太郎的《白川町杀人事件》（《小笛事件》）中广川在监狱里等着判决的时候的心理描写，再摘录一段广川的狱中日记，请读者对照一下。两段写的都是广川在观察一群蟑螂的幼虫长大的日子里，心灵得到了慰藉的过程。

> 这些小蟑螂，成了广川牢狱生活中唯一的朋友。广川每天早晨起来都要看看那些小东西又长大了没有，否则连饭都吃不下去。在这些小东西身上，寄托着广川的理想。小蟑螂一天天长大，长大以后就去独立生活，巢穴里的小蟑螂越来越少。有跟自己同住一室的生物，哪怕是些蟑螂，对广川来说也是极大的安慰和快乐。（山本禾太郎《小笛事件》）

这些小蟑螂，是我的牢狱生活中唯一的朋友。我跟他们住在一起，每天早晨起来都要看看那些小东西又长大了没有，否则连饭都吃不下去。在这些小东西身上，寄托着我的理想。（中略）有跟我同住一室的生物，哪怕是些蟑螂，对我来说也是极大的安慰和快乐。我由衷地感谢这些小蟑螂，不禁对它们产生了无限的爱抚和怜悯之情。（广川的狱中日记）

山下武揶揄禾太郎的《白川町杀人事件》(《小笛事件》) 是“‘基督山伯爵式’的审判剧”，只能是因为他在写论文之前没有充分地查阅有关资料。

山本禾太郎的《白川町杀人事件》(《小笛事件》)，是一部详细地调查了冤案的原委，用审判记录等构成的，再现了与事件有关的真实人物的历史的纪实小说，于战前开一代先河。岛田庄司的《秋好事件》、佐野真一的《东电白领丽人被杀事件》等，都不同程度地受到此书的影响。《白川町杀人事件》(《小笛事件》) 不应该被我们忘记。

（原载于《京都女性史》，京都橘大学女性历史文化研究所编，2002 年 10 月思文阁出版）